游哉局中局

一只狗的流泪童话

沙开云●著

中国华侨出版社

图书在版编目（CIP）数据

游戏局中局/沙开云著.—北京：中国华侨出版社，2014.10

ISBN 978-7-5113-4885-2

Ⅰ.①游… Ⅱ.①沙… Ⅲ.①长篇小说－中国－当代 Ⅳ.①I247.5

中国版本图书馆CIP数据核字（2014）第209665号

游戏局中局

著　　者 /	沙开云
责任编辑 /	文　蕾
责任校对 /	王京燕
封面设计 /	器Design
经　　销 /	新华书店
开　　本 /	710毫米×1000毫米　16开　印张/18　字数/233千
印　　刷 /	深圳市希望印务有限公司
版　　次 /	2014年10月第1版　2014年10月第1次印刷
书　　号 /	ISBN 978-7-5113-4885-2
定　　价 /	32.00元

中国华侨出版社　北京市朝阳区静安里26号通成达大厦3层　邮编：100028
法律顾问：陈鹰律师事务所
编辑部：（010）64443056　传真：（010）64439708
发行部：（010）64443051
网　址：www.oveaschin.com
E-mail：oveaschin@sina.com

我们在说狗，终究逃不脱借狗说人，说人间的事罢了。

小哈 故事主角，实为中华田园犬（俗称土狗）。尾巴是秃的，耳朵像两个大大的问号。吃货，无肉不欢，尤爱鸭屁股，其实是只好狗。骄傲，跳跃性思维，神出鬼没，自认幽默外加间接性抽风，喜欢恶作剧于人，擅长制造冷笑话，等等。

红妞 小哈的主人，六岁，性格倔强，充满童真，言行可爱，但在小哈眼里，她是一个问题儿童。

扫把（幽灵狗） 田园犬，腹黑，脾气古怪且阴郁。与地狱使者结下生杀大仇，一狗一人为了却宿怨，决定在一个斗智游戏里一决高低。全城流浪狗以及小哈都被卷入了这个疯狂的游戏。

地狱使者 中年男子，公司总裁，亿万富翁，冷血，阴险狡诈，在游戏里被扫把和小哈联手击败。

小倩 相貌甜美的一个姑娘，性格却十分彪悍，脾气也异常暴躁，会跆拳道，与小哈有诸多恩怨。

杨妮 不是泥巴的泥，是杨妮的妮。患有严重疾病，她出于善心救了小哈一命，最后也得到小哈丰厚的回报。

大黄 大约为金毛犬，被主人遗弃于荒野，后与小哈一道流浪。

推荐序

狗爱它们的朋友，咬它们的敌人，和人不同，后者无法纯粹地爱，在客观关系中，总是爱恨交织。

——弗洛伊德

狗是唯一爱你胜过你自己的生物。

——温鲁

狗是我们与天堂的联结。它们不懂何为邪恶、嫉妒、不满。在美丽的黄昏，和狗儿并肩坐在河边，有如重回伊甸园。即使什么事也不做也不觉得无聊——只有幸福平和。

——米兰·昆德拉

举述这几位名家关于狗的温情文字，是为了回过头来谈谈"草根"作者沙开云所著的这本《游戏局中局》。

写这篇文章时，我本是要在文章中将沙开云定位为：知名作家。但沙开云拒绝这一称呼，尽管他在早些年就出版过畅销小说《山村怪谈》，

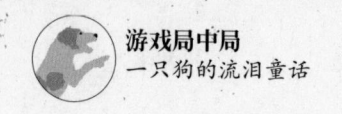

在国内拥有颇多读者。

百度百科将"草根"定义为：同主流、精英文化或精英阶层相对应的弱势阶层。

实际上，关于写狗的文学名著众多，比如《一只狗的遗嘱》（美国作家尤金·奥尼尔，诺贝尔文学奖得主）、《一只狗的生活意见》（英国作家彼得·梅尔）、《我和狗狗的十个约定》（日本作家川口晴）等。值得一提的是，诺贝尔文学奖作家莫言在早年也写过一些关于狗的文章。

可见，写狗的作品并非就是"非精英文化"。我知道沙开云所以要自称"草根"作者，一定有他另外的深意。

《游戏局中局》这书中，主角叫小哈，它的母亲是一只流浪狗，出身寒微，等同我们现实中的"草根"。在小哈的回忆里，它还在幼崽时，曾差点被天空的一只老鹰掳走。

作者并没花费笔墨去讲述小哈如何磕磕绊绊的长大，书开篇第一句话就是：我是一只狗，我叫小哈，我正在奔跑。这开篇一句即给小哈的一生定了基调，小哈的一生颠沛流离，注定奔跑，然而也正是这一路的奔跑，才让小哈有机会遇见各式各样的人，才让它经历着这滚滚红尘里的冷与暖、爱与恨。

正式的回忆是从老主人在一个大凶的日子——冬至，将小哈拖到市场上贩卖开始。

故事从此开始，集幽默调侃又不乏智慧性的语言从此一发不可收，说百字一个笑点丝毫不为夸张。

将小哈买进家门的是一个叫林江海的山区汉子，前途未卜，小哈在跟新主人回家的路上已经做好规划：如果失宠，就躲进山林，当一只猎狗。

小哈在新家并没失宠，反而得到了很好的照顾，整日与小哈形影不

推荐序

离的是林江海的六岁女儿林红,一狗一人相处得十分投缘。

红妞下河洗澡,险些被冲进水电站,小哈急中生智,推石块堵住钢管。

因为英勇救主,小哈在家里的地位上升了几个档次,它渐渐骄傲,一次因为讨不到主人林江海嘴里的饺子,甚至抬起爪子给了林江海一个耳光。

幸福的时光总是太短暂,一场令人心痛的灾难爆发了,一只身份不明的疯狗咬伤村里众多儿童,村里所有的狗都得无害化处理,县打狗队进村要杀小哈,在工作人员扣动气枪扳机的瞬间,红妞扑在了小哈身上,替它挡了子弹……

这样的情节设置悲伤无比,依然是一点正经都没有的语言,却字字戳中了所有阅读者的泪点。

红妞为救小哈而死,一个关于生命的感人至深的故事就此完整,本书却并没有到此结束,实际上,好戏才拉开帷幕。

纵观全书,可称得上是一本魔幻现实主义小说,但它又不单纯的只钟情于魔幻,全书元素可称得上是集黑色幽默、悬疑、斗智、推理,甚至反思为一体,作者所表达的情绪很多。最重要的是,我们通过阅读这本小说,能学会善待生命。对生命的怜悯与敬重,这才是这本书的终极主题。

作者沙开云自称这本《游戏局中局》是他这生最诚心之作。他之所以这么说,确实是因为他爱狗,爱这世间最卑微而又最鲜活的一个特殊的生命群体。如何更好地处理流浪狗与人类的相处?我们现在普遍采取的简单而又粗暴的处理方式固然要抛弃,那么又该怎样去做呢?这确实是一个社会难题。作家的使命也只是引导人们去反思,根本的解决办法还得在实践中摸索。沙开云聊以自慰的是,他希望通过写这么一本书,

引导人们对流浪狗这个群体进行关注。

有人说这书有莫言小说《生死疲劳》的味道，有人则说这完全是多年前的畅销书《悟空传》的风格。

悲中带喜，乐中也有哀，一本书竟也能让读者品尝出酸甜苦辣咸，狗在人世的这五味体验，何尝又不映照着我们的五味人生。

我们在说狗，终究逃不脱借狗说人，说人间的事罢了。

蜘蛛（畅销书系《十宗罪》作者）

目录 Contents

001 ………… 我是小哈	01	
	02	红妞的糖果 ……… 007
012 ………… 邻家小白	03	
	04	红妞的花环 ……… 016
028 ………… 小哈救主	05	
	06	旧时光 …………… 037
041 ………… 伴读红妞	07	
	08	疯狗风波 ………… 046
054 ………… 打狗队	09	
	10	给红妞守灵 ……… 066
069 ………… 拯救大黄	11	
	12	结识幽灵狗 ……… 076
080 …… 幽灵狗的自白	13	

GAME

094 …… 桥洞下的老人	14	
	15	报复阿荣 ………… 121
132 ………… 捉弄小倩	16	
	17	藏獒哥哥 ………… 149
158 ………… 灰狗扫把	18	
	19	意外的一千万 …… 185
195 ………… 小兰之死	20	
	21	小倩被难 ………… 208
214 ……… 妮妮的故事	22	
	23	游戏城堡 ………… 243
255 ……… 游戏第一关	24	
	25	游戏第二关 ……… 264
277 … 不是结局的结局	26	

GAME

| GAME | 01 | 我是小哈 |

  是的，我是一只狗，叫小哈，我正在奔跑。

  午后的阳光把路面的沥青都晒化了，空气里泛着这个夏天的味道，辛辣而又焦臭。

  沿途不乏活艳生香的风景，我看到一个奇形怪状的树洞里，一只松鼠刚刚睡醒，用粉嫩的前爪揉着眼睛，继而茫然地望着我这只在烈日下奔跑的狗。

  我还看到，路旁一个快要干枯的池塘里，一只满身泥污的青蛙热得快要无法呼吸，张开嘴巴大口大口地喘气。

  更有一只知了因为和邻居间的琐事，在枝叶间高声地埋怨，它永远学不会聆听，永远不知道人们对它喋喋不休的诉说早已厌烦透顶。

  其实我完全可以站立起来，用两只后腿支撑着身子奔跑，这样可以减少身体对烫土的接触面积，但我更清楚直立行走的代价，关于这一点，看看人类就知道是什么后果了。

  脚丫子上沾了黏糊糊的沥青，这让我很不舒服，于是我停止奔跑，

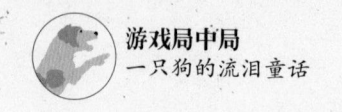

趴在一家店铺门口，用嘴啃着脚心，弄掉了塞在里面的碎石。

店铺的老板是个彪形大汉，一个看上去表情严肃的铁匠。他的脸被炭火熏得黝黑黝黑的，此刻他正抡起铁锤，击打着刚刚从火炉里掏出来的红色烙铁，锵！锵！锵！

单调的声响在屋子里回荡之后，飞快地从门窗窜到这个夏天的街上，我知道，这声响也是大汉的另一种迫不及待的诉说。

大汉将捶打后的铁块丢进水桶，冒出一股股白色的烟雾，他在这个时候扭头望了我一眼，莫名其妙地咧嘴一笑，露出白白的牙齿。

我很好笑么？我确定身体上下没有不妥之处后，心里骂道：你神经病啊，对着一只流浪狗笑？

街心中央，一股气浪扑过来，我伸出长长的红舌头。

两个美女走了过来，一个蹲下来，猝不及防地用两只手使劲地扯着我的双腮摇晃，笑道："好可爱的狗狗哦，我最喜欢看狗吐舌头了，萌死了。"

我很生气，各种经历使我从一只可爱的、温顺的、善良的狗，变成了一只脾气暴躁、性格古怪的狗，我很想就势咬住她的手腕。但我忍住了，我知道美女翻脸之后可能比猛男还可怕，对于人类，为了活命，我一直很用心地去了解。

我赶紧地缩回舌头，眯着眼睛把头垂得更低，做出一副随时都有可能死掉的样子。

美女果然站起身，掏出卫生纸擦手，嘴里道："咳，真晦气，碰到一只病狗，不行，我得赶紧给手消毒。"她拉着另外一个美女的手快速离去了。

不知从何时起，我喜欢上了思考。

我是一只狗，自满月后就有了朦胧的意识，却又在一夜之间，突然有了清晰的思维，那个突然之间正如一根火柴突然点爆了一整座的加油站一样，也如宇宙突然大爆炸了一般，碎片横飞。

直到有一天，我趴在沙发上看电视，一个动物专家在电视里说：土狗的智商可以达到6岁孩童的智商。普通的6岁孩童已经可以进行简单的思考和交流了，比如知道一加一等于几，而6岁的天才儿童或者已经读高中了，我这才知道我是一只天才狗。

我的思考不限于我的生活，甚至开始沉思一些哲学上的问题，比如生和死。

生和死的问题一直困扰着我，想必这个问题也一直困扰着人类，因为只要有思维有意识的生物都逃脱不了对这个问题的探究，并为此而陷入深深的迷惘。

我想起了3年前，那是我第一次真正直面死亡。

3年前，我生活在山区，主人家是一户勤劳的庄稼人，夫妇俩日出而作，日落而息，男户主叫林江海，女的叫杨菜花。对于女主人的名字，我常暗暗撇嘴，以示不屑，太土气的名字了。他们有个女孩，叫红妞，样子很乖巧可爱。

而我的名字就是红妞给我取的，叫小哈。

红妞一直渴望收养一只哈皮狗，她在电视里见过哈皮狗的样子，一见就喜欢上了，缠着爸爸给她买，但村子里是没有哈皮狗这个品种的。林江海走了两天的路，去了县城也没买到，有人告诉他，哈皮狗要在一千公里以外的省城才有的卖。

买不到哈皮狗就意味着他没有办法向女儿交代。他太疼爱这个女儿了，估计女儿要他摘星星他也得尝试着往天上搭长梯子。

林江海在集市上散漫地走着，唉声叹气，这时候他看见了我，当时

游戏局中局
一只狗的流泪童话

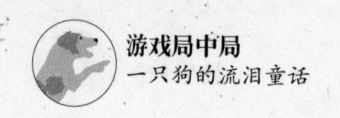

的我很落魄，头上插着一根稻草，被主人拖着出去贩卖。我从被拖出家门后，一路上都不肯走，屁股都被磨出了血。那天，我心里的那本皇历书上写着：冬至，大凶，不宜出门。

为了活命，我还在去市场的路上耍赖翻滚，直到把自己搞得灰头土脸，毫无卖相。

说起这个主人，我对他是恨极了，他要卖我，我完全没意见，双爪拍巴掌赞同。当初被他买进家门，就是一个天大的错误。他那个家我也是实在待不下去了，说起平时对我的那种虐待，我真是泪眼婆娑啊！但他卖我也不至于先翻看皇历是不？为何就选冬至呢？他不知道有些地方冬至有吃狗肉的习惯吗？好吧，我知道他是故意的，3年的感情啊，一朝江水付东流了。

但凡看到那些肥头大耳的人靠近我时，我就歪着嘴，口水顺着嘴角流下来。那些人就说："这狗怕得病了哦，吃着不安全。"

直到林江海过来，我赶紧摇起了尾巴，我嗅到他身上有股子善良的味道，吃狗肉的人身上永远带着淡淡的煞气。当然只有狗才能嗅得出来，人是嗅不到的。

林江海蹲下身子摸了下我的头说："这狗有点脏，身上沾满泥土，你应该给它洗个澡。"老主人豁着牙道："我连自己的5个孩子都没精力洗澡，还会顾得上给一只狗洗澡？"

我心里微寒，我是一只多愁善感的狗，拥有一颗玻璃心，很容易就受到伤害。但同时我想起了老主人家的5个孩子，从1岁到12岁一字排开，的确很脏，老大的鼻子上永远挂着两条白中带紫的鼻涕，老二大便后仍然不知擦屁股。算了，不往下叙述了，我担心我那颗玻璃胃被恶心得碎成一片。

我给老大取了个名字叫大鼻龙，老二叫屎大赖。很形象吧？

林江海摸我头的手下滑到了我的嘴上,他用力地撕我的嘴,我疼得只想汪汪叫,心里想:"这个人有毛病吧。"

林江海说:"这只狗的嘴巴再大点,脸上的肉再多点就好了。"老主人笑着道:"你这相狗的条件也真奇怪。这狗虽然脸上肉不多,但你看身上还是有膘的,买回家杀了够好几口人吃一顿。"

我心里一哆嗦,呜呜地哼几声。

林江海笑道:"我女儿想要一只哈皮狗呢,哈皮狗脸大肉多。多的都起褶子了。"

老主人点头道:"我也在电视上见过哈皮狗的,样子特丑了。不过,也可能正是因为样子丑,才让孩子们喜好的,就我而言,还是看着土狗顺眼些。"

林江海叹口气道:"谁说不是呢。小孩子的眼光真是奇怪。"

老主人问:"你家小孩几岁了?"

林江海笑着道:"5岁了。"

老主人笑了道:"5岁的孩子很好糊弄的。你就跟她说这的确是一只哈皮狗。"林江海摇摇头道:"这明明就是一只土狗,3岁的小孩都能认出来,我的女儿都5岁了,又非常聪明,骗不了她的。"

老主人沉思片刻说道:"我是这样想的,你把这土狗买了,用鞋底板抽打它的脸,直到肿起来为止。看上去便和哈皮狗有几分相似了。"

这老主人也忒没良心了,想我在他家几年,尽忠尽职看门,到如今要落得一个被扇脸的下场。

林江海居然点头同意了:"这倒不失为一个办法。"

我昏死,这个林江海被猪油蒙心了吗?一只土狗的脸即便肿起来也完全和哈皮狗的脸有天壤之别的。

哈皮狗我也在图片上看到过,将我恶心得一星期都没食欲,我发誓

游戏局中局
一只狗的流泪童话

我从没见过如此丑陋的狗，用人类的词来概括，就三字：非主流。

我心里愤愤地想：他们竟然在商量要把一只主流的中华田园犬活生生地给揍成非主流的哈皮狗，这可真是滑天下之大稽啊！

好吧，我承认我矫情了，其实我是很愿意跟着林江海回家的，被扇脸总好过于被宰杀。

我就这样从老主人手里转到了新主人手里，虽然目前有些苦头要尝，但对于前途我还是有信心的。不就是陪着一个5岁的小女孩玩耍吗？对于一只已经成精的狗，我有信心将她哄得团团转。

林江海牵着绳子，我跟在他身后，走了一天的路终于到家了。

GAME

GAME　　**02**　　红妞的糖果

林江海牵着我走进了院门，我摇着尾巴，屁颠屁颠地小跑着，命运未卜。如果我被小女孩识破了，会被赶出家门吗？

来的路上，我观察了环境，我已经做好了规划，如果真落到失宠的地步，我就靠打猎维生，做一只骄傲的猎狗。

林江海站在院坝里，双手叉腰，大声道："乖红妞，你看我给你带了什么礼物？"小女孩应声从土房里跑出来，蹦到我的面前，惊喜地叫道："爸爸，你真的给我买到了哈皮狗？"

林江海笑道："买到呢，正宗的哈皮！"这个老东西说起谎来脸不红心不跳。他说哈皮二字时语调要多轻浮有多轻浮，和我见过的许多小地痞是一样一样的。

红妞俯下身子，将我搂在怀里，把她的小脸贴在我脸上，我嗅到了她嘴里的奶腥味。不可否认，眼前的这个小女孩长相非常可爱。胖嘟嘟的圆脸上一双眼睛超大超亮。

人与人讲究缘分，狗与狗也讲究缘分，人与狗也讲究缘分。嗯，我

游戏局中局
一只狗的流泪童话

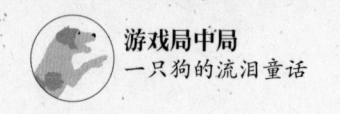

是不是太啰唆了些？总之我一下子就喜欢上了这个小姑娘。

她伸出胖嘟嘟的手抚摸着我的皮毛道："我给你取个名字，就叫你小哈吧！"我心里一百次地回应："我才不是哈皮狗，我是一只正宗的土狗。"我还故意地抖抖皮毛，你见过哪一条哈皮狗有我这么棒的身材？

林江海见女儿开心，也跟着开心，他找了些土砖在大门口给我做了一个窝，甚至还铺了些柔软的稻草，我对他的恨意减少了一分。唉，谁叫我是一只内心柔软的狗呢！

走了很多的山路，我很困，钻到窝里就开始呼呼大睡。

第二天清晨，夫妇俩去田里做农活了，红妞开始逗我玩耍，她把我从窝里拖出，直愣愣地盯着我看。我看到她的眼睛里闪烁着泪花，紧接着她的眼泪河流一般流淌在脸颊。

多善良的小姑娘啊，她一定是看清楚了我嘴上的伤痕。我内心感动极了，谢谢你为我流淌的眼泪，今后我一定对你好，做你的忠诚保镖，绝对不容许任何一个野孩子欺负你。他们真敢欺负你，我必定会撕去他们屁股上的肉。我，小哈现在就指天对地发誓，说到做到。

别说我太轻易起誓言，平生第一次有人为我哭泣了！而且还在我没死的时候，这怎能不令我感动？！

红妞大哭道："明明就是一只土狗，还骗我说是哈皮狗。"

我这才惊醒，原来最终还是被发现了。

红妞哭喊道："死狗狗，你敢欺骗我的感情，我要活埋你。"

小姑娘说做便做，她从茅房里找了把锄头，在园子里寻找着合适的地点，我感到非常可笑，就凭你也能活埋我？谁埋谁还不知道呢，我屁颠屁颠地跟在她后面。

红妞终于找到一个满意的位置，她抡起锄头开始挖坑，刚下过雨，

· 008 ·

02 红妞的糖果

土很潮湿松软。

挖了十多下，一个坑的形状已经形成。只是还不够深，红妞坐在地上呼呼地喘气，她摊开小手，看到白嫩的小手上起了两个大血泡。

她刚收住的眼泪又流了出来，江河一般。她踢了我一脚，吸着气哭骂道："都是你害的，死狗狗，我要活埋你。"

天啦，你还讲不讲理？

但我就是见不得她哭，她哭一声，我心里就疼一下。我真是上辈子欠她的了，我晃下头，无奈地跳进坑里，用爪子刨土。

红妞看着我的动作，扑哧一声笑了，道："真是一只有趣的狗呢！"

坑被我刨得很深了，我闭着眼，侧着身子躺在里面，心里陡然泛起悲壮。埋就埋吧，只要能让你开心。

红妞蹲在坑边，用胖嘟嘟的小手拨弄着我的耳朵，奶声奶气地道："狗狗，我逗你玩呢，快起来，地上很潮的，小心生病了。"

我心里暗自好笑，我在坑里躺着很舒服呢！

土狗本来就是要接着土气才能身体健康百病俱消的。曾经有一次，我嘴馋偷了只鸡，被老主人吊在屋梁上，吊了三天才放下来，一沾到土气，我又活蹦乱跳的了。连老主人都感叹道："狗命真贱，这样也不死，贱命好养。"

我偏下头，半睁着眼，偷偷地望小女孩，我的目光狡猾而温柔。见她一副做错事的表情。我故意哼几声，翻了个身子，做出了彻底不理睬她的姿势。

红妞气嘟嘟地道："我真埋你了啊。"她抓起一把泥土，捏碎后细细地撒在我身上。见我还是没动静，她急得又哭了起来，哽咽着道："你起来，大不了我躺在里面，你埋我。"我就说过，谁埋谁还不知道呢，哈哈。我站起身，轻轻一跃，跳到坑外，抖动着身子，灰土尽落。阳光

009

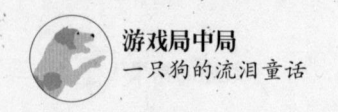

下，我的皮毛更显得污秽不堪。

红妞见我肯出来了，笑容立刻绽放在脸上，尽管她的腮边还挂着泪花。我记得有首童谣，其中有这么一句：又哭又笑，黄狗撒尿。

红妞开心地对我说："我给你糖果吃。"她抠啊抠，终于从裤包里抠出一个糖果。她快速地剥了纸，递到我嘴边。我的哈喇子忍不住地流了出来，心里说："哎呀，小姑娘，糖果只有一个，给了我你就没得吃了，要不你一半，我一半吧。"

但我只是有了思维，并不能开口说话，所以我不能把心里所想的表达出来。

我汪汪地叫两声，红妞的手往前一送，整个糖果落在了我的嘴里。实在是经受不了诱惑，管它三七二十一的，先吃了再说。

真甜啊，我咧了咧嘴，拼命地摇尾巴，以示感谢。

红妞见我吃完糖果，又道："再给你吃一样东西。"我满怀期望地仰起头，我原本就是一个吃货。

只见她撅起嘴巴往地上吐了口唾沫，然后命令道："吃了它。"

我只差当场昏倒，这小妮子居然要我吃她的唾沫，有没有搞错？

红妞自有她的说辞，她道："你只要吃了我的唾沫，你就永远记住了我的气味。"她顿顿又道，"我以前养过一只狗，笨死了，每次我换了衣服，它都不认得我了，总是对我汪汪大叫，有一次还追着咬我的屁股，你可不要再犯这样的错误。"

她笑眯眯地道："所以你还是乖乖地把我的唾沫给吃了吧。"

我翻着白眼看她。

红妞嘟起嘴巴，稚声道："你不吃也行，把我刚才给你吃的糖果吐出来。"

问题是我能吐得出来吗？我只好低头去舔唾沫，味道不太好，主要是心理作用吧!

我舔完唾沫抬起头,习惯性地又去舔舔嘴,红妞明显误会了我的这个动作,问道:"还想吃?"

我慌忙摇头。

她呆呆地出了会儿神,突然道:"不对,你好像听得懂我的话,我要告诉爸爸。你是一只狗精怪。"

我一下慌了神,我太大意了,可不想被这种两条腿的动物发现我跟他们一样,有同样的思维能力。这会给我带来一场要命的灾难。

补救还来得及,我立即作出一副憨痴痴的样子,摇头摆脑地钻回狗窝去了。

GAME 03　　　　　　　　　　　　　邻家小白

　　林江海干完农活回来后，小丫头果然告状了："爸爸，这是一只狗精怪，它听得懂我的话。"

　　林江海听完女儿添油加醋的叙述后，哈哈大笑道："乖女儿，狗通人性呢，这只是一只比较聪明的狗而已。"

　　从此，我在新主人家安身了，并且快乐地生活着。我的快乐来自多重，比如村里有很多母狗，它们都围绕着我转。又比如我总能哄红妞开心，她一开心了，就会悄悄地把妈妈给她压在碗底的荷包蛋给我吃。嗯，我承认我的确有点不厚道。

　　我那时还没觉察到我品格有问题，以致后来我甚至堕落成了一只流氓狗。

　　为了让大家全面了解到我在村里的惬意生活，我还是得插一段我与其他狗狗相处的场景描写。

　　说起来，我最喜欢和隔壁家的小白玩耍，因为小白实在是一条奇怪的狗，体型虽然比我大得多，却练就了一身逮老鼠的本领，它在逮老鼠的时候可谓身轻如燕，直至把主人家的猫都比下去了，我常常看到那只肥猫蹲坐在门框边，无比鄙夷地盯着小白和小白嘴里还在挣扎的老鼠，那场景真是有趣极了，我在心里哈哈大笑。我想：每一条不着调的狗狗后面，必定有一个更为不着调的主人。

我常常在午后，约上小白，我们一齐去河坝里搬石头，搬开石头后，运气好的话会找到些肥胖的虾子。热得受不了的时候，我们还会在河里泡澡。

这天下午，我和小白又去河坝了，摸了两个小时的虾，脚趾头都泡僵了，也毫无收获。我丧气地趴在潮湿的细沙上。不争气的小白又钻到河坝里的草丛中埋伏着，我知道它又准备捉老鼠了。我懒得理它，微微地闭上眼休息。

夏天的天气真是说变就变。转眼间，晴朗的天空就布满乌云，沉闷的雷声从山边传来。

小白突然腾地一下从草丛里蹿出来，我以为它被蛇咬到屁股了，却见它往村中狂奔而去。

我来不及分析。紧跟在它后面，我边追边吠，我是在问它："老伙计，你被蛇咬到屁股了？跑那么快干吗？是准备让主人领你治疗吗？"

小白回过头，吠了一声，意思是："朋友，比蛇咬到屁股还严重，我再不赶到家，就死定了。"

它的回答更激起了我的好奇心，就这样，我一路跟到了小白的主人家。大滴的雨已经落下，跟进院子后，我看到小白用嘴将晒在草垛上的床单叼起，飞快地蹿进堂屋。

但已经晚了，床单还是被淋湿了，小白的表情非常难看。正在这时，屋外走进一个十六七岁的少女，我认得她，叫小霞，正是我前面所述，不着调小白身后的那个更为不着调的主人。

游戏局中局
一只狗的流泪童话

小霞将雨伞合拢，看到了我，道："谁家的狗狗也在这啊？"我从喉管里发出呜呜的响声，那是我在回答："你管我是谁家的狗？难道你不欢迎？"

小霞又看了我一眼，说："我想起来了，你是红妞家的是不是？我对你有印象的，我看到过你趴在林江海家的院门口打哈欠呢！"

小霞第三眼才看到那湿透了的床单，她脸色一下就变了，变得跟小白一样难看。

小霞张嘴就骂道："白白，你说我养你干吗，教育过你多次了，下雨得给我收床单，现在都淋湿了，你叫我晚上怎么睡觉，你说。"

小白低低地垂着头，哼也不敢哼一声。小霞继续骂道："你说我供你吃，供你喝，就这点小事也干不好，养头猪也比你强。"

小白翻着白眼看她，小霞更生气了，上前就揪住它的耳朵大声吼道："每次骂你都是这副死表情。"

她越说越生气，顺势就踢了小白一脚。

毕竟不是亲生的啊！

我心里对小霞说："你怎么能这样，怎么可以动武呢，万一打出逆反心理怎么办？"

小霞看着小白眼泪汪汪的可怜样，终究于心不忍，又将它搂进怀里，道："白白，你今后一定得用心学，再也不要贪玩了，我还要指望你养我呢！"

小白马上伸出红红的舌头舔小霞的脸。

我说白白啊，你怎么可以这么贱呢？打你也打了，骂你也骂了，糖都没给你吃一颗，就把你给哄住了。记得上回红妞作势要活埋我，之后还给了我一颗糖吃才摆平我呢！

我心里暗下决定："要是红妞敢训练我下雨收床单，我一定会在下

雨天把她的枕头衣服裤子统统丢到院落里！"

今后和红妞相处，该反抗的时候还是适当反抗，什么都由着她，容易惯出她的坏毛病。

我和小白的故事还有很多，比如有一次，我鼓动它去偷村里养蜂人的蜂糖，是从蜂箱里偷啊！小白被我怂恿之后，悄悄地靠近蜂箱，用两只前爪一下就把蜂箱的盖子掀开，成群的蜜蜂追它跑了足足五六里路，我敢说，那天小白肿大的脑袋和脸，真的像极了哈皮狗。而我在所有蜜蜂去追赶小白后，美美地饱餐了一顿。小白也是一条聪明的狗，后来回过神来，知道我在利用它，好多天都没再搭理我。即使偶尔在路上碰见，它也假装不认识，我承认，这事我确实办得不地道！

村里还有一条年老的狗，给我的印象也很深刻，它深黄色的皮毛，脚掌往上的一部分却是雪白色的，像穿了袜子。

它体型很大，我第一次从它身边经过时，心很慌，怕它攻击我。而它终究没有吠叫，只是安静地呆立在路边，让我过去，我忍不住看了它几眼。

我在看这只老狗的时候，它也在看我，它的目光透着苍凉和落寞。

狗老了，就是这个样子吧，人老了，也是这个样子吧，安静地等着，与世无争，云淡风轻。

人和狗都是奇怪至极的动物。

嗯，我不要再思考这些乱七八糟的问题了。

接下来我要阐述一件比较尴尬的事。

GAME　　　　　　　　04　　　　　　　　红妞的花环

那日天气暴热，林江海夫妇俩都不想出去干活，就在家歇着。

女主人杨菜花实在是个贤惠的人，想着难得一天在家闲着，就准备了一桌好菜，有红烧兔肉和野韭菜。说起野韭菜，可能大伙儿不太了解，野韭菜味道非常鲜美，但容易上火。这个火，是欲火的意思。

林江海酒瘾犯了，杨菜花又给他倒了一杯枸杞酒。在这大热的天，两样东西凑在一起下肚，不出事都不行。我本来是趴在桌子底下的，为了看稀奇，我蹲在了堂屋门口，我要把林江海脸上的表情变化都看得清清楚楚。多年以后，我才知道，我天生就是一只偷窥欲特别强的狗。

我看见林江海的脸跟猴子屁股一般红了，他开始用眼神挑逗孩子他妈。碍于孩子在跟前，林江海也不便用语言公然调情，只是说："你跟我到房间。"偏偏杨菜花不解风情，问道："到房间干什么？"林江海猥琐地笑了笑，我看见这笑容都打了一个哆嗦。

杨菜花终于回过神来，扭捏地说："这，大白天的。"

我提前走进了房间，蹲坐在地上。我就看着，什么也不说。

我慢腾腾地转身走出房间。与其在这作无趣的观摩，还不如去讨好红妞。

我跳上板凳，眼巴巴地望着那半盆红烧兔肉，哈喇子长淌，红妞却趴在桌子上，将手支在腮帮上，气嘟嘟地问我："爸爸妈妈在房间里做什么？"

然后她又道："你不说我也知道，真不害臊。"

我心里一凛，这么小的孩子怎么什么都懂呢！这做父母也太不注意了，那个场景怎么能让孩子看见呢，不知道这会对孩子的心理健康有影响吗？

我忧郁地望着红妞，为她的成长担忧。

红妞用手指搅着衣角对我说："小哈，陪我出去走走，好吗？"我却蹲坐在凳子上，直愣愣地望着兔肉，以极大的定力才勉强控制住爪子，使其不往菜盆里探。

她跳下板凳，哼哼两声往门外走出，我只好把满口的馋水吞进肚子里，很不情愿地跟在后面。途经一个大晒场时，我看到几只母狗在散步，它们也望见了我，汪汪地打着招呼。

我也吃了些野韭菜，体内那股火"嗖"地一下蹿起来了。

我前腿踢着后腿奔跑了过去，速度之快，只差要飞起来了，耳边只听到风声和小丫头的骂声。

我围着一只肥嘟嘟的母狗转，平地响起一声爆吼："死狗狗，连你也不要脸，我要叫爸爸阉了你。"

我顿时焉了，小丫头的话林江海必定会应承。她那么小的年纪自然不知其中厉害，万一她固执地认为阉了我反是为我好呢！

我见过阉割后的公狗，整天都耷拉个脑袋，颓废得连撒个尿都懒得抬后腿。

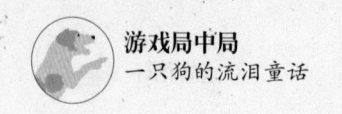

我才不要做一只阉狗，我以最快的速度跑到小主人面前。她冷着脸道："死狗狗，知道怕就好，以后最好听我的话，不然，哼哼。"

她又命令道："心里好烦，你陪我到山上走走吧！"

坐在山坡上，我呆望着脚底下的山村，炊烟袅袅升起。

红妞闲着没事，编制了两个漂亮的花环，一个戴在她头上，一个套在我头上。

我是一只公狗，我不要戴花，我用前爪给拨拉了下来。

"戴上！"她严厉地说。

我心情也突然烦躁起来，受够了，先是这个问题少女，不，应该是问题儿童叫嚷着活埋我，就在半个小时前，她还威胁要阉了我，而现在，又要我像个娘们一样戴花。

我得拿出实际行动表示抗议了，我得具备表达自己观点的勇气。

我生气地用脚踢了一下花环，看着它滚下山坡去。

红妞脾气更大，她立起身踢了我一脚，道："滚，我不要你了。"

天啊，这就是我对人类百般献媚、唯唯诺诺半辈子得到的奖赏吗？我觉得我是时候调整看世界的眼光了。

但我的心还是疼了起来，很疼，疼得我鼻子都开始抽动。

只是我真的被抛弃了吗？我突然想流泪，但还是忍住了，心里大吼道："滚就滚，谁愿意整天陪着你这个问题儿童玩耍呢。离开你，我照样活得很好，我要做一只无拘无束、快乐的猎狗！"

我就地往后滚了几转，爬起来见红妞看都没看我一眼，又赌气地继续滚，一不留神却掉进了一个大坑，我赶紧一个漂亮的跳跃，跃上坑后随即端端正正地蹲好，刚才的狼狈样还好没被红妞看见，看见了，她不笑掉门牙才怪。

红妞往前走了十多步，回过头来看见我稳稳地坐着，没有半点跟她

走的意思。这个问题儿童也找不到台阶下了,她赌气说:"小哈,你要真有骨气就一辈子不要回家,最好饿死在外面。"

开什么玩笑!一只智商已经逆天的狗会被饿死!小妹妹,你真是太年幼了。但我真不怪你会这么想!谁没有少不更事的时候呢!

她缓缓地走下山坡去了,走几步又回头一望,她心里肯定是极其希望我跟上去的,但我已经铁了心要给她一个教训。

其实我一直趴在土坎上,悄悄地探出头目送着她离去,我担心她摔倒,或者是碰上其他野狗拦路。

终于,她走远了,变成一个小点点,但我还是看到小点点走走停停的,她还在依依不舍地回头。

风穿过树林,发出呼呼的声响,我突然觉得有点孤单。我决定找点事情做,我首先想到我要学会打猎的技巧。山上应该有很多野兔的,我喜欢吃兔肉。

我匍匐前进,抵达一个大草坪。我看到草坪上不时有兔子经过,但它们速度太快,就如人们形容生活时,总喜欢把幸福比作是掠过草坪的兔子尾巴。我这样说,你们就明白有多快了吧,犹如天上的流星,在眨眼之间,一闪而过。

我既然追不到,只有智取了,我对自己的智商蛮自信的。思索良久之后,决定采用最古老的方法。我折了一根树枝含到嘴里,端坐在草坪中间,心里一直默念:"我是一棵树,你们看不到我,我是一棵树,你们看不到我。"

草坪里不再有兔子经过,我热得伸出红舌头呼呼喘气,突然觉得,我是太阳底下一个最大的傻瓜……

好在肚子里还有些存货,我安慰着自己不着急,不着急。

我决定先为自己搭建一个窝,我看到一个土坡,泥土不松不紧,我

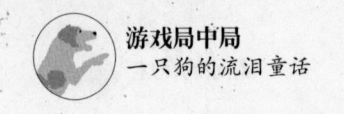

用爪子开始刨土。狗刨土的样子很难看，专门的有个词语来形容，叫狗刨骚。

反正我周围也没人或者其他狗，就顾不上优雅了，乱刨一气，洞用了半个小时的样子才刨好，直达土坡深处一米左右，我用两只前爪推了块石头在洞口，这才倒退着身子钻进去，又用吃奶的劲儿把石块刨动，直到完全堵住洞口。这般，我就可以高枕无忧地睡大觉了，不怕再受到比我强悍的动物的攻击。

土洞里好凉快，我满意地侧身躺下，但又突然想到一个很可怕的问题，假如有只狡猾的狼来攻击我，倘若它坚守不动，整日整夜地一直就堵在洞口，那我进退无路，岂不是要被活活饿死？

真是太可怕了，越想越觉得可怕，我几乎看见了一只体型硕大的狼就站立在眼前，而且是黑色的那种，模样非常惊悚。

如无远虑，必有近忧，我很庆幸自己能提前想到这一层，强烈的危机感让我不敢再偷懒，我赶紧钻出洞去。

我又开始刨土，从下午开始一直到半夜，又从半夜挖到天亮，狡兔三窟，狡兔在我面前算个什么，不就是稍微比我跑得快一点吗？你们根本无法想象，我将这个大土坡挖成了什么状况，整整八个进口八个出口，洞洞相连，若方向感差点，钻进土洞绝对迷路。

而我已经累得几乎散架，红红的舌头吐出老长，几乎缩不回去了，我的爪子全部被磨平，厚厚的肉垫子也磨破了，鲜血直淌。至于我的全身，也被一层泥土完全覆盖了，我只要一走动，掉落下的土灰能呛死一个人。我敢保证，你若看到此时的我，你绝对认不出我是一只狗。很多年后，我仍然对刨土挖洞的工作充满恐惧。

最要命的是，我感到了前所未有的饿。但我内心还是很高兴的，我的劳动没有白费，我心满意足地钻进亲自建造的宫殿。

我想安静地睡一会儿，可是胃空瘪得难受，还是先找点吃的吧，我又风风火火地钻出洞。

我看见前方有两只兔子在啃草，再次匍匐前进，我身上的泥土绝对是最好的伪装。三米，两米，一米。我几乎要得手了，可天上飞翔着的一只大鸟撒了几滴屎下来，正好落在我的眼睛里，眼睛是那么柔弱的器官，最容不得异物，我疼得一跳八丈高，兔子自然跑掉了。

我扬起头，眯着眼睛，泪流满面地仰望着天空，心里骂道："大鸟，我恨你。"

倒霉起来真是喝凉水都塞牙，大鸟，我前生与你有仇吗？

我摇晃着身子在山上转悠了半天，体力严重不支了，逮兔子是不大可能了，难道我真的要堕落到以挖山鼠为生吗？

当我说服自己生存第一，自尊心第二，做一只能屈能伸的狗后，我居然真的找到一个山鼠洞，不过这时我发现我的狗爪基本废了，一刨土就钻心地疼，挖山鼠的计划再次搁浅。

我靠着一棵树躺下，决定啃树皮充饥了，一只智商逆天的狗居然沦落到啃树皮为生，而且就要被饿死了。

树皮很难吃，不，应该是根本无法下咽，我只啃了几口便决定不再啃了，如果非要我吃树皮才能活命，我会毫不犹豫地选择饿死！

我把嘴巴抵在树干上，这样的姿势让我稍感舒服，我睡着了，准确地说是饿昏了。

我做了一个梦，梦见红妞来找我了，她搂着我的脖子哭，一直求我原谅她，真是一场好梦啊！

醒过来的时候，已经是下午了。既然找不到食物，我得回去，我花了那么大的精力挖出的地洞，死也得死在里面。

我摇摇晃晃地站起来，咦，天上怎么有两个太阳，我眨眨眼变成了

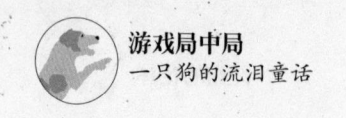

三个。不好,我知道自己又开始发晕了,我咬紧牙关,努力不让自己倒下,我怕这一睡去就是长眠。

我如愿钻进了土洞躺了下来,我快死了,我咬紧牙关,谁也不想,尤其不要去想红妞。

但我还是在心里默默地喊:"红妞我恨你。"

红妞,我真就死给你看啊。我要你愧疚一辈子,是你先不要我的,我呜呜地哭。

我说不想她,却满脑子都是她。

我这一哭足足哭了半个小时,泪水把眼前的泥地都击打出一个小坑。渐渐地,我连哭的力气都没有了。突然我想到了一件要紧的事,我得去趟山坡下,把那个被我踢飞的花环找到,就因为这个花环,我才和红妞起了矛盾,我死也得戴着花环死去,我知道当红妞看到我的尸首时,看到我头顶上的已经枯萎的花环后,她一定会哭晕的,她会知道我已经向她认错了。

嗯,去找花环,我决定全力以赴去完成这个最后的心愿。

当我决定去做生命中最悲壮的一件事时,我遭遇到了一个难题,我在土洞里迷路了。

狗的方向感理应是非常好的,你把一只狗蒙着眼睛丢到几千公里外,有可能在几年之后,它就风尘仆仆地跑回来。

但我自从有了人一样的思维后,身上的一些狗所具备的特殊能力开始下降,比如嗅觉越来越不好,方向感也越来越不好。而另一方面,只有人类才具备的一些性情逐渐在我身上出现了。比如有时候会很任性,脾气有时候也很坏。我还会骄傲,会去做一些不切实际的梦。

我在土坡里转啊转,越转头脑越昏,从这个洞走进那个洞,再走到另外一个洞,就是找不到出口。完了,这下不想死都不行了。

你能想象出一只狗拖着一条尾巴，昏头昏脑地在土洞里转悠的滑稽样子吗？

我还不信这个邪了，我沉静下来，开始理智地分析。其实在挖洞前，头脑中已经有成型的结构图，我是严格按照结构图施工的。

为了防止豆腐渣工程，在施工的同时，还搬了一块石头一直夯土，所以把我形容成一只做事严谨的狗也非常恰当。

经过回想，头脑中完整地浮现出了那张施工图，我克制着浮躁的心理，闭着眼眼睛凭感觉走，走一步琢磨一番，十多分钟之后，我终于走出来了。

站在洞外，我看见夕阳把大山镀上了一层金黄色。不得不承认非常富有诗意，但已经顾不上欣赏美景，我在心里一直喃喃自语：终于走出来了，终于走出来了，我悲愤地看了几个小时前我还引以为豪的工程一眼，头也不回地走了。

我歪歪倒倒地向山坡走去，在经过一片稀疏的灌木林时，我看见前方十米开外又有两只兔子，一只母兔带着一只小兔。还要不要再匍匐前进？我刻意抬头望了下天空，没有大鸟经过。我艰难地趴在地上，就那么一点点地拖动着身子，待到只有三米远时，我才看清楚是什么状况，原来那两只兔子根本就不能挣扎逃离了，它俩已经被天罗地网死死地缠绕住了。

天罗地网是猎人用来捕兔的一种工具，用极细且透明的丝线编制而成，网有一米宽，几十米长，兔子眼神本来就不太好使，加上有时候走得匆忙，撞在网上，结果可就惨了，越挣扎越被束缚得紧。

猎人在兔子出没的地方布下天罗地网后，回家等待，几天之后再上山必定有收获。

现在，这两只倒霉的兔子就要成为我的口中餐了，我目测了一下，

游戏局中局
一只狗的流泪童话

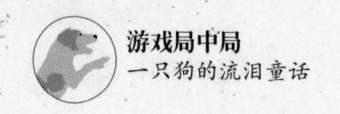

那只母兔又肥又大，至少十斤，我可以吃上好几顿，小兔虽小，但肉必定极为鲜嫩。

嘿嘿，我就说过，我那么高的智商怎么可能被饿死呢，我要重振做一只猎狗的信心。在重振信心之前，先得把肚皮问题解决了，可到底是先吃母兔呢，还是先吃小兔？反正我不忙，有时间做决定。

还是先吃小兔吧，一餐就解决，母兔留到明天享用。我张开大大的嘴就要咬过去，突然，我看见了母兔流下了一滴眼泪，再看小兔，小兔浑身都颤抖着。

我呆了呆，当着一个母亲吃它的孩子是不是太残忍？嗯，还是先吃母兔吧！可是，当着一个孩子吃它的母亲也是很残忍的。

两难之中呀，怎么办？

我脑海里突然冒出了一个荒唐念头，放走它们！我被自己突来的想法吓了一大跳，放走它们我真就得饿死了。

我知道在大自然当中有这么一个血淋淋的法则，弱肉强食。但我作为一只有高等思维的动物，我的善良，我的怜悯之心将使我游离在这个法则之外。

我看着两只兔子，它们也在望着我，它们的眼光很绝望，殊不知我的眼光更为绝望。

我吃力地将天罗地网咬开了一个洞。两只兔子仍旧缩成一团，不敢出来。

我远远地站到一边去，母兔才带着小兔小心翼翼地走出网，它们一蹦一跳地回家去了。其间，母兔一直频频回头望我，它不是兔精，应该没有思维，但我仍然能感受到它那回眸的目光是充满感激的。

看着兔子离去，我原地转了几圈，头脑有些不清醒了。哎，我到底是打算做什么呀？我只记得要去做一件很重要的事，但我忘记了这个事

是什么事。

　　我用爪子拍了拍脑袋，我是去山沟里找水喝吗？我舔舔已经开裂的鼻子。嗯，我才不要脱水而死。我拖着尾巴向前方走去，我是个路痴，方向感很差，也不知道哪里才能找到水喝。但我愿意一直往前走，途经一个山坡时，我看到了花环，我这才恍然大悟，哦，原来我不是去找水喝的，我是在找这个花环。

　　我知道我思维完全混乱了，我应该坚持不了几个时辰了。

　　我把花环戴在头顶，俯视着脚底下的村庄。我的眼光穿过密密麻麻的土房，我找到了红妞和我共同的那个家的位置。

　　我虽然气若游丝，但还是想为自己刨个坑，那是我的坟墓。可是我脚掌还在流血，无力达成，退而求其次吧，我得找一些枯枝败叶盖在身上。我不想让自己的身体暴露在野外。

　　我又费力地去找树枝了，我终于明白，我根本就不是饿死的，是自个把自个折腾死的。

　　我躺好，把树枝全部挪到身上。我知道今夜我将死去。

　　红妞，下辈子我轮回成人，与你做一对兄妹。守护着你长大。

　　我闭上眼，等待着死神的来临。

　　突然，一个激灵，我又坐了起来，我不能死在这里，这样会让红妞找到我的尸骨的。

　　我不想让她再伤心，宁愿让她认为我背叛了她，到广阔的天地去寻找自己的生活了。我宁愿她恨我。

　　哎，真闹心，我推开身上的树枝又站了起来，摇摇晃晃地向大山深处走去。

　　然而，只走了几十米，我"扑通"一声栽倒在地，彻底没有了知觉。

　　醒过来的时候，我发现自己躺在床上，狗腿上扎着针管，医生正在

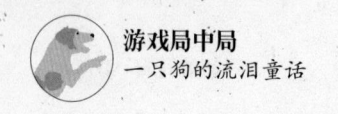

给我输液。

后来我才知道，红妞回家后只待了十多分钟，就折转身到山上找我，但那时我正在土坡里忙着挖洞，她没看到我，以为我下山了，就满村子找。

她找我一直找到半夜，哭成个泪人，第二天就发起了高烧，林江海和杨菜花吓坏了，他们也明白了我对他们女儿的重要性，也陪着漫山满村地找我。

从红妞后来对我的絮叨里，我知道他们找到我时，我都没有呼吸了，红妞执意要医生救我，医生说："我是救人的，你们却让我医治一只狗，医狗也就罢了，还让我医治一只死去多时的狗。"

但林江海看着女儿一直都是哭哭啼啼的，也跟着抹眼泪，他对医生说："你就给这只狗输瓶氨基酸吧，哄哄孩子，多少钱我给你。"

猫狗都有九条命，当我丢了八条半的命后，红妞死死地拽住了我那即将离世而去的半条命，硬是将我重新拉回人世。

但，如果我知道以后将发生的事，吾宁死。

我完全恢复后，红妞开始语重心长地教育我。她说起来就喋喋不休，没完没了："小哈，你真得改改你的脾气，那么坏，我是你的主人，我骂你两句又怎么了，我踢你一脚又怎么了，你还真赌气不回家了。你再看看村里有哪条狗是这样的……"

年纪不大，就已经婆婆妈妈了，长大了怎么得了。我把头抵在地上，用两只爪把耳朵按住，不听不听就不听！

她伸出小手把我的爪从耳朵上移开："说你两句你还不爱听了，哼！"

我顺势用爪抓了下她。我的脚掌很脏很脏，她尖叫道："天啦，我刚换上的新衣服。"

好吧，我承认我是故意的。

04 红妞的花环

有一天下午，村里的牛妞来找红妞玩耍，两个孩子都爱狗，就交流起了养狗的心得。红妞老成十足地说道："永远不要威胁你的狗狗说再不听话我就走了或是不要你了。狗狗最大的恐惧便是你不再爱它并抛弃它。记住，哪怕是开玩笑也不要。"

牛妞就说："你家的小哈聪明，我家的胖胖也不笨。"她随即活灵活现地给红妞讲起胖胖的故事："有一次胖胖把一只鸭子咬了，我爸爸非常生气地拿着一根破竹竿狠揍了它一顿，可能是爸爸下手太重了，胖胖跑到离家一百米的一块草地上躺在了那儿，怎么叫都不回去，给它饭也不吃。

"过了两三天，胖胖可能是肚子饿了，最后还是回家了。我们一家人都觉得太不可思议了！说给一个亲戚听，亲戚根本不信，就问爸爸是怎么打它的，爸爸马上就给他'表演'当时的情形，不过这次没拿武器。他对着胖胖大声训斥道：'下次再咬鸭子看我不打死你！把你嘴打烂！'"

牛妞继续讲道："我看到胖胖眼皮耷拉下来了，然后就往大门方向走，消失在了夜色中。

"我们都知道，胖胖又耍脾气了，当时是狗狗吃饭时间，这狗气得连饭都不吃了。我提着饭去找它，把饭送到它嘴边也不吃，可想这只狗是多有个性。

"第二天我看到它往家的这方向走来，我还想这么快就回来了？还想准备给它喂饭，结果那臭狗直接进到厕所吃屎去了，吃完出来很高傲地舔舔嘴又回草地躺着，我当时就傻了……嘿嘿。"

我趴在地上，支起耳朵一直偷听着两个小女孩的谈话。唉，这个胖胖呀，以后不跟它玩耍了，脏死了。

GAME 05　小哈救主

这个漫长的夏天异常的热，但山村里的农民都是从地里刨赖以生存的粮食，所以除了偶尔的休息一天，再高的温度也得顶着烈日下田劳作。

林江海和杨菜花扛着锄头出门后，家里又只剩下我和红妞。

我和她玩耍一阵，觉得太困，就回到狗窝里睡觉去了。这个夏天，我养成了午睡的习惯，我要做一只生活有规律的狗。

睡梦中，我感觉到有一只苍蝇老叮我的鼻子，我用爪子刨了几次都没赶走它，太讨厌了，我很不情愿地睁开眼，想咬死它。

红妞蹲在狗窝旁，笑嘻嘻地望着我道："小哈，醒了呀？"原来，她正用一根谷草撩拨我敏感的鼻子呢。

我汪汪地叫两声，示意着不满，我的祖宗，你就不能消停会儿，能让我养养神吗？

红妞摇着我的身子道："小哈，不要生气啦，陪我去河里洗个澡，好几天妈妈都没给我洗澡了，身上好臭。"她把我的头按在胸口，"不信你闻闻。"

我嗅了一下，果然有些汗味，我打了个喷嚏。红妞摆摆手道："你看，连你都受不了吧。"

我们两个并排向大河走去，阳光炽热而明亮，我行走在这真实的天地之间，竟然产生了恍惚感。

河水浅得只能淹到膝盖，但调皮的男孩们用石头将河水层层拦截，形成一个又一个的水塘。

只是每个水塘里都泡满了男孩子，男孩们看见我们沿着河岸走，老远就招呼："红妞，来和我们洗澡。"红妞低垂着头，脸红彤彤的。

突然，一个五六岁左右的小男孩一丝不挂地站在河岸上，堵住了我们的去路。红妞双手捂住脸骂道："不要脸，耍流氓。"

男孩嬉皮笑脸地说道："别害臊呀，一齐下水玩嘛，我们跟很多女孩子都一起玩过水的，像二丫、招弟。牛妞。"

"滚！"我心里咆哮一声，大叫起来，身上的毛也竖起来。小男孩有些怕了，颤抖着声音道："小哈，小哈，我是跟你的主人开玩笑呢。"

小哈也是你叫的吗？我越发生气，做出随时要扑上去的样子。

红妞仍闭着眼睛，她命令道："小哈，咬他。"

我得令扑了上去，小男孩吓得折转身狂跑起来，边跑边喊："妈妈，妈妈。"明显就是一个还没断奶的小乳儿，简直不知天高地厚，竟然敢调戏我的小主人！

其实我一直控制着速度，使嘴巴与他屁股蛋子保持着两厘米的距离，我只是吓唬吓唬他而已，顺便警告下其他男孩，要想欺负红妞，门儿都没有！

我把小男孩赶到了大河里，一群男孩赤身裸体地站立水中，一齐对我叫道："小哈，有种你下来！"

我突然觉得自己有些狼狈，但我还是抖了抖身上的毛，假装没事儿，

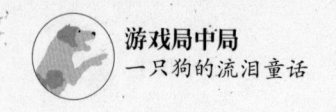

扬起高傲的头，回去找我的小主人了。

红妞将我搂在怀里，脸贴着我的脸说："你只是我一个人的小哈。"

我伸出舌头舔她的脸，心里说："嗯，我保护你一辈子。陪你慢慢变老。"

但我也明白，这只是在煽情而已，人的一辈子有几十年，狗的一辈子却只有十多年，我现在已经四岁了，掰着脚趾头算过：我大概还能活8年左右。8年之后，红妞也不过才13岁，我很遗憾我等不到她成年，喝她的喜酒。

红妞折身往回走，我颠颠儿地跟在她后面，心里嘀咕："你不是要洗澡吗？"红妞说："那些小孩子太讨厌了，会往河里撒尿，我才不跟他们用一条河里的水洗澡呢！"

"嗯。"我在心里回应了一声，"你分析得很有道理。那么我们去寻找另外的一条河吧！"

红妞带着我爬到了半山腰，有一条堰沟绕着山腰而过。

堰沟大约只有一米宽，水也不深，目测只能淹到红妞的肚脐，但我总觉得不对劲，为什么从没见过小孩在这条堰沟里泡过澡呢，我嗅到了危险。

我仔细观察这条沟，是三面光。所谓三面光就是沟的底部和两侧都是抹了水泥的，水很清亮，可以看见底部绿油油的青苔。

红妞脱光了衣裤，见我一直盯着她看，踢了我一脚，骂道："死狗，再看我把你眼珠子抠出来。"

谁稀罕看你，大爷看过的裸体女人多了去，想当年我还在老主人家里时，但凡村里有人结婚，我都要在洞房花烛夜偷偷地趴到新媳妇床底下偷听偷看。

嗯，我对这个有瘾。

我开始回想往事，咳咳，说起来我对村东头的那个女人身材最为满意，但因为我实在不想让这本小说低俗起来，所以我就不再给你们细细地加以描述了。

这本书，我宁愿你们把它当作一个童话来看，尽管后面有些血腥和暴力，但童话就是童话，唉，我又在装深沉了。我是一只喜欢装深沉的狗。

当我回过神来的时候，红妞已经下到堰沟里去了，沟底因为青苔布满，又加上是用水泥抹光了的，所以红妞一下去就被河水冲着走，刚开始她还觉得好玩，嘻嘻道："小哈也下来，坐滑滑板呢。"

但是坡度越来越大，红妞越滑越快，她的膝盖也被擦伤了，鲜血直淌。她想爬起来，但沟帮子很高，也是光光滑滑的，她一个五岁的小孩根本就做不到。

红妞吓得大叫道："小哈，救我！"我想也没想就跳了下去，下去后，我才知道问题比我想象的还要严重得多，因为连我也找不到着力点，也被一直冲着往前走。别说孩子，就是一个大人落到这沟里，也休想再爬起来。

我用爪子勾在红妞脖子上，我们两个就像两只漂流瓶，被冲向凶险万分的远方，红妞紧紧地抱着我，她也没那么慌张了，有我在她身边，她感到安全。

我把红妞的头扳正，防止撞到沟帮上，但因为太照顾于她，我的狗头却撞在了沟帮上，疼得眼泪都掉了出来。

其实我完全可以一个漂亮的跳跃就回到岸上去，但我不能这么做，我要陪着她。忠诚是狗的特性。

我瞅到了一个机会，看到岸边有一棵很大的柳树，一截枝条垂下来，枝端落在了水里，我赶紧用嘴巴把枝条死死咬住，红妞应该是懂我的用

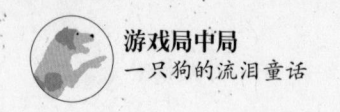

意，用手抱住了我的身躯。

我们两个终于停止了漂流。

但这只是权宜之计，不能从根本上解决问题。能拖一会儿便是一会儿吧！

红妞膝盖上还在往外渗血，脸色也是惨白的，但此时她还能保持不哭，也蛮坚强的。

冲力太大，我的牙齿开始出血，但我就是不松口，我暗自表了个决心，要我松口除非我死。

我决心刚表完，"砰"的一声，我的两个牙齿被活生生拔出。我想用剩余的牙齿再去咬枝条时已经来不及，眨眼之间我们就给冲出了五六米。于是我和红妞又抱在一起向着下游滑行了。

几年后，当我如武侠书所形容的那样，打通任督二脉，七经八络，当我能说出人语之后，因为缺少两颗门牙，我说话的时候总是豁风。

我突然一个激灵，想到了一个严重的后果，这个后果把我吓得魂飞魄散。

这条堰沟的尽头原本是连接着一根水桶粗的钢管，钢管足有百米长，紧贴着悬崖几乎是垂直而下，钢管的另一端接着的是一座大型的水电站。

原本，钢管的入口是蒙着一张铁丝网的，用以阻挡异物被冲进电站，可因为天长日久，又加之是泡在水中的，铁丝网生锈几乎坏掉了。之前我闲着没事外出游荡经过那里亲眼看到的。

我眼前浮现出来一个可怕的场景，我和红妞被冲进钢管，在垂直滑行百米后，直接撞击在水轮机叶片上。血肉横飞，不光如此，我们进去后还可能造成短路，上万伏的电输送不出去，瞬间引起爆炸。

真是可怕，我身子一纵，跳上了岸。红妞以为我抛弃了她，哀怨地看了我一眼。

我发疯地往前跑，一直跑到钢管与水沟的衔接处，沿途我根本就找不到可以着力对红妞加以施救的地段，被水泥覆盖了的沟坎，野草都不曾生长一棵，我望着脚底下的山崖，贴着山崖垂直而下的钢管，心紧缩成一团，耳边还传来轰轰的声音，那是机器的轰鸣声，我陷入了巨大的恐惧之中。

我发疯地往回跑，跑到与红妞交汇的位置，我又折转身发疯地往前跑，跑到钢管处又折回来。周而复始，思维混乱。

我疯了似的！

终于我跑不动了，一身步跳到沟里。我用两只前爪抱着红妞。

红妞，对不起，我救不了你，我唯一能做的就是陪在你身边，与你共同去面对死亡。

坡度又增加了些，水流推动着我们移动的速度更快了。

红妞也知道处境了，哭道："小哈，我害怕。"

近了，近了，50米，40米……

再不可能出现什么奇迹，我将爪轻轻按在红妞的眼睛上。

闭上眼吧，闭上眼那份恐惧就会淡了几分。

红妞把脑袋埋进了我的胸脯，我能感觉到她小小的身体在我怀里剧烈地颤抖。

我仰起头，看到灰蒙蒙的天空里成群的麻雀飞过，我的目光一直追寻着它们飞翔的路线，我知道这很无聊，我只是想分散一下注意力而已。因为我也怕死，尤其是如此惨烈。

麻雀向山林飞去，我的目光也跟随着转向山林。

我看到它们三三两两地落入了树林，只留下一片羽毛在空中打转，我从内心叹息了一声，收回呆滞的目光。

游戏局中局
一只狗的流泪童话

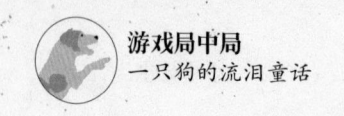

突然，脑海里闪过一道灵光，我似乎找到了逃生的办法，但我头脑一下又懵了，那道灵光划过的时间太短，我还来不及抓住它。

河水呀，你能流淌得慢一点吗？再容我想想好不好？

我急速思考。

啊，我有办法了，我激动得浑身颤抖，如一万伏的电流穿过全身。

麻雀，我要谢谢你们！

经过是这样的，我为了排除恐惧去看那群麻雀，在收回眼光的时候，我无意间瞟到靠近堰沟一侧岸坡上有一块圆嘟嘟的大石头。

那么为什么会有这么一块石头停留在那里呢？或许是多日前的一场暴雨，从山上滚落下来的，所以停在那个位置只是被树枝挡了一下。

我在极短的时间内目测到圆石头直径在 90 公分，而沟的宽度在 110 公分左右，最重要的是，钢管的直径最多只有 80 公分。

那么如果圆石头滚入河中，必然也会被水流冲击着往前走，最后就会把钢管的入口完全堵住了。

时间太紧迫了，我从堰沟里一跃而起，用闪电一般的速度冲到圆石头旁，以惊人的爆发力推动了石头，石头像个大皮球一样跳动着滚进了堰沟里。

而红妞刚好被水冲至石头滚落的位置，如果我慢半秒，百十斤重的石头就砸了红妞身上，如果慢一秒，石头就落在了红妞的身后。

生死原来就只在这一秒之中。

成功了，我的眼泪肆意流淌，瘫在了地上。

"砰"的一声，圆石头撞击在钢管上了，发出清脆的响声，这响声对我而言简直就是天籁之声。

天空中又飞过一只大鸟，我认得就是那天将屎撒在我眼里的那只大鸟。我真心地在心里说："大鸟，我不恨你了，我爱你！"

河水上涨，很快漫过沟坎，红妞站立在水中，水刚好淹到她的嘴巴处，红妞开心得都不知道笑了，大哭道："死小哈，还不将我拉上岸。"

她一说话，水就漫进她的嘴里。

我用嘴巴咬着她头上的羊角辫，将她往上提。借助浮力，她终于上了岸。

她揉着被撞得青紫的额头，对我说道："小哈，我欠你一命，我会还给你的。"

呸呸，童言无忌，谁要你还命？我没想到的是，后来她的话会成真。

红妞还光着身子，她命令我道："去上游把我的衣服裤子叼过来。"

我听懂了她的话，但我没动，我怕当我去了之后再回来时又找不到她。我再也不要和她分开。

但她也不能总光着身子吧，我心里说："要不你骑在我身上，我驮着你一齐去吧！"

为了表示诚意，我弯了下腿，降低了身体高度，红妞还真和我是心有灵犀的，她就要骑上去。

我就客气了一下，你还真骑了，没见到我的腿也被撞伤了吗？我现在是一个瘸子，再说你好歹有二十斤吧，我能驮得动你吗？

红妞只将一条腿跨在我背上，又很快放下来，悻悻地说："我才不骑狗呢，跌份儿。"

经过这件事后，我在家里的地位陡然上升了几个层次，林江海和杨菜花正式把我列为家里的成员，我不再吃剩饭剩菜，杨菜花做荷包蛋时会做两个，一个给我一个给红妞，但我还是常常使用各种手段，比如撒娇、卖萌、装可怜，把另一个荷包蛋从红妞的碗里骗到肚子里。

有时我在外玩野了，天黑也不知道回家，一家人就会打着手电筒满村喊我："小哈，该回家了，小哈，该回家了。"

游戏局中局
一只狗的流泪童话

小孩是不能惯着养的，狗也如此，我渐渐骄傲起来。

一天，家里包饺子吃，面皮少，肉也少，只包了40个饺子，煮好的时候，杨菜花平均分配，一个碗里10个。

饺子馅是上等的精肉，又是全剁碎了的，拌了葱花，很香。我发誓我一生中从没吃过这样的美味。我几口就把10个饺子全吞下肚，我舔舔嘴，哀怨地望着红妞。她一个都还不曾吃进肚。

"啊，你都吃完了呀！"红妞只好分了几个给我，我又一口吞了，又望着她。

红妞快哭了："我一个都还没吃呢，我也想吃。"

但她还是给了我一个，在我低下头去吃时，她紧紧抱着碗，一溜烟跑走了。

我只好把目光转向林江海。我知道，要从他嘴里掏出饺子非常困难。

我故意张开嘴，让他看我的两个牙洞，我的意思很明确，我可是为了救你的女儿才失去两颗牙齿的，你可不能忘恩负义。

可林江海根本不吃我这一套，还故意吃得哗哗响。

他把最后一个饺子也吞下肚，满意地咂吧着嘴巴道："真香。"

我突然怒从胆边生，扬起前爪就给了他一个脆生生的耳光。

唉，我承认我是一只做事不顾后果的狗。

林江海被打蒙了，半响才回过神来，他脱下鞋子，扬起手作势要扇我，嘴里骂道："你还真翻天了，欠抽。"

喂，君子动口不动手哈，我连连往后退。

我赶紧跑回狗窝，缩在里面。

GAME

GAME　　　　　　　06　　　　　　　旧时光

　　由于生活待遇提高，我迅速长胖，身上全是肉，走路时，肉都是一颤一颤的。

　　曾经，我一度恐惧长胖，那时候还在老主人家里。

　　那时候我的饮食很差，主人想起来的时候才喂我一顿，想不起来就不喂我。即便是喂，也是些残汤剩水，但我智商高呀，我饿不着的。

　　我聪明到连天上飞着的麻雀都能给哄下来吃，我是这样做的。我趁主人不在家的时候，从米缸里偷了些米，又偷了些主人的白酒。

　　我把米浸泡在酒里，隔上几个时辰再把米捞起来，用塑料袋装着，我叼着塑料袋跑到树林里，把米撒在地上，悄悄地躲在远处观察。

　　上百只麻雀飞了下来，飞快地啄米，短短几分钟，它们全部醉倒趴在地上。

　　我讲到这里，你们也许会说："别吹了，狗能做这么细致的工作？就说你是怎么倒酒在米里的吧，你又不像人，有一双灵巧的手。"

　　但我要说的是：一只狗只要经过努力，也是能用爪子穿针引线的。

游戏局中局
一只狗的流泪童话

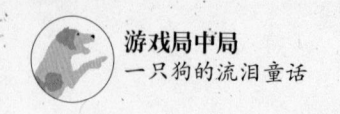

实际上，我早把自己的爪子训练得非常灵活了，只是我从不在人前表露，我知道这会让世人把我当作异类看待。当你成为大众眼里的异类后，带来的不会是荣耀，而是无尽的麻烦。作为一只狗，如果显得太聪明了，太像人了，有可能因此被科研机构抓去，养在铁笼里，每天用CT机给我做头部扫描。

我不要做小白鼠！所以你会时常看到我装笨。

所幸，到现在为止，从没有人怀疑过我已经存在思维能力，在他们眼中，我只是一只比较通人性的狗。

我吃厌了醉麻雀，就琢磨着该换换口味了，我本来是想织一张网下河捕鱼的，但找不到材料也就放弃了，只能趁着夜深人静，拿着主人家的撮箕到小沟里去捞小虾小鱼。你能想象出一只浑身沾满泥浆的狗拿着工具，站在沟里捞虾捞鱼的样子吗？

反正我的生存技能多着呢，至于前段时间差点给饿死在山上纯属是意外之中的意外。

有一天，老主人的媳妇到市场上买了一条大肥鱼回家，养在缸里。我太想吃那条鱼了，就趁主人都不留神的时候，将鱼捞起。主人家的猫咪正在树荫下睡觉，我故意走到它身边，踢了它一脚。猫咪醒过来看到我嘴里的鱼，眼睛绿光一闪，但是很快黯淡下去，一只胆子再逆天的猫也不敢从一只大狗的嘴里夺食。

我在前面走，猫不甘心，远远地跟着，我心里暗自发笑，这只蠢猫根本就不知道，已经落入我精心布置的陷阱。

我躲在一棵大梨树后面，把鱼吃得只剩下一条尾巴，我打着饱嗝实施着钓猫的计划，当我想抓住一只猫时，我只能用钓，因为猫比我跑得快，还会爬树。

我用事先准备好的细绳将鱼尾巴拴紧，绳子的另一头绑在树干上。

· 038 ·

做完这一切，我远远地走开。

猫咪这才小心翼翼地走过来，左右看了两眼，一口就将鱼尾巴咬住了。

我慢慢向猫靠近，我知道此时的猫是不愿意松口的，但它又不能将鱼尾巴拽着离开，所以我轻而易举地就把猫按在地上。

这只固执的猫此时仍将鱼尾巴死死衔在嘴里，为了这一口食它真是把自个都豁出去了。

我一口将猫咬住，才用爪熟练地解开绑在鱼尾上的绳子。

我衔着猫轻手轻脚走到堂屋门口。

老主人和他的媳妇正在堂屋里聚精会神地看电视，老主人有点耳聋，所以电视的声音开得很大。我把猫放在门槛处，又做出要捕捉它的动作，这只笨猫慌忙往堂屋蹿去，我快速地躲在门背后，接着我听见老主人媳妇的尖叫声："天啦，这不是我刚买的鱼吗？被这只馋猫吃得只剩下个尾巴了。"

老主人媳妇从门背后拾起一把扫帚，满屋子追打着笨猫。

话说还有一个月就过春节了，村子里的小孩都玩上了鞭炮，我也喜欢玩鞭炮，我有时候会捡到孩子们不小心遗落在地上的，我就会用嘴叼起，找一个无人经过的地方，如果路上再有一堆牛粪就更好了，我会将鞭炮插在牛屎的中央，用火柴点燃引线，然后快速跑开。

跑远之后我快速卧倒，用两只爪将耳朵按住。"砰"的一声，牛屎被炸得满天飞舞，真是太有趣了。

那天下了场雪，我怕冷就没到外面去玩，老主人烧了盆红红的炭火，家里的小孩也围坐在一起。一家人其乐融融的。我趴在火炉旁，被热气熏得浑身都快散架了，在我快要睡着的时候，老主人一个劲地用手抚摸着我的背。

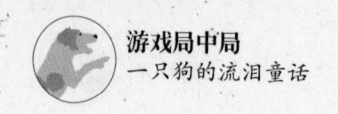

我刹那间有种想哭的感觉，好长时间以来，老主人都没这么抚摸过我了，我知道他也是爱我的，只是不善于表达。老主人说话了："这只狗膘肥体壮的，我想着在春节之前把它给宰了，用炭火烤着吃，顺便请村长来家里坐坐。"

村长最爱吃狗肉的，这个全村人都知道！

为了活命，我开始减肥，我不再捞鱼捕虾，也不会用酒米捉麻雀了，我快速地瘦下去。老主人一心想着要给我催肥，他得请村长吃狗肉，村长一高兴了，就有可能把二丫许配给他大儿子。老主人心里的那点花花肠子我是知道的。

老主人开始给我喂肉，他甚至在我的饭里拌了鸡饲料，但我闻都不闻。为了让老主人死心，我故意把舌头咬破，假装咯血。

老主人的媳妇说："哎，这狗是生病了，你还是赶快牵到市场上给卖了吧，要是死了可真不划算。"

于是老主人在冬至将我拉到了市场上，在我的脑袋上结了个草环。

后来的事我在前面已经讲了，我碰到了一心要买哈皮狗的林江海。

哎，我真是一只啰唆的狗，还是接着讲在新家的故事，我快速地肥壮起来。但我不用再担心会被新主人宰着吃了，林江海表面上对我很凶，但内心是对我很感激的，因为我救过他的女儿，红妞是他的心、他的肝，红妞的一笑一哭都会带动着他的情绪。

林江海呀，你是得用一辈子来感谢我的了。

GAME 07 伴读红妞

时光荏苒，转眼两年过去了，红妞从5岁长到了7岁，顺便还是要提下我的，我从4岁长到了6岁，我短短的生命又少去了两年，挺伤感的，是吧？

这天家里来了个中年男人，我认得是中心小学的校长，我还知道他姓冯。

这座村子里的家长非常奇怪，很多都不愿让孩子去上学，宁愿让他们背着背篼去割猪草，或者是上山去放牛放羊。

村里的失学率很高，因此，只要谁家有适学儿童了，冯校长都会上门做思想工作。

林江海给冯校长泡了杯茶，说实话，我起初是很抵制冯校长的，若把红妞关进了学堂，谁和我玩耍？

但冯校长的一席话不但说动了林江海，也打动了我。

冯校长的第一句话说的就是："知识就是力量！"冯校长语重心长地说："江海呀，我是看着你家红妞很聪明，是个读书的好材料，别耽误

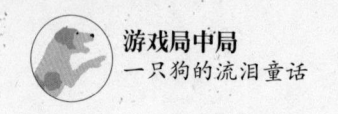

了娃。"

林江海说:"读书有什么好呢,书读多了,心就乱了,净喜欢瞎折腾,不肯再踏踏实实过日子。我呢,也没指望娃能有多大出息,只要能平平安安长大,一直陪在我身边,给我养老送终就可以。"

我用爪子捂着嘴巴笑。林江海结婚早,现在也就二十五六岁,还养老送终呢!说出的话就像个七八十岁的老头。

冯校长做家长思想工作很有些年头了,已经成了个大忽悠,就说他适才夸红妞聪明,说句良心话,这丫头除了任性,我实在看不出她聪明在哪里了。

冯校长接着忽悠:"你看呀,红妞读完小学,你就把她送到县里读初中,读完初中读高中,我看她资质不错,没准能考上一所北京的名牌大学。"

林江海瞪大眼睛:"我家红妞还能到北京去读书呀?"

冯校长说:"能呢,到时候就由你送孩子去北京上学,对,还是坐飞机去。"

林江海神往起来:"那么我家红妞读完大学以后呢,是不是还得回到村里?"

冯校长说:"哪能呢,很多单位抢着要她呢,你们家红妞就挑选一个最好的,每天只在办公室坐坐,每个月就能拿好几万工资呢。"

林江海跳了起来:"我没听错吧,一个月就是好几万?"

冯校长说:"要不怎么说书中自有黄金屋呢?知识就是财富,知识就是力量。"

他用手抚摸着林江海家里的那些漆黑破烂的家具说:"到时候这些家具统统不要了,全部劈柴烧。红妞给你们重新置一套红木家具,这茅草房也不要了,盖座三层小别墅吧。"

林江海打断他的话道:"你别说了,砸锅卖铁我也供孩子上学。"我听罢冯校长的话,心中有欢喜,也有惆怅。欢喜的是红妞如果勤奋读书,真有可能到那么精彩的山外去,过上那么精彩的生活。惆怅的是,我活不到那么长,等不到亲眼看到那一天了。

冯校长见林江海已经答应送孩子上学堂了,这才端起茶杯,心满意足地喝了一口。

他偏过头,看见我正贼兮兮地盯着他,便拍了下我的狗头道:"就是这只狗把石头推进河里,堵住钢管救了孩子的命吗?"

林江海说:"可不就是它吗,这只狗通人性,贼精着呢,就在前几天我不给它饺子吃,它还用前爪扇了我一个耳光。"

林江海哈哈地大笑起来,冯校长也笑道:"这倒让我想起以前看过的一则报道,说的是英国有一只狗会握笔写字,好像还写过一本自传叫什么来着。当然,我也是不相信世间有如此离奇的事,可能是好事者杜撰出来的吧。"

林江海笑道:"要是我们家的这条狗有如此聪明就好了!"

冯校长微笑道:"你也挺幽默的嘛,但不管怎样,请你好好对待你家的狗,毕竟狗的生命只有十多年,很短暂的。"

冯校长是个动物保护主义者。

我眼眶一热,突然想哭,我总是容易被感动。冯校长告辞了,哼着小曲往外走,就凭他刚才那番话,我得送送他。我忙跳下椅子。

冯校长也不介意我跟在他身后。到学校门口时,他才回转过身蹲下,伸出只手来,我知道他是想和我握手,那是文明人表达亲切的方式。

我赶紧伸出前爪。冯校长轻轻地握了下,笑道:"果然是一只很有趣的狗,比我在部队时见到的那些警犬聪明多了。"

我此时何曾想到,我和这个冯校长之间的故事才刚开始,我更没想

游戏局中局
一只狗的流泪童话

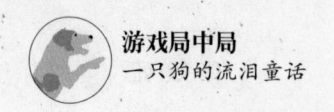

到,山村会在两年后发生一场天大的灾难,这灾难改变了很多家庭的命运,也彻底改变了我的命运。

红妞却不肯进学堂,林江海扬起鞭子作势要抽她,嘴里吼道:"爸爸还指望你将来有出息,给我和你妈造洋楼呢!"

实话实说,林江海虽然娇惯孩子,但在大是大非上还是拿捏得准。可红妞是个性格任性倔强的问题儿童,开学都三天了,她还在和爸爸顽强地对抗着。

冯校长又亲自登门拜访了,三句话就将红妞哄进学堂,要不说人家是儿童教育专家呢,人家讲究的是方式方法,不服都不行。

冯校长的三句话是这样的。

第一句是问红妞:"你为什么不肯上学呢?"

红妞答道:"我不想和小哈分开!"

冯校长第二句是给出一个承诺:"我特批你可以将狗狗带进教室。"

红妞闪动着大眼睛,问:"真的。"

冯校长的第三句话就一个字:"嗯。"

这山区的学校没那么多的条文,很多学生都将背篓带进教室,放学后直接去割猪草。

所以带一只狗进教室也不算太离谱的事。

也因为冯校长的特批,我才有机会将自己武装成一只有文化的狗。

流氓不可怕,就怕流氓有文化,一只有文化又有着流氓本性的狗,会在未来的日子里,做出些什么惊天动地的大事来呢?

可以毫不脸红地说,我是班里听课最认真的学生,放学后我会找一块沙地,用爪子悄悄地练习写字。

就我爪子的灵活度而言,我完全可以握笔在纸上书写,但我怕练习时被人无意间撞见,我一直是一只很低调的狗。

我常常发呆，那也只是我在思考书本上的问题时。

更重要的是，当完全掌握拼音以后，我在班里偷了一本《新华字典》，悄悄用嘴叼回家。当别人安然入睡时，我挑灯苦读，没办法呀，我只剩下不足十年的生命，我必须尽可能地在最短的时间学会更多的字。

入学一年之后，我就可以抱着一本武侠小说流畅地读完了。

其实上学的过程中也发生了很多有趣的事，记得有个男孩子在上课时不专心听讲，悄悄把红妞的头发用线绕着，绑在了凳子上。

红妞起立时头发被扯下了一小撮。

为了报仇，我趁着这个男孩下河洗澡不留神时，把他的衣服裤子用嘴叼着放到大河的下游，让水给冲走了。

男孩只好光着身子回家，他一路都捂着小鸡鸡，样子别提多滑稽了。

为了防止男孩子的妈妈找不到棍子收拾他，我专门在灌木林里劈了一根黄荆条衔在嘴里。

有句话叫：黄荆条下出好汉。这也说明黄荆条柔软适中，打人是非常痛的。

男孩不敢坦白是下河洗澡，因为这段时间正是汛期，若被知道下河洗澡是会被揍得更惨的。

男孩的妈妈果然气疯了，骂道："你这孩子连穿在身上的衣服裤子都能搞丢，你怎么不把自己也丢了呢？"

男孩捂着小鸡鸡一言不发，这让她妈妈更生气，但她到处找就是找不到揍孩子的细棍子。

我很适时宜地出场了，嘴里叼着黄荆条假装从他家大门口路过。孩子妈妈看见了我，招呼道："小哈，借你嘴上的棍子用用。"

"这个，唔唔，好的。"我放下棍子，我还要去河边，就不围观了，棍子嘛，就不用再还了。

GAME

GAME　　　08　　　疯狗风波

该说说山村里的那场灾难了，经历这场灾难后，我再没安心地睡过一次觉，常常在梦中自个把自个吓醒，之后浑身颤抖，面目狰狞。

还是在夏天，村里突然有很多人在同一天被狗咬了，但村里的人后知后觉，没怀疑到咬他们的是一条患有狂犬病的狗。

下午放学后，我把红妞安全护送回家，准备再到学校去偷一本字典。我已经瞄好了，五年级的某同学刚买了一本新字典，放学后也不带回家，就放在书桌里，我可以从窗户跳进教室，费点吹灰之力而已。

我以前曾偷过一本，但因翻得过于频繁，破破烂烂的，很不好用。

记得某某曾说过：偷书不算偷。所以我没有任何的羞愧感。

在路上，我碰到了冯校长，他抱着个两岁的婴儿，我这是去干坏事的，心里有些紧张，甚至忘记了用头去擦擦他的裤管，这是我表示尊敬的礼仪方式。

倒是冯校长先招呼了："小哈，哪里去？"

他怀里的小孩正咿呀学着人语，用小手指指着我道："狗狗，狗狗。"

08 疯狗风波

我和冯校长擦身而过。突然，冯校长惊叫了一声，我回转过身，看见一只黑狗不知道从哪儿冒了出来，正紧紧地咬住冯校长的腿，冯校长猝不及防，吃疼之后摔在地上，手上的婴儿被甩出三四米远，黑狗又在冯校长身上咬了两口，这才回转过身，凶狠地向婴儿扑去。

我心里暗骂一声，闪电一样地迅速奔了过去，所幸及时，就在黑狗即将咬到婴儿时，我把它撞飞了。

黑狗爬起来，见我体型比它大得多，不敢主动出击，只是呜呜地示威，但我很生气，我决定要给这只对人类不友好的狗一点教训，我扑了上去，结果就打在了一起。狗咬狗也就一嘴毛喽。

黑狗被我赶跑了，我这才回转过身，冯校长已经挣扎起来，把婴儿紧紧地搂在怀里，但我看到他脸色惨白，嘴唇颤抖着。冯校长说了一句："小哈，谢谢你救了我和孩子。"说完之后匆匆离去，我心里突然涌上一股莫名的烦闷，也懒得去偷字典了，折身回家。

红妞坐在小板凳上，正在为一道不会做的算术题发愁。见我走过来，把气撒在我身上，骂道："死小哈，一眨眼的工夫你就跑出去玩了，还知道回来呀！"

我心情很不好，似乎在担心着什么。

我拉下了脸。红妞赶紧上前搂住我脖子，说："骂你两句又不高兴了是不？"

我死命挣扎，逃离她的拥抱，跑到远处蹲着。我知道自己刚和病狗接触过，有可能被传染了，所以我得离红妞远远的，离所有人远远的。红妞有些纳闷，嘀咕道："小哈今天是怎么了？"

我的敏感已经告诉我，村里即将发生大事。

冯校长又到我家来了，他走路一瘸一拐的，肩膀上也有伤。他的脸色仍是惨白的，将林江海拉到房间里，我悄悄跟了进去偷听他们的谈话。

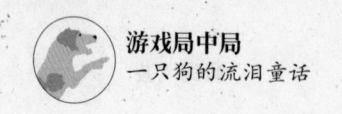

冯校长颤抖着声音说:"兄弟,你们家红妞这两天千万不要出门,我已经分派在校的所有老师到各家去通知,学校暂时停课一周。"

林江海吃惊道:"为什么?发生了什么事。"

冯校长眼光有些直愣,说:"村里来了条疯狗,到处咬人。"

林江海迟疑道:"狗咬人的事我也听说了,但也不一定是疯狗吧?"

冯校长惨然道:"就在两个小时前,我遇到了那条狗,我也被它咬伤了。"

他继续道:"我观察到那条狗,眼睛通红,嘴角一直流着涎液,最重要的是,它一直在啃腿,这是典型的病毒侵入后引起的足部瘙痒。"

"狂犬病又叫恐水症,患病的狗会一直不停地喝水。"他喃喃道,"而那条狗在袭击我之后,就跳进了附近的沟里。"林江海嘴唇也哆嗦起来:"被疯狗咬了,会患上狂犬病的,你得赶紧去打疫苗,听说在被咬后24小时内注射疫苗就没事儿的。"

冯校长沉默半晌才道:"我去了乡卫生院一趟,那儿只有两支疫苗。因为不是常用药,所以储备得少。"

林江海松口气道:"只要有就好,你是我们村唯一的一个文化人,你可不能出事,那么多孩子要你来管呢。"

冯校长摇头道:"我没注射……"

林江海从凳子上跳了起来:"怎么,你疯了吗?"

我趴在床底,心里也想:"哦,这个校长可能真是疯了,放着疫苗不注射,难道狂犬病毒已经侵入了他的大脑,无救了?"

冯校长带着哭腔说:"那么多的孩子……被咬伤……他们的人生才开始……比我更需要那两支疫苗。"

我这才明白过来,冯校长这是要把生的希望留给孩子们。

林江海道:"可是,可是两支疫苗也只能救两个孩子,其他被咬伤的人怎么办？"

冯校长把头埋进双膝："我已经打电话给县上的防疫站，他们正在组织疫苗赶过来，因为不通车，最快，也得五六天才能到达。"

林江海迟疑道："五六天，那还管用吗？"

冯校长摇摇头道："不知道，肯定是错过了最佳的防治时间。"

两人沉默了好久，冯校长才道："对了，我找你还有件更重要的事，马上把你家的狗小哈杀了掩埋。"

"什么，我没听错吧，要把我杀了，还要深坑掩埋？"林江海本来是把屁股放回凳子端端正正坐好的，听到这句话又弹了起来："我没听错吧，凭什么要杀小哈？它又不是疯狗。"

冯校长双手捂着脸，我看到泪水又从他的指缝间漏出。

他呜呜地道："小哈为了救我两岁大的孩子，和疯狗撕咬了起来，它现在很可能也染上了狂犬病毒，我们不能让新一轮的悲剧在村子里上演。"

林江海这个时候看到了趴在地上的我，用手翻着我的皮毛，仔细查看。末了，舒口气道："我检查了，它身上没伤。"

冯校长摇摇头道："虽然黑狗没咬伤它，可是它却咬了黑狗，那狂犬病毒仍有可能通过它的嘴进入到它的体内。"

林江海冷冷地道："我从现在起用铁链子把它牢牢拴在家里，一直拴到老死为止，这样总可以了吧？"

冯校长是谁呀，我早就说过他是个大忽悠，口才相当了得。

他说道："小哈如果病发，是连主人也要咬的，你为红妞想过吗？红妞与它那么亲密，上课也要带着它，万一它发疯咬到红妞怎么办？"

说到女儿，林江海不吭声了。

冯校长又道："退一步讲，就算小哈没被感染上病毒，它也是活不

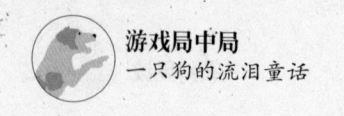

成的，爆发狂犬病的地区，所有的狗都要做无害处理，我估计县上乡镇上都在成立打狗队了，我们救不了小哈的。"

林江海是个头脑简单的人，他赶紧说："嗯，谢谢你的提醒，我得赶紧把小哈送到山外去。"

冯校长腾地一下站了起来，脸憋得通红："我没想到你能说出这样的话，我一直以为你是个善良的人，你想过没有，你把这只疑似感染了病毒的狗送到山外，一旦它发作了，会害死多少人？"

林江海愣住了，嘴巴张得老大。

冯校长缓和了口气说："我知道你舍不得小哈，它也救了我的女儿，对我有恩，可这不也是没有办法的事吗？"

林江海幽幽地道："照你这么说，小哈真的是再没一点生路了？"

冯校长叹道："没有半点生路的。"房间里再次陷入长时间的沉默，林江海和冯校长，还有我各怀心事。

良久，林江海艰难地咽了一口唾沫，说："即便小哈非死不可，也得由我亲自送它上路。"

他顿了顿又道："而且在它死之前，我想让它好好吃上一顿肉饺。"

林江海摸着我的头，眼泪吧嗒吧嗒往下掉。他哽咽道："小哈可爱吃饺子了……"

他用衣袖擦着眼睛说："哎，不说了，越说这个心里越难受。"

我从没有想到过林江海会为我流眼泪，他一个堂堂七尺男儿为一只狗啼哭传出去谁信呢！

而我，心里一直在回味着冯校长的话，也知道自己真的难逃厄运了。

但能死在林江海手中，也算是我的幸运了，我知道，他会给我一个痛快的。

冯校长告辞了，林江海找了根粗大的铁链子，将我拴在院坝里的树干上。

红妞不答应了，叫嚷道："爸爸，为什么要拴小哈，它喜欢自由的。"

林江海支吾道："孩子，村里可能要爆发狂犬病了，乡镇上正在组织打狗队，在外面流浪的狗通通都得打死。我这不是为小哈好嘛！"

红妞紧张起来："那他们会不会到我家里来打狗呢？"

林江海安慰道："不会的。"

我知道林江海已经做好了决定，他是打算瞒着红妞将我处死，之后又会对女儿谎称已经将我安全送到山外躲避风头。

跟了主人这么几年，我已经能揣摩出他的心思。红妞再次问："真的不会到家里来打狗？"林江海装出一丝笑容："他们只打野狗的。"

红妞这才放心了，又坐回小板凳写作业。

可真的会如此吗，后来我知道，不要说家狗，就连家猫也没逃过被杀的厄运。

事件的严重性超过了所有人的想象！

林江海去张罗给我做饺子吃了，这叫断头食吧。

我心里不恨林江海，他也是个好人，杀我也是逼不得已。

可是，卖饺子皮的张师傅停业了，他那八岁的儿子已经被咬伤，心里正发着愁，没心思做生意。

林江海买不到饺子皮，就想着先把肉买了吧，面皮再想办法，可是杀猪的刘屠夫也被咬伤了，心里正窝着火，也不卖猪肉了。

林江海两手空空回来，他愣愣地在院坝里望了会儿我，叹口气回屋去了，我知道他是个固执的人，心里一旦有了想法是不会轻易改变的。他一定会让我吃上一顿饺子才让我死。

我因此可以多活几天了。第二天，因为停课，在疯狗没被打死之前，孩子们又不能在野外乱窜，几个男孩女孩就相约来家里找红妞玩了。他

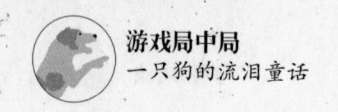

们都是红妞的同学，我全部认识。

有个男孩要去逗我玩耍，红妞制止道："我爸爸说了，小哈跟疯狗打过架的，有可能被传染了，现在正处在观察期，所以你们离它远点。"

男孩问道："它为什么要和疯狗打架？"红妞骄傲地说："是为了救校长的孩子。"

男孩说："那小哈现在就是我们村的英雄，英雄就该享受英雄的待遇，我决定了，下午我从家里偷一块猪肉过来，算是奖赏它。"

有个小女孩有点担忧地说道："就是不知道小哈是不是已经感染到病毒了？"

我认得说这话的小女孩，她的乳名叫牛妞。

红妞不高兴地道："不许诅咒小哈感染狂犬病，它就是真感染了，我也会救它的。"

红妞说着还搂住我的头，旁边的小孩叫道："快放开它，万一它真要是疯了，认不得主人的。"

红妞却道："我家的小哈就是疯了，也不会咬我。"

我在红妞的怀里挣扎，我不要她的拥抱，我怕把身上有可能存在的病毒传染给她。

正在这时，一件极其恐怖的事发生了，我敢保证你们一辈子也没见过如此恐怖惊悚的事，可这事就真的在我眼前发生了！当时的情景是这样的，因为天气热，一个男孩用把纸折的扇子给自己扇风，因为扇面小，也不能扇出多大的风。可是坐在他身旁的牛妞有点不高兴了，叫嚷道："你把风扇到我脸上了。"

男孩子嬉皮笑脸地道："把风扇到你脸上你就偷着乐吧，这么热的天气，要不我把扇子给你，你帮我扇扇？"

牛妞皱着眉头，声音也提高了很多，道："我叫你不要把风扇到我脸上，这样会让我很不舒服的。"

狂犬病人畏风，可孩子们也不懂这个，更没往那方面去联想，男孩子是极为调皮的，干脆径直站在牛妞对面，对着她狠扇起来。

牛妞突然尖叫了一声，用手捂住脸，样子极为痛苦。

红妞用手拨了拨她的头发，关心地问："你怎么了？"

牛妞和红妞是同桌，私底下两人的关系也非常地要好。

这时只见牛妞突然站起来，又将腰部弯下，两只手垂立着，将头长长地伸向前方，不住地摇晃，完完全全的是一条狗的样子。

在疯狗袭击了人的第三天，第一个病人发作了。

狂犬病人一旦发作，必活不过一周。下午的时候，林江海急匆匆地从外面跑回家，对杨菜花说："不好了，村里至少有三个孩子狂犬病发作，乡卫生院里围了一大群人，那些被狗咬了，还没发病的也有十人以上。"

杨菜花脸都吓白了，搂着红妞道："听说隔壁的招娣也被咬了，我家的孩子福大命大。"

林江海说："红妞幸好是一路有小哈保护着的，那只病狗见着了还不远远地走开？"

杨菜花看了我一眼说："这小哈呀，真是前世和我家闺女有缘分的，三番五次地救她。"

GAME 09　　打狗队

打狗队正式进村杀狗了，全是清一色的壮年男子，每人手持一根手电筒粗的木棍，见着狗照着头顶就是一棍子。

而各家各户，大多等不及打狗队进门，主人自己就先处死了自己的狗，连刚出生几天的小狗也不能幸免。

这个村子里的人原本是爱狗的，大多数人家的狗都在两条以上。而现在，全村人如此憎恶着狗，不斩尽杀绝不足以解其恨。

全村的狗基本上都杀完了，有个小伙子提醒了一句："林江海家里不是还有一只吗？叫什么来着，就是推石头堵钢管救了红妞的那一只。"

我忠义救主的事迹传播得很广，相邻几个村子的人都听闻过。

有人搭腔道："小哈是一只那么通人性的狗，就算了吧，留它一命，难道真得把全村的狗杀得一条不留吗？"

既然有争议，最后就得由打狗队队长来定夺。

打狗队队长说话了："我们村爆发如此骇人听闻的狂犬病疫情，所有的狗都得无害化处理，一条都不能留，以绝后患。更重要的是，我听说小哈还跟那只病狗接触过，极有可能也是被感染了的，更不能留。"

一大群人就这么直奔我家来了。林江海想将他们堵在门外，但根本办不到，特别是那些家有孩子被咬伤的，个别人已经完全失去了理智，见林江海想阻拦他们报仇，揪着他的领口就要打。

我现在不是林江海家的狗了，我成了公众的敌人。

红妞吓哭了，拼命地推搡着打她爸爸的人。

推不开，她就去咬他们的腿，一个男子将红妞揪住提到半空中，骂道："你是不是也被疯狗咬了，现在疯病发作开始咬人了？"

林江海挣扎出包围圈，捂着被揍得像熊猫的眼睛道："你快把孩子放下，也不带这么侮辱人的。"

场面混乱到极点。

几个男子趁乱抢着棍子走向了我，我没有躲闪，也没有对他们狂吠，是我的同类给他们带来了这场巨大的灾难，我心中只有悲凉。

棍子已经抢到空中，我闭上了眼。一件令所有人都预想不到的事情发生了，只见林江海双腿一弯曲，直挺挺跪在了地上，他还不足三十岁，正是好面子、正血气方刚的年龄，上跪天，下跪地，中间跪父母，他却为了一只狗给全村人跪下了，我知道他能有此举动，内心一定很痛苦。

林江海悲怆地吼道："我答应过小哈，死之前让它吃上一顿水饺，你们就让它再活两个时辰吧。"不用说，打狗队队长内心肯定是因为林江海的这个举动而受到了极大的震撼，也可能是他手上的狗血沾多了，内心不安。总之，他答应了林江海的请求。

我又可以苟延残喘几个小时了，我的命总是被各种意外事件一点一点地往下延续着。

卖饺子皮的张师傅和卖猪肉的刘屠夫听说要给我做断头食，都怀着复杂的心情给林江海匀了些剩货。

游戏局中局
一只狗的流泪童话

杨菜花流着泪在包饺子了，林江海哀叹着把柴塞进灶膛。

他们忽略了红妞。

红妞轻手轻脚地走到我跟前，解去我脖子上的铁链，哭着道："小哈，待在家里你只有死路一条，你赶快去逃命吧。"

我蹲坐着不动，如果想逃，我完全可以用爪子解开铁链，早逃走了。

红妞见我不肯走，哭得更凶了，她甚至找了根枝条抽打着我的身体："我叫你走，我叫你走。"我还是不动，红妞蹲下搂着我的脖子，眼泪滴落在了我鼻子上，温热温热的。

我现在是一只疑似携带了病毒的狗，我不愿意通过接触把病毒传染给她，所以我对红妞呲起了牙，佯装凶恶地对着她狂吠起来。

红妞有点怕了，因为我从没如此对待过她。

我知道她心里肯定在嘀咕：小哈是不是发病了。

"都离我远远的，我不要谁的怜悯。"我在原地转了两圈，心突然狂躁起来。

红妞怕归怕，依旧苦苦哀求着我。她哭着说："我现在只有七岁，还是个小孩，所以保护不了你，刚才你也看到了，他们好凶的，连爸爸也拿他们没办法。我能做的就只有放开你，你出去之后一直顺着山路跑，几天后你就可以到县城了，但你也不要停留，一直往前走……"

她捂着脸哭得再也说不出话来了。红妞说："在外的日子你只能靠自己了……等到几年之后，村子里的人不再恨狗了，你再回家。"

我心里动了一下，我并没有打算逃到山外去，但我可以找一个无人看见的地方，悄悄死去，这样红妞心里就不会那么难过，她会抱着一个希望，认为我们还会再见面。

我知道，众人当着她的面杀我，会给她留下永远的阴影，我不愿红妞留下阴影，在今后的人生中一直郁郁寡欢，不愿她成为一个真正的问

09 打狗队

题儿童。我慢慢地向门外走去，四肢因为长时间没有活动，有点酸麻。红妞在身后小声地喊道："小哈快走呀，被爸爸发现你就走不了了。"

刚出大门几百米，我碰到了牛妞的妈妈，从前她对我可好了，她心情好的时候还会把家里煮好的肉割一小块给我吃。

牛妞妈妈吝啬在村里是出了名的，全村也只有我能从她的牙缝里剔出肉来吃，可自从牛妞被疯狗咬伤后，牛妞妈妈最憎恶的动物就是狗了。

此时，她看见了我，犹如看见了一只形态丑陋的老鼠，她快速从地上抓起一块砖头就向我丢来。我躲闪不及正中腹部。

牛妞妈妈高声喊道："这儿还有一只狗呢！"附近的住户跑出了七八个人，都是手持着扁担，他们中的每一个我都认得，他们每一个都曾经对我那么好！

可就一夜之间，一切都改变了！山还是那座山，树还是那棵树，可整个世界在我的眼里完全的崩塌了。

我本能地向山上跑去，他们在后面追。

我本是土狗，天生腿长，善于奔跑。距离越拉越大，可他们毫不放弃，一定要置我于死地。

在奔跑逃窜的过程中，我已经产生了深深的孤独感。往后的日子，我必死于孤独。我爬上山坡，人们仍在锲而不舍地追赶过来，他们刚抵达山脚而已，我蹲下喘气休息，在我垂头的一霎间，我看见了那圈花环，我眼睛一酸，泪滴落在干枯的花瓣上。

我用爪子擦擦眼睛，钻进了那个土坡，三年前我打的土洞仍在。我在土坡深处待着，被黑暗重重地裹住，我听到了洞外嘈杂的人声。有个小伙子说："害老子跑了那么远的路，逮住这只狗我一定要慢慢折磨它，先砍掉它的一条腿，看还能不能跑得这么快，再用针戳它的嘴。"

说出这番狠话的叫润生，我熟悉他的声音。润生以前和我关系也很

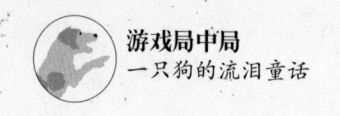

好,他喜欢把鞋子脱下,丢到远处,然后命令我:"小哈,小哈,快将我的鞋子叼回来。"

我听令跑过去,将他的鞋子叼到水沟里去,旁观的人就哈哈大笑,说:"小哈可真是一只通人性的狗!"我就这么靠着一路装傻充愣,和村里所有人成了朋友,我打心眼里喜欢他们的善良淳朴,我以为我会一直平安无事地生活下去,直到老死。

我还幻想,在我老死之后,红妞会为我立上一个小碑,上面刻着稚嫩的笔迹:小哈之墓。

而现在,如果我落到他们手里,必受尽折磨而死,尸体也会被泼上汽油焚烧。

人声逐渐远去,四周陷入了极度的安静,我毫无意义地用舌头一直舔着爪子。我很孤独,我在孤独中睡着了。

看不到外面的天色,我也不知道睡了多久,醒过来已是饥肠辘辘。但我不会再到外面去捕食,虽然我至今都深信自己是一只优秀的猎狗。

我要把自己饿死在洞里,这样病菌就无法往外传播了,我至今都没去恨村里的任何一个人,人是万物之灵,他们考虑问题理应站在对他们有利的角度。所以我理解他们近乎疯狂的举动。

可是肚子饿的感觉真不好,我开始啃土,然后艰难下咽。

我断断续续睡着,又断断续续醒来,已经是好几天过去了,我看着自己原本肥嘟嘟的身体,现在只剩下一层皮包着骨头,我再次昏睡过去,也许这一次就不会再醒过来了。

我梦到了荒原,苍茫的一片,我立在中央,不知从何处来,也不知道往何处去。

正当我迷惘的时候,一道白光从天上射下,我如果迎着白光而去,它能否把我带入天堂?

打狗队

我一脚已经踏入光圈，此时我听到了一阵轻柔的呼喊："小哈，你在哪里？小哈你在哪里？"

我听出来了，这是红妞的声音，她是我在尘世中唯一眷恋的生灵，我回转过身……

我再次醒了过来，耳旁仍响起红妞啼啼哭哭的呼喊声："小哈，你在哪里？小哈，你在哪里？"

我用了几秒的时间才判断出，这声音不是来自梦里。

或许是我太饥饿，我的嗅觉变得特别灵敏。我嗅到了红烧兔肉的香味，没错，只有杨菜花才能做出的独特香味。我试图说服自己不要再见红妞，不要再吃任何食物，可一切都是徒劳无益，我一点点地挪动着身子，终于爬到洞外。红妞看到我的样子，刚收住的眼泪又滚落了下来。

她哭道："几天没见，你怎么就变成这个样子了？"

她用小手拨去粘附在我身上的杂草，把五指张开梳理着我那被粘连成一绺一绺的皮毛。

我将脑袋抵在碗上，贪婪地吞着她带给我的食物。

红妞在一旁道："小哈，慢慢吃，没有谁和你抢，小心被别噎着了。"

吃完一大瓷碗的肉，我恢复了力气，我们两个就并排坐在山坡上，看着那轮红日缓缓地落入山头。

"我悄悄把你放了，爸爸知道后大发雷霆，狠狠地揍了我一顿，村里的人也到家里闹过几次了，他们怀疑我爸爸把你藏了起来。"红妞说，"小哈，平日里最喜欢跟你一起玩耍的小白也被杀了，我看到小白的主人霞姐姐哭成了泪人。"

"村里人都疯了，狗杀完现在杀猫了，因为猫也能传染狂犬病。"红妞接着说，"小哈，你别到处跑，就留在山坡上，我会给你送吃的来，我永远都不会抛弃你。等风头过去了，再想办法把你送到山外去。"

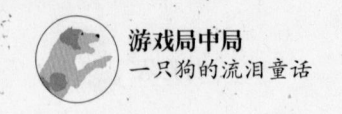

天快黑的时候，红妞不得不下山了。我跟在它身后，一直将她送到村口。

村里看不到一个人影，因为我这只极度危险的狗还没被弄死，家家户户的门都关得很早，只有在白天，他们才有胆量开门出来。

红妞看着我，一路倒退着离去，她的眼神里有太多对我的眷念不舍，她向我招起了手。

我回到了山坡，钻进了土洞。

我在等待红妞中消磨着时光，直到第三日的黄昏，红妞才再次上山，她这次给我带来了一大包白米饭，还有几个馒头。

她愧疚地望着我说："家里没肉了，你将就着吃吧！"

一只饿狗哪有什么讲究，白米饭我也吃得很香，红妞说："你把馒头叼进洞里，明天再吃。"

她怜悯地看着我道："我不能天天上山来看你了，我被跟踪了。"

她喋喋不休地诉说着原委："就在昨天，县上派遣下来的正规打狗队进村了，但村里的狗全部都打死了，县打狗队本来当天就要赶回去的，却有个多嘴的村民说，还有一只名叫小哈的狗不知所踪，而且小哈是和病狗撕咬过的，是非常危险的一只狗。"

红妞垂下头说："县打狗队因此不走了，他们在村里驻扎下来，只为对付你。"

红妞又说："我不喜欢县打狗队的那个队长了，眼睛好小，头也小，他就住在我家，家里的肉都被他吃空了，我听见有人叫他为地鼠哥。"

红妞说："地鼠哥好阴险的，他听村里人谈起我和你的故事后，竟然要手下跟踪我，说是只有通过我才能找到你。还好，他吩咐的时候被我听到了。"

红妞试图来抱我的头，我闪了一下。

红妞眼神闪过一抹失望,她又道:"所以我不能天天来看你了,但我一定会找机会再来,你要记住了,看到我的时候,你不要忙着现身,你得先观察我的身后,确定没有尾巴……"

"他们有枪的,只要看见你,你就跑不掉了。"红妞真的是越来越啰唆了,记得往日我最怕她一说起来就没完没了,但现在我的心境今非昔比,我愿意听她一直诉说下去。

终于还是到了分别的时候,我送她下山,她也愿意我陪着她走一段。

到半山坡的时候,红妞哽咽着道:"小哈,你回去吧,再往下走就危险了。"我呜呜地叫了几声,那是我在哭。

我回到土洞,闭上了眼。这样的日子不知道还有没有尽头。

突然,我的后腿痒了起来,像有无数只虫在一起叮咬,我忍不住用舌头舔了起来,我的喉部也开始一阵阵的痉挛。我只想喝水。

哎,我担心的事还是发生了。

冯校长说过,狂犬病毒发作的狗会一直舔腿,会一直不停地想喝水。

我心下明白,我终于还是要变成一条疯狗了。

我满山疯跑,寻找着水源,头脑开始混乱。我努力去回想所经历过的人和事,但记忆出现了很多的空白,我几乎只记得红妞的样子了。

我一头扎进山沟,冰凉的溪水让我头脑稍微清醒了一点。但我来不及整理思路,只顾拼命喝起了水。

我的肚皮已经滚圆了,但我还是想喝。

我爬上岸吐空腹部,又继续跳下河,当喉管的痉挛减轻之后,腿又剧烈地瘙痒起来,病毒已经袭遍了我的全身。

狂犬病毒发作的人仅能活七日,而狂犬病发作的狗可以活十日。

我的舌头有肉刺,我的后腿已经被我舔得可见白骨,可我还是痒,连骨头都是痒的,我突然很想吃水饺了。天微微亮的时候,我做出了一

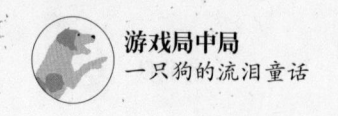

个艰难的决定，趁自己还能控制行为的时候回到林江海家。

我拖着白骨森森的后腿艰难走下山坡，村子里的人看见我这个样子拼命地躲闪，也有胆子大的，拾起砖头往我身上砸，可惜他们的命中率不高，即便打中，那也不是我的致命部位。

我推开了主人家虚掩着的门，只见院坝之中放了张方桌，一个獐头鼠目的男子正在喝酒，我一看心下便知，此人就是县打狗队队长地鼠哥了，红妞给我形容他的长相，真的是比较另类。

但我的心也在见到他的第一眼猛跳了一下，不知道你们有没有这样的经历，如果有一个人在往后注定要给你带来巨大的伤害，而当你在平生第一眼见到这个人时会有一种很异样的感觉。当然，我说的不是爱情。

我突然有种直觉，这个地鼠哥会带给我一场可怕的伤害，这伤害又恰恰不是单纯地拿走我的命。这就是第六感吧。

地鼠哥听到门柱转动声，他在抬起头看到我的瞬间，手上端着的酒杯落在了地上，玻璃破碎的声音清脆而尖利。

红妞听到响动也从房间里走了出来，红妞呆了呆，试图靠近我。地鼠哥吼了一句："丫头别过去，它已经发病了，认不得主人了。"

红妞回头狠狠剜了地鼠哥一眼，继续向我走来，说："我家小哈没病，它就是病了，也不会咬我。"

我拼命后退，并对红妞狂吠起来，我不要让她接触到我。

地鼠哥道："这下你该信了吧，你再过去它真会咬你的。"

林江海也从房屋里走出来，见状将红妞拦腰抱住。"到底还是疯了。"他叹着气说。

地鼠哥已经从行李袋中翻出枪，上膛后举枪瞄准，我纹丝不动地呆坐着，只等枪一响，什么都结束了。

林江海却将他的枪管压下道："我承诺过在小哈死之前，让它吃上一顿肉饺。"

地鼠哥高声道:"你疯了吗?肉饺可是多好的东西呀,你却给一条疯狗吃?"

林江海说:"只要你答应我的要求,我也给你做上一碗,葱花肉馅,可香了。"

地鼠哥听见有得吃,也就不坚持了,用一块棉布擦起了枪管。

半个小时后,林江海将一碗饺子放到我面前说:"小哈,你真的是病了,我们也救不了你,但就冲着你在彻底疯掉之前,回家求一个痛快,全村人都得感谢你。吃了肉饺吧,吃完了好上路,很快的,枪一响就能解脱痛苦了。"

我流着泪把一碗水饺吞进了肚。

院坝里围满了很多闻讯赶来的村民,我主动寻求了断的行为多少感动了他们中的一些人,有几个老太婆甚至掏出了她们的手帕擦着眼角。

有人说:"这可真是一条极通人性的义狗呢,临死也不为祸乡里。"

说起义狗,我还算不上的,冯校长曾给林江海讲过一条真正义狗的故事。

义狗叫赛虎,原本流浪,后为一个林场工人收养。一天,食堂做饭的师傅拾得一只死狗,将其剥皮做菜,三十多个林场工人围坐着即将享用,赛虎却狂吠不已,食堂工人不以为意。赛虎见警告无用,含泪吞下一块狗肉,随即倒地抽搐死亡。最令人扼腕感叹的是:当时赛虎刚做母亲不久,有三个已长出小乳牙的幼崽。

赛虎以自己的死亡引起了工人的警觉。后来经过化验,狗肉有剧毒——毒鼠强。

林江海当时听罢还嘲笑道:"世上有如此灵性的狗?想必你又是从小报刊看来的吧,不可信。"

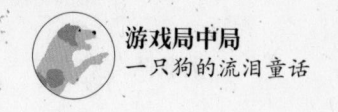

冯校长却严肃道："赛虎现在就葬在江西九江市的庐山区贺嘉山陵园。每年都有很多人给它扫墓。"

冯校长给林江海讲这个故事时，我正趴在桌子底下专心致志地啃着骨头，心里想道："原来我并不是世间唯一一条有思维的狗，早在之前就有赛虎了。"我也在同时拷问自己的灵魂，若碰到跟赛虎一样的事，会不会做出和它一样的选择，答案不得而知。

地鼠哥把饺子吃完了，又把汤水全喝下，这才满意地打着饱嗝，他从工具箱里取出护手腕的软甲，不慌不忙地套上，又拿出一个专门用来套狗嘴的铁圈。

他拿起空碗对我说："小哈过来，我给你饺子吃。"

我冷冷地看着他愚蠢的表演，但还是平静地走了过去，地鼠哥一下子就将铁圈套在我的嘴上。他得意地哈哈大笑："这狗也不过如此嘛，看来也很笨的。"

我的嘴被套上了铁圈，再不能张口了，他这才用铁链紧紧勒着我的脖子，将我牢牢实实绑在树干上了。

他完全不必如此大费周章，但他似乎很享受这烦琐的程序。

"你们站远点呀，不要被疯狗的血溅上。"地鼠哥脸冒红光，他很高兴自己成为焦点。里三层外三层的人呼啦啦地往后退，地鼠哥平端着枪蹲在离我三米之处瞄准。

红妞被父亲死死抱住，她的声音都哭哑了，但嘴里还一直在重复着："小哈没病的，求你们放过它，小哈没病的，求你们放过它。"

地鼠哥开始扣动扳机，我闭上了眼睛，但足足等了五六秒也没听到枪声。

又怎么了！我睁开眼，看见地鼠哥放下枪，皱着眉头道："距离这么近，我会不会被狗血溅到？"

他自语着往后退，直退七八米后重新端起枪，瞄了一会儿又往后退。

够了，我已经知道地鼠哥的用意，他并非真的怕被狗血溅到，他只是想在众人面前展示一下他的枪法。

果然有人喊道："隔那么远你能瞄到吗？"

地鼠哥扬起长满雀斑的小脸道："笑话，我的枪法百步穿杨，今天就让你们好好见识见识。"

地鼠哥一直退到二十米开外。红妞已经绝望了，不再挣扎，嘴里亦不再重复：小哈没有病，求你们放过它。

后来我才知道，我确实没染上狂犬病毒，但我的身体为何会出现狂犬病毒发的特征呢？说起来这也很容易理解，就像一个人，一直惧怕自己患上某一种病，这种病有一个明显的特征，就是舌头会发黑，这个人呀，担心得不得了，就天天照镜子，直到有一天，他会发现，舌头真的变黑了，事实上他的身体依然健康……

我不知道医学上对此怎么描述，而我正因为有了人的思维，所以也不可避免地患上了心理疾患。我一直在担忧身上会出现疯狗的体征，巨大的心理压力又无法释放，我的腿其实不痒，喉咙也不痉挛，一切都是幻觉。我在幻觉中把自己的腿啃得白骨森森。

地鼠哥开枪了，谁也没料到的事发生了，红妞突然挣脱父亲的拉扯，飞奔过来扑在我的身上。"砰"的一声，子弹射进了她的后脑。

红妞从嘴里喷出一口血，软塌塌地倒在了我的身上。

我看见她嘴角微微弯了一下，她应该是在对我微笑。我听见她艰难地吐出两个字："小……哈。"

所有人都没有动，就像被妖怪施了定身法术，连空气也被定住了。

我的泪水从眼眶喷涌而出，滴落在红妞依然在轻微抽动的身体上。

"我的孩子……"杨菜花只喊了一句便缓缓倒在了地上。

GAME　　　　　　　　　**10**　　　　　　　　给红妞守灵

　　八年之后，我从大都市回到了村里。我老了，人讲究一个叶落归根，狗也如此，因为红妞，我把村庄当作了精神家园。

　　时间的冲刷下，村里的人已经不再那么恨狗了。村里时不时还能看到一些刚长出乳牙的小狗在无忧无虑地撒欢奔跑。它们无从知道多年前的那场灾难，如果它们知道，定会从此忐忑不安。

　　我如一个步履蹒跚的老人，经常在村里散步，晚上就住在红妞坟墓旁的一个土洞里。我要夜夜陪伴着她，直到死去。

　　这天，我又费力地爬上了那个山坡，那是我和红妞经常去的地方。

　　是的，我看到一个小女孩，她就坐在那里，红妞以前坐过的那个位置，她正望着天空发愣，我再仔细一看，竟然是红妞，我是不是因为太想她产生了错觉？我眨眨眼，确定没看错。

　　不对，如果红妞活到现在该十五六岁了，应该是个少女了。怎么可能还是个孩童的样子呢？

　　可是，眼前的这个小女孩真的和当年的红妞一模一样，脸圆嘟嘟的如一个红苹果,眼睛大,鼻子小巧,头上也是扎着两条羊角辫。

怎么回事呢?我发起了愣,大约一分钟后我才回过神来,这个小女孩必定是我离开村庄后,林江海杨菜花重新生养的,是红妞的亲妹妹。

女孩发现我正盯着她看,抓起地上的一块小土块丢向我道:"死狗滚开,再看,再看我活埋你。"

唉,脾气竟也和她的姐姐红妞完全一样。我顿时泪如雨下。

红妞中枪后被送进乡卫生院,苦苦挣扎了两个小时才离去,昏迷中一直在喊:"放了小哈,小哈救过我的。"

我知道红妞指的是我在沟里推石头堵钢管救她那一次,一个八九岁的小女孩能说出这番话真是叫人心酸不已。

既然是红妞的遗愿,深爱着她的林江海必然照办。

出了这样的事,县打狗队也不敢强制杀我,只叫林江海做了一个铁笼将我囚禁起来,以免伤到村人。

在他们看来,我也活不了几天了。

埋葬红妞那天,天降大雨,我用双爪狠狠摇着铁笼,只想送她一程。

我开始绝食,且日日夜夜悲鸣,我的爪总是无助地探在铁笼外。

冯校长来看我了,他对我说:"红妞希望你好好地活着,你也应该活着,这样你才能用后半生的时间来怀念她。"

冯校长叹一口气,眼泪从他的眼眶里流出,这起突发事件让他失去了几名学生,都是些活蹦乱跳的孩子,转眼已经被埋入黄土。

冯校长用衣袖擦着泪自语道:"我怎么跟一只狗说这些呢!"

但他还是对我继续说:"据我的观察,你的症状只是类似于狂犬病,但既然你已经活了这么多日,就一定不是狂犬病了,我已经联系了专家,他们会到村里专门给你活体取样,如果确定你没被感染,你就自由了。"

冯校长又说:"你也救过我女儿的命,我立身在世第一条原则就是

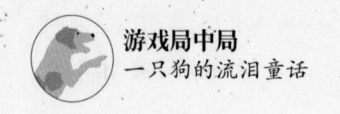

知恩图报，哪怕是你这样一只狗，所以我心甘情愿耗尽积蓄，去省城为你请专家做检测。"

他拍了下我的头说："你很快就可以自由了。"

我看着冯校长仿佛在一夜之间就老去的面容，回想着他给我说的话：红妞希望我好好地活着。

不错，只有活着我才能用后半生的时间来怀念她。

一个月后，省城的专家终于到达了，在对我进行采样分析后，确定我没被感染。

专家离去了，我也得以走出牢笼，但村里的人仍是谈狗色变，加之林江海每每看到我，总是想到惨死的女儿，总是落泪。

我再也不适合继续生活在村子里了，林江海和冯校长商量之后，决定将我送到山外。

为了防止我认得回来的路，他们用一块黑布将我的眼睛蒙上，才用微型车将我载到县城放下。

林江海、冯校长，我谢谢你们，谢谢你们为一只狗的卑微生命所付出的一切。

红妞，别怕孤单，几年之后我一定再回到村庄，在你的坟前陪伴于你，直到永远。

我用狗头擦了擦林江海的裤头，又主动向冯校长伸出前爪，冯校长眼含热泪和我握了握爪。

GAME

GAME   **11**   拯救大黄

  我叫小哈，我是一只狗，我正在奔跑。

  一路流浪，以垃圾为生，和野狗争食。

  一日，我来到郊外，寻思着能不能挖一些地瓜填填肚子，作为一只有着颓废气质的流浪狗，填饱肚子总是很困难。

  我看到田都荒芜了，长满了杂草，我失望地正要往回走，这时候我看见了一棵树，不，准确地说是在一棵树上拴着一只狗。

  走近一看，哟，品种还不错嘛！正宗的什么什么犬，想必主人家平时对它甚是宠爱，还给它穿了一件颜色鲜红的小衣服。

  两相对比我有点惭愧，瞧它毛皮干净，高高翘起的尾巴末梢处，毛还特别的长、特别的浓密，翻转过来就如一朵盛开的牡丹花，真是漂亮极了。

  而我呢，毛皮污秽不堪，拖着一条又脏又黑的秃尾巴，头顶上还顶着一块腐烂的白菜叶，那是我用嘴拱垃圾堆时给挂上的。

  我暂且称呼它为大黄吧，因为它的全身皮毛都是黄色的。

游戏局中局
一只狗的流泪童话

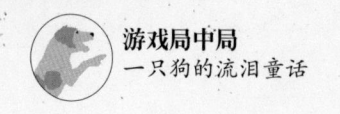

大黄体型比我大得多，一身的肥肉，它看见我正蹲在不远处观察着它，气呼呼地用爪抓地以示警诫。

好在拴它的那根铁链有拇指粗，无论如何它也是挣脱不掉的。我寻思着，它的主人应该去办事了，不方便带着它，故而将它拴在这里。

多日来，我一直被比我强壮的狗欺负，看看我现在，全身都是伤痕。所以大黄对我的示威挑衅很容易就引起了我的反感。

我决定收拾收拾它。我先到垃圾堆里找了个破盆子，去河里端了半盆水放在大黄的前方，然后我捧些土块放进去，用爪子在里面搅动，一会儿的工夫，我制作了一盆浓稠的泥浆。

大黄本来一直对我龇牙咧嘴的，此时它好奇地盯着我，不明白为什么同样是狗，我的爪子怎么就能和人的手一样如此灵活，也不明白我究竟要对它做什么。

我用爪子抓起泥浆向它撒去了，撒一下心里骂一句："看你还臭美不？"我承认我的确很无聊，这两年来，因为那场灾难的原因，我一直活得很压抑，现在总算能提起精神做点有趣的事了。

我的眼角刚漫出一点笑意，我又想到了红妞，我想，她如果此时也在这儿，看到大黄的狼狈样，不知道会笑成什么样子。

我心里顿时添堵了起来，抓起一大把泥浆，冲上前去，狠狠地抹在大黄脸上，等它反应过来想张口咬我的时候，我已经跳到几米外。

大黄的鼻孔也被泥巴塞住了，它慌忙用爪子去抠。

我看着眼前的杰作，原本漂亮干净的大黄被我活生生弄成了一幅抽象画。

玩也玩够了，我决定离去，心里想：就等着你的主人给你洗澡吧，我已经能想象出一会儿她见到你时的表情，眼睛瞪得足有灯泡大，嘴里或者还会叫嚷道："天啦，我把你拴在树上，你还能把自己搞成这个样子？看我回家怎么收拾你！"

我缓缓地往前行走了几百米，看到在草丛深处停了一辆宝马车。我本来对此也不好奇的，一只流浪在大都市的狗，什么好车没见过呀，可是我无意间这么一瞟，看到了车子在颤动。

我说过我是一只偷窥欲望强烈的狗，我踮起脚跟，轻轻靠近车窗。

这时听到一个女人的声音："把狗狗一直拴在郊外，我还是不忍心。"又有一个男声有些厌烦地道："那你说怎么办？送人又送不了，赶又赶不走，你把它丢到几百公里外了，它还能找着回来。我要亲手弄死它，你又不忍心。"

女的道："要不我们还是养着它吧。"男的说："你知道我是最讨厌狗的了，这只狗真讨厌，上个月我买的新皮鞋，好几千元呢，一晚上就被它咬了几个洞，我也不勉强你，现在给你两个选择，要么要狗，要么要我。"

女的娇笑道："那我选择狗！"男的道："好吧，你现在拿根铁链子套在我脖子上，把我拴在树上。"女的拍打着男的胸脯道："真讨厌！"

随即传来噼噼啪啪的亲嘴声。

怎么能对一只狗做这样的事呢，就忍心让它一直拴在树上，在等待主人中被饿死，被渴死，绝望而死？

我气冲冲地往回走，来到大黄面前，大黄见我去而复返，居然对我摇起了尾巴。

"你这只贱狗，难怪主人要这么对你。"我对着它咆哮两声，端起那半盆泥浆向宝马车走去，半途中我又停下，撒了点尿在盆里。我再次悄悄靠近车窗，我把半盆泥浆从摇下的玻璃处直接灌进去，我听到了惊呼声，男的叫道："天啦，我的电脑，天啦，我的手机。"女的也叫道："天啦，我的衣服裤子啊！"

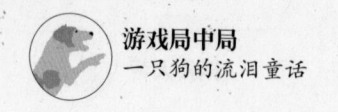

我赶紧钻进草丛躲起来。

男的一脚把车门踹开，手里拿着一把出了鞘的弹簧刀，怒吼道："谁这么缺心眼，有种就站出来。"我看到他的头发，他半裸的上身全部刷了一层均匀的泥浆。他在咆哮的同时，使劲抽动起鼻子，那是闻到我的尿臊气了。

女的一个劲儿地对男子说："你快上来，我们离开吧，别碰上了抢劫的。"

那男的也只是表面凶，实际上就是个空心大萝卜，听见女人这么一提醒，赶紧上车。

那个铁家伙屁股冒了阵烟，风驰电掣般消失在荒郊里。我钻出草丛，来到大黄身边，这只可怜的狗一定还在傻乎乎地等待主人来领它回家呢，如果我袖手旁观，这里只会剩下一堆白骨。

我不能对同类见死不救，但我又不能现在放了它。如果现在放了大黄，它一定会屁颠屁颠地再去找它的主人。那个男人已经丧失了最后的耐心，大黄如果再回去，他必定直接用电线勒死它，或者喂它拌了老鼠药的肉，要弄死一条狗方法多着呢。

狗和狗之间也能做一些简单的交流，这种交流不能传递太多的信息量。我费了半个时辰才让这只笨狗明白了目前的处境，主人不要它了，如果它再敢回去，主人会直接弄死它。

大黄完全不相信我向它传达出的信息，它眼神分明在说："你这只阴险的狗，不要挑拨我和主人之间的关系，我不回家难道跟你一样流浪，成为一只野狗吗？"

它看我的眼神又开始鄙夷起来，分明在说："你什么品种，什么血统呀？配和我站在一起吗？"

我就陪你玩玩，让你死心。

11
拯救大黄

眼看天快要下雨了,我赶紧动爪搭建雨篷,我的动爪能力一向比较强,很快就在大黄的正前方五米处,用枝条简单支了个架。又去不远处剥了几片大芭蕉叶盖在上面,大雨点子落下时,我刚好钻进篷里,悠闲地啃着爪子,并不时用眼睛偷偷瞟着大黄。

大雨倾盆而至,大黄很快被淋湿,它在冷风中瑟瑟发抖,我知道,它此时此刻还是不肯相信已经被主人遗弃的事实,这不,它还在左顾右盼,翘首张望。

醒醒吧,大黄!

夏天的雨就是这样,来得快去得也快。我肚子咕咕咕地叫,这才想起来,我本来是来挖地瓜吃的,被这档事给岔过去了。

到哪里去找吃的呢,我心里发起了愁。

还是去小区垃圾堆翻找吃的了,但这个速度要快,专挑午饭后,看着那些穿着华丽的太太小姐出来倒垃圾,就得以最快的速度跑过去,你们不知道啦,很多狗和人会一起扑上去的。

我抢到半块吃剩的牛排,来不及品尝滋味一口就吞下肚,又刨了一块鸡骨头才满意地离去。

我把鸡骨头叼到大黄面前,我并不是想给它吃,我是要当着它的面吃,磨磨它的性情,这对它以后要面对的流浪生活大有裨益。

唉,或许以后我还得传授给它一些野外生存的手段,真是碰到了,但我又不能不管不顾,你说是不?

我故意将骨头啃得啪啪响,大黄对我狂叫了起来。

你叫我就给你呀,凭什么,你是谁呀?想吃就摇尾乞怜吧,当然摇尾乞怜我也不会给你的,给了你我就得饿死,世道生存就是这么艰难。

我啃完骨头回临时窝棚睡觉去了。

半夜的时候醒过来一次,看到满天的星星,我知道红妞是其中的一

游戏局中局
一只狗的流泪童话

颗,它正对我眨着眼睛呢。

嗯,很美!早上醒过来的时候,我看到大黄蜷缩成一团,头埋在腹部,身体一直在颤抖。也许是昨日的一场雨将它淋病了。

没死吧,我过去踢它一脚,大黄再没了昨日的傲气,它眼睛微微睁开,看了我一眼又闭上。

我读懂它想表达的意思:你不给我鸡骨头吃,我恨你,你走吧,不要再待在这里看我的笑话。

唉,这只笨狗,我留下来怎么可能是为看你的笑话呢?我是在等你对主人彻底死心的一刻,唯有这样放了你,你才有一线生机,可你还为一根鸡骨头跟我较上了劲!

很快,三天过去了,大黄水米未进,已经奄奄一息。我终于看到了它眼神里流露出来的绝望。只是绝望而已,依旧没有丁点儿恨意。我从大黄凄凉哀怨的眼神中,读到了它从心里唱出的诗句。

没有什么伤痛能大过你的遗弃。
每当有人经过这清冷的荒野,
我都会满心期待地转过头,
以为是你回心转意来接我回家,
我会用我的生命、我的全部去守护你。
我再不啃家具,再不吵闹,
不要你为我花费和操劳,
我只要一个角落、一口剩饭
哪怕是吃垃圾。
只要能守在你的身旁就好,
可是,我没有等到你,

直到生命的尽头，都没有等到你来。

我知道，它从此不会再回到那个家了，我这才去找了点食物放在它面前，看着它艰难地吞下。

待它有了点体力后，我用爪子熟练地替它解开套在脖子上的铁链。

接着，我带它去觅食，教它怎么在城市森林里生存。

GAME ⑫ 结识幽灵狗

有一日的黄昏，我看见大黄正对着远处的一对男女出神，我想，那就是它曾经的主人吧，我真担心大黄会跑过去。

我对它叫两声，大黄才跟在我身后，我们一前一后，穿过斑马线，穿过熙熙攘攘的人流，没有目的地奔跑，哪里可能有食物我们就停留在哪里。

那天我们穿过广场时，我看到挂在墙上的大屏幕电视正在播报一条新闻：说是为了市民的安全和城市的环境，由××单位牵头，开展为期一个星期的打狗行动，主要是针对那些无主的流浪狗进行一次大规模捕杀。

为了活命，我带着木头木脑的大黄去了流浪狗之家。

流浪狗之家建在郊外，不过是几间平房，由民间组织集资建成，不固定地生活着几十只流浪狗，几十只流浪猫，管理人员大多是些志愿者。

唉，但愿这里会成为我和大黄的避祸场所。

每天都有些老太太或者是年轻的男孩女孩来给我们喂食，走了一拨又来一拨，看来善良的人还是占多数。

我和大黄吃饱了就在房前屋后的草地上嬉耍，我看它很满足现在的生活，心下做了一个决定，等打狗风声过去，我将独自离去。

我习惯了流浪，再也无法安定下来。

我看到花丛里有只小猫，它只有一只耳朵，正用前爪在刮脸，唔，这个叫猫洗脸。可凑近一看，它刮脸的脚掌也只剩下半边了，像是被什么利器削去了另外半边，这又是受到了谁的残害呢。

说起从前，我是很讨厌猫的，但我现在能接受它们了，都是些鲜活的生命，而猫，还被人称为是天上的精灵，却一个不留神坠入了凡世。

我用爪轻轻地去抚摸这只小猫，却被它咬了一口，有些疼，但心里反而升起一丝暖意。

我又看到一只年老的猫躺在一个更隐蔽的角落，表情痴呆，我不敢打扰它，我知道，它即将死去。这是生命的规律，当一只猫很老以后，就会找一个安静的地方，悄声无息地永远沉睡下去。

有一天，来了个老妇人，看样子有八十多岁了，给我的印象很深刻，满头银发，雍容华贵的样子，以她现在的容貌往前推断，年轻时必定是一个大美人。

老妇人提着两大袋食物，一个年轻人从车上取出干净的碗碟放在地上，老妇人才将食物倒进去。猫狗呼啦地围了上去。

老妇人说："别抢啊，都有，都有。"

见我吃得太急，老妇人还轻轻地拍了下我的背，说："慢点吃，小心噎着。"

老妇人回头对年轻人说："你打电话给市长，要他立即停止对流浪狗的捕杀。"

年轻人唯唯诺诺地点头，我知道这个慈祥的老妇人没退下来之前，

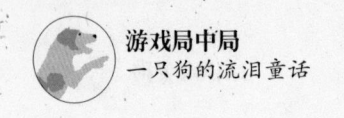

应该是本市的一位重量级人物。

人啊，也许只有活到她这个年龄，才能明白生命的意义。

然而，在最近几天，流浪狗之家也不太平了，猫和狗之间的战争一触即发，这是一场为争夺食物并关乎领地和尊严的战争，你们也可以形容它是正义的。但在我看来：都是吃饱了撑的。

猫和狗互不相让，矛盾激化已久，只等一个类似于导火索的事件！

从每天凌晨四五点开始，双方就对上了，各自声嘶力竭地叫唤，吵闹得让我根本无法入睡。

我翻了个身，用爪子将耳朵按下，准备继续睡觉。突然，我感觉到了一种异样，在黎明前的黑暗里，有一双绿幽幽的眼睛在死盯着我，每隔二十秒左右，这眼睛才会眨一下。科学研究说：猫如果频繁地眨眼睛，向外界传递的信息就是它很满足，我不知道狗是不是也适用于这一理论，但我可以得出的结论是：现在一直盯着我看的这双眼睛，它的拥有者现在很不满足、很不愉快。

狗能在黑暗里视物，我是狗，自然也能，所以我集中目光后，终于看清楚五米之外，蹲坐着一条大狗。品种和我一般，为中华田园犬，俗称土狗！

就连大黄这样的懒狗，也早早爬起来，到院落里去呐喊助战了，现在房间里只有我和这只幽灵一般的狗！

我不甘示弱地也盯着它看，在一霎间，我产生了一个奇怪的想法，眼前一动不动蹲坐着的这条狗，它同样有着和人一般的思维，而且它还对我不怀好意。

真是可怕之极，我进一步推想：这只幽灵狗肯定知道了我有人类的思维，而且也一定知道我已经知道它有人类的思维！可它究竟想对我做什么呢？难道是一室容不下两条逆天狗，要杀了我吗？

12 结识幽灵狗

我看到幽灵狗嘴角轻轻抽动了一下，那是它在冷笑。我也将嘴角抽动了一下，希望它会认为，我也是在冷笑，谁怕谁呀！哼哼！

天亮的时候，我满怀心事地来到距离流浪狗之家不远的河滩上。河水已经干枯，我躺在细沙上思考，看来这里非久留之地，再待下去怕会被幽灵狗算计，虽然我和它无冤无仇，但它一心要除掉我，以彰显自己独一无二特性也未可知。

我思考一阵后，头有点痛，索性什么也不去想了，用爪子在沙滩上划拉，却无意中写下几个大字：红妞我想你！

那只幽灵狗过来了，它冷冷地看着我在地上写的字，表情阴冷！原来它也认识字！

我装作很随意的样子，继续在沙滩上划拉，这次我写下了另外的几行字：看你很酷的样子，你一定也有不凡的经历吧，难道你跟我一样，也是一只有故事的狗？

幽灵狗的嘴角又不经意地抽动了一下，我原本以为它会说点什么，它却折身回流浪狗之家了。

我看到远处有几个志愿者提着袋子走了过来，早餐时间到了，还有什么事比吃更重要的呢，我也起身，跟在了幽灵狗的身后！

我现在当然不会想到，幽灵狗其实正在下一盘很大的棋，它已经把我纳入计划，我注定会走进它的故事，我注定成为它不可或缺且至关重要的一枚棋子！

幽灵狗的经历我也是后来才得知的，现在我却迫不及待地要将它的故事讲出来，为了将它的经历表述得更清楚，在这里，我只能让幽灵狗来个"自我表白"了。

GAME　　　　　　　　　　⑬　　　　　　　　　　幽灵狗的自白

　　我是一只狗，却有了人类的思维，算是异变吧！我的母亲也是流浪狗，所以没有人类为我取名。我从生下来就在流浪，从乡村到城市，再从这座城市到另外一座城市。

　　那年的冬天，我怀孕了，为了腹中待产的宝宝，我停下流浪的脚步，在一座高档小区的花园里找到一个土洞，当作我的新家。

　　根据我对人类的了解，我做了这样的推测：能住这样高档小区的人，非富即贵，而他们能取得这样的成就，和他们的优秀品德息息相关，住在这样的人群之中，我会很安全。

　　在过去的流浪岁月里，我遭到过太多的暴力对待，比如我在垃圾堆里觅食，有时候会碰到各种失意的人，他们用砖头击打着我，发泄着对生活的不满。往往对生活无力的人，才会从欺负弱小动物的行为中找到平衡感。

　　我每天都会趴在墙角晒太阳，冬天的太阳晒在身上，有种说不出的温暖，就连凌厉的寒风在阳光里穿梭之后，也被加了温度，吹在我面颊上，柔软的如春风，更像孩子们鼻中喷出的气息。

我的推测没有错，小区里的人非常有爱心。在我刚到新家的第二天，就被一个小孩子发现了，她在小区里大声地叫嚷："快来看啊，快来看，有只狗狗在这安家了。"

在小孩的高音喇叭广播下，好多人围了上来看稀奇，一个孕妇摸着自己滚圆的肚皮说："看样子，这只狗也是要生产了，所以才到这安家待产。"她转身对搀扶着自己的老公说："老公，这只狗也要当母亲了，我觉得我们应该照顾它。"

那个即将要做爸爸的幸福男子推了推鼻梁上的眼镜，温柔地道："都说女人怀孕之后，心会变得特别柔软，果然是这样的。"

在征得老公的同意之后，女人给我拿来了一床小被褥，全新的，大红底色的面料上还绣着一只小猫在跟两只翩翩起舞的蝴蝶玩耍，我心里还想：为何不绣几只狗狗在撒欢呢，嗯，后者似乎更应景！

小被褥是母亲留给即将出世的孩子的，而她现在却给了我。

女人还给我端来了一碗红烧肉，小区里又有人为我端来了一盆清水。有个细心的老者到门卫室，对保安说：小区的住户都同意那条流浪狗在花园里安家呢，你别驱赶它！

那个保安是个二十多岁的小伙子，每天都坐在小区大门口的椅子上，一支接一支地抽烟，但还是提不起精神。

小伙子吐着烟圈道："只要没有人投诉，我才懒得多管闲事，但你们也别指望我能喂它！"

保安话虽然这样说，其实他也经常来喂我，每次都是上好的精肉，我比较纳闷的是：保安每次喂我时都是东瞅瞅、西瞅瞅的，确定没人才从怀里鬼鬼祟祟拿出肉，仿佛在做一件见不得人的事似的。

我每次吃完他给的肉，他都会将手指轻轻地放到我嘴里，让我咬，

他知道我不会真咬他。

终于，保安喂狗的事还是被老者知道了，老者问他："你不是说不会喂它的吗？"

保安就用手摸着头，尴尬地笑，关于保安是刀子嘴豆腐心这一点，在小区里也是早就有定论的。

我的肚皮一天天变大，行动越来越不方便，小区里有人给我找来了兽医，给我做了身体检查。医生说："估计今晚就会生了。"

当天晚上，大雪纷飞，但有十多个人守着我，有老人，有孩子，温度越来越低，他们依偎在一起取暖，这些平时都很少交流的人现在为了一只狗相聚在了一起，为即将出世的狗宝宝做各种祈祷。

一个小女孩忧心忡忡地说了句："狗狗会不会难产啊。"旁边的人就对她各种斥责。我看到保安也在人群之中，见他往地上吐了一口唾沫，连声道："呸呸，童言无忌啊，童言无忌！"

在后半夜的时候，我腹中阵痛，我忍不住低声呻吟起来，有人高喊："狗狗生了，狗狗生了。"蹲坐成一圈抽烟的男人们立即站了起来，女孩子们更是呼啦一下围了过来。

光线很暗，她们就把手机掏出，用屏幕上的光映照着我和我的孩子。

有个女孩兴奋地道："共有三只小狗呢，我看清楚了它们的长相，一只白色的，两只黄色的，好漂亮！"

女孩随即站起来向众人宣布："这只白色的小狗是我的了，谁也不能和我抢。"

保安好不容易挤了进来，他也郑重宣布，那只额头上有个小黑点的狗宝宝他要了。

我的第三个孩子，虽然在它的兄妹中最瘦弱，也在刚出世的半个小时内被一个中年妇女预定了。

13 幽灵狗的自白

我很欣慰，缘于我知道流浪的苦楚，我的孩子被充满爱心的人收养，它们不必为一日三餐发愁，作为一个母亲，我太知足这样的结果了，这也是我会把家安在小区花园的一个重要原因。

由于在产前得到了众多人的悉心照顾，我的奶水很足，三个小家伙刚生下来就知道含着奶头吃奶，真是神奇啊，它们竟然无师自通。我甚至在遐想：它们长大之后会不会如我一般，同样有着人一般的思维？

保安在第二天给我送来了鸡汤，嗯，这已经是第八个人给我送鸡汤了，我再也喝不下去了。

孩子们一天天长大，一个月过后，它们已经成了萌态十足的小狗狗。它们肆无忌惮地在花园里追逐戏耍，我已经发声警告过它们多次，不要践踏草坪，不要随地大小便，也不要在生气的时候大声吠叫，人类允许我们和他们共处，已经是莫大的恩惠。所以得懂得适可而止。

下午的时候，保安、女孩和那个中年妇女相邀后一齐来看我了，孩子不用母亲哺乳也已经能存活下去了，和它们分别的时候就要到了，我心中却有太多的不舍，我甚至在头脑中闪过这样一个念头，带着它们去流浪。我想，我作为一只有智商的狗，也是能照顾好三个孩子的，虽然苦了一点，但终究在一起，不过这个念头只是一闪而过！我见过太多流浪狗被人类攻击。

女孩把一块花布展开，对我道："狗狗，你看，我要用这块布为宝宝定做一件衣服呢，漂亮不？"

保安则早和我的孩子玩耍了起来，他做出各种鬼脸吓它们，但我的宝宝根本不怕他，一起扑了上去，扯着他的裤脚发出呜呜的声音。

中年妇女看了看表说："我有点事忙着要去处理呢，要不两个小时后，我们再一起过来将狗宝宝领走？"

保安和女孩商量后答应了，女孩说："也罢，让宝宝再和它们的母

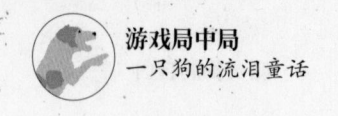

亲待一会儿。唔，我们抱走它的孩子，它一定很伤心的，就让它为给宝宝喂最后一次奶吧！"

我看着他们三个人又说又笑地离去，才收回眼光，温柔地注视着自己的孩子，看着它们相互追逐玩耍、撒欢。

这时，一个两岁多的小孩儿迈着歪歪倒倒的步子走了过来，她的父亲在远处拿着手机和别人通话，没看到学步的幼儿已经脱离了他看护的安全距离。

小孩儿盯着小狗看，小狗也盯着她看。都是刚到这个世间不久的精灵，对所有事物都怀着好奇之心。

幼儿突然跺了下脚，那是她在吓唬小狗玩耍，我的孩子们不知道小孩儿不会给它们带来威胁，齐刷刷地对她吠叫，小孩儿也不知小狗亦不能对她产生威胁，吓得折身就跑，却因为慌张，被石块绊倒在地。

小孩儿大声啼哭，那个打电话的男子慌忙跑过来，将她抱在怀里，查看她有无摔伤。

我目睹了整个事件的经过，如果我能开口说话，一定会向男子道歉。

男子带着小孩儿离去了，这只是狗狗和人类相处中，不太和谐的一个音符，我很快不以为意。

一个小时之后，我的孩子们也玩累了，全部趴在我的肚子之下，它们很快安心地睡去。我也很困，慢慢地合上了眼睛。

恍惚之中，我闻到一股奇怪的味道，睁开眼睛一看，只见那个男子正拿着一个塑料瓶，将淡黄色的液体淋在我的窝里。我一时没反应过来他究竟要做什么。

只见男子从裤兜里掏出打火机，我的窝顿时燃烧起来，我吃痛，本能地往外蹿，但我的孩子却被卷裹在熊熊烈火之中，我就地翻滚几转，压灭身上的火之后，又跳进火海救我的孩子，可等我将它们叼出来之后，它们已经被烧焦了，我撕心裂肺地吠叫。

小区里很多人围了上来，他们看着地上摆放着的我的孩子们的尸体，默默地垂泪，只有那个放火烧死我孩子的男人，毫无悔意，他冷笑道："你们竟然为几只小狗悲伤，真是可笑啊，可笑得很。"

保安过来了，他眼眶里也有泪水，他质问男子道："小狗究竟怎么惹到你了，你竟然放火烧死它们？"

男子不屑于跟他解释，只在鼻孔里哼了一声。

有人报警了，警察来看过之后，简单做了下笔录就走了，男子并没有犯罪。他们并不能拘捕他。

我的孩子被好心之人带到郊外掩埋了，我趴在草坪里哭泣，哭了一天一夜，保安又来看我了，他摸着我的头一直叹气、流泪，他说："人在做，天在看，恶人会遭报应的。"

我的心猛然一震，天看没看到我不知道，但那男子一定会遭报应的，不是天给他的惩罚，而是我，我要复仇，我要那男子如我这般生不如死。

我疯了，不，是一个母亲疯了。

我爬到三楼，蹲坐在男子的家门口。

清晨的时候，男子和他的妻子刚打开防盗门就看到了我，我冷冷地注视着他们，没有吠叫，也没让路的意思，男子慌忙拉着妻子躲进了屋里。我听到他在打电话报警，是的，他开始怕我了，所以才寻求警察的帮助！

在警察赶到之前我离开了。

后来，我通过偷听其他人的谈话了解到，男子是本市一家什么公司的总裁，身价上亿，事业有成，但这又如何呢，男子必须为他的所作所为付出代价。

我听见小区里的人这样谈论他："真没想到一个受过高等教育的成

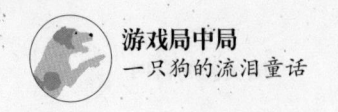

功人士能做出这样的事。"

另外一个人就道："我看到一个报道，××高校的一个学生也将一只流浪猫当众摔死呢，现在的人究竟是怎么了？"

是啊，现在的人究竟是怎么了，但这与我无关，也不是我要去思考的问题，我要思考的是给男子下一个套，让他不知不觉地走进去，深陷其中而无法抽身。

我离开了小区，但我从此每天都去男子公司的门口盯梢。为了不被他发现，我总是远远地蹲着，以垃圾箱为掩体，男子自然不会知道他会被一只狗如此记挂，念念不忘！

我坚持了一年，不论刮风下雨，不论严寒酷暑。

有一天，我看到男子和一个客户从公司并肩走出来，站在门口交谈，男子边说边从怀里掏出一张名片递给那个客户，一阵风吹过，男子手中的名片没捏住，掉在了地上，被风卷跑了。

等他们离去之后，我飞奔过去，找到那张被遗落的名片，等了一年，复仇的机会终于让我等到了。

我的复仇行动正式开始！我首先去湖里洗了一个澡，使皮毛恢复了本来的亮色。接下来，我在城市闲逛，眼睛却不忘一直打量着街道上熙熙攘攘的人群，我看到一个女孩，穿着时尚，她应该就是能协助我复仇的人，我跟踪着她，直到她居住的出租屋。

女孩走进出租屋，没关门，将挎包丢在桌子上，仰面扑倒在床上，大呼道：累死了，累死了。

女孩突然从床上弹跳起来，因为她看见了我，一只干净漂亮的大灰狗正蹲坐在地上。

女孩小心地道："狗狗，你哪里来的哦，你不会咬我吧？"我对她摇起了尾巴，并将注视她的目光尽量调整得很温柔。

幽灵狗的自白

女孩终于确定我并无恶意，她大胆用手抚摸着我的皮毛。女孩说："你的主人呢？"

我并不能回答她的问题，女孩继续自语："那我就收养你吧！你找到我，说明我们有缘分！"

女孩在出租屋里为我搭了一个窝，白天她去上班，就将我反锁在屋里，下班的时候才用绳子套着我的头，带我外出溜达。

在女孩去上班的时候，我打开了她的电脑，我认识字，也见过网吧里的人用这种东西聊天。

起初我也不会操作，但晚上的时候，女孩会在固定时间上两个小时的网，我在旁边仔细观察了几天，得以掌握了要领！

我打开电脑，首先申请了两个QQ号，我用其中的一个号，根据男子名片上所标出的QQ号，通过查找，顺利加他为好友。

接着，我跟他聊上了天，我们谈生活，谈人生的经历。当然，我没有人生的经历可谈，大部分的时间都是他在诉说，我偶尔表达下观点，可这样，男子还是将我当成了红颜知己。

冥冥之中的注定，也是上天的开眼，我复仇的计划竟然进展得异常顺利。

有一天，男子给我抱怨生意越来越不好做，他的公司这几年一直都在亏本。

我试探着对他说："我认识一个大师呢，是个高人，能改变一个人的运气，甚至扭转一个人的命数！"

男子当即求我为他引荐，并表示会酬以重金。

我对他说："我恰好有大师的QQ，你加他和他谈谈吧！"随即我把我早在一个多月前申请的QQ号发给了他。

我随即登上了那个所谓大师的QQ号，男子果然加了我，他百般

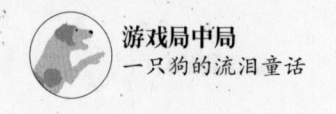

央求我给他把把脉，看看问题究竟出在哪里。

我说："你先把生辰八字给我吧。"

之后我下线了，复仇计划进行顺利，但我依然是闷闷不乐。我在心里千百次地问自己：我的复仇计划是不是太过于阴毒残忍？但我一想到在火中挣扎着的三个孩子，我的牙齿又咬得作响！

我开始做噩梦，梦里响彻了汽车尖锐的刹车声，我看到满地的鲜血汇流成一条小河，向我奔腾而来，我在梦里大叫！

女孩把灯打开，将我搂在怀里问："狗狗，你怎么了？"随即又自语道，"真是奇怪，连狗也会做噩梦了。"

我在犹豫挣扎之中，还是登上了QQ号，仇恨已经堵塞了我所有的心窍，男子当然不知道这所谓的大师是一个魔鬼，他正被一个魔鬼引领着往前走，直至坠入万劫不复的深渊。

我在这里不想把复仇的过程说得太过详细，总之，最后的结果就是我想方设法，用尽手段让男人误杀了他的孩子。

大仇得报，而我依然抑郁寡欢，没有想象里应有的分毫喜悦！

之后的日子，男子再没上线，即便上线，我也不知道该对他说点什么！

我从没听到人们对这事的谈论，警察也无介入，就好像它从来没发生过，以至于我产生了恍惚感，莫非一切细节均来自我的臆想？

我依然趁主人不在家的时候，打开她的电脑，我怀着复杂的心情登上大师的QQ，原来我一直都在期待和他的再一次交谈。

终于有一天，男子给我发消息了，他说："大师，哦，我还可以称你为大师吗？我思考良久终于明白过来，我是被人下了套，现在请你告诉我，你是谁？策划整个事件的人又是谁？"

我沉默，我只能沉默。

幽灵狗的自白

男子又道:"我知道,我这个人做事是不择手段,有好些人都掉进过我设置的生意陷阱,我让他们赔得只剩下裤衩了,想向我寻仇的人多着呢,但冲我来呀,干吗冲我的女儿,她才四岁,什么都不懂!"

男子接着道:"我所以没报警,就是想亲自把你和你背后的主谋寻找出来,江湖上的恩怨我们照江湖上的规矩来处理!"

我回道:"你真想知道我是谁吗?我现在就可以和你视频。"

视频连线接通了,我看到男子满面胡茬,嘴上含着一支烟,他不停地咳嗽,形象颇为颓废,痛失爱女让他精神萎靡。

男子说:"我看不到你呀。"

我回道:"你看到按键盘的'手'就行了,如果这也可以称之为手!"

男子回道:"我只看到一双毛茸茸的爪子。"

我回道:"对,这就是我的'手',我的身份就是一只狗!"

男子很快地回道:"开什么玩笑,狗会上网打字,还会向我复仇?即便你说的都是真的,请问,我和一只狗能结下什么仇恨!"

我沉默良久才回道:"一年多以前,你在小区的花园里,将汽油淋在狗窝里,三只小狗被活生生烧死,对这件事你还有印象吗?"

十多分钟后,男子才回了一个字:"哦!"

我知道要让他相信这个事实很难,就像要一个正常的人相信世间有鬼神,相信外星人即将占领地球一样困难。但我不放弃,锲而不舍地说服他,如果不让他明白,他确实是受到了一只狗的暗算,他根本就不会为烧死三只狗崽的行为忏悔,那我的复仇会变得毫无意义。

终于有一天,男子回道:"我查阅了很多资料,包括各国科学家对狗的最新研究成果报告,我现在开始相信一条狗真有可能具备人的思维了,虽然这样的狗一千条一万条里也未必能找到一条。"

我回道:"你能这样想我很高兴。"

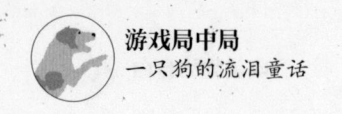

男子又道："那么，现在该向我介绍下你了，你就是那三只狗崽的母亲吧！喔，对于那个可怜的母亲，我几乎都忘记它的长相了。"

我想了片刻回道："不，我不是那三只狗崽的母亲，它们的母亲在孩子被你烧死之后，抑郁寡欢，半年之后就得病死了。"

我在这里刻意撒了一个谎，因为我知道，男子会设法将我从这座城市里寻觅出来，我不能将自己的身份信息透露给他。

男子问道："那么你是狗崽的父亲？"

我回道："不是。"

男子又问道："你该不会告诉我，你仅仅是为同类打抱不平才设计让我杀了自己的女儿吧！"

我冷冷地回道："你答对了。"

男子发了个撇嘴的表情对我说："那么我现在连你是公是母都不知道了，更别说你的毛色、品种，能给我一点提示不？"

我回道："我有人类的思维，而且智商比一般人甚至还高一点点，在全城的流浪狗中，这就是我独一无二的特征。"

男子开始全城搜捕我了，他建了一个秘密基地，雇人每天抓获流浪狗送过去。

男子用教程上列出的方法给它们做智力测试，没有一个结果令他满意，所有智商不及格的流浪狗只有一个下场，那就是一个字，死！

在短短半年中，男子已经杀了几百条流浪狗，他变得越来越疯狂，我试图阻止他这样做，我对他说，你这样做是无用的，我有智商，且你在明处我在暗处，你永远都抓不到我的。

但男子却认为，每杀一条流浪狗之后，总体的数目就减少一条，他也就靠近了我一步。

13 幽灵狗的自白

这家伙真是疯了,无论他怎样血腥的杀戮,流浪狗的大军只会壮大,每天都有因为各种原因被主人赶出家门的狗,这个队伍从来就不缺乏新鲜的血液。

该是双方做个了断的时候了,我对男子说,要不由你来设计一个游戏,我届时参加,我们在游戏里一决胜负!做一个彻底的了断?

男子同意了我的提议,他在半个月后就拿出了一套方案,详细描述了他所设计的这个游戏的规则,每一关的细节,等等。

他设计的游戏是这样的:游戏定于一年后正式开始,游戏开始之前,所有的筹备工作由他完成。

先是到深山修一座大房子,用上好的钢材制作出一千个铁笼,然后再雇佣几十个生活中的虐狗变态者,抓捕全城的流浪狗,这时候的我得按照游戏规则,混在众多的流浪狗之间,故意让他们抓捕进去。

第一关游戏:在铁笼里放有毒的肉,放肉时,男子会做出声明,听不懂人语的狗将在第一关全部挂掉。

第二关同样残酷,考验的是耐力;第三关是做数学题,只有知道答案才能选择到正确的通道,八条通道中,只有一条的尽头不是绞肉机!

能走到最后一关的注定只有我!最后一局是我和他的对决!

男子自信通过这个完美的游戏就能将我从上千条流浪狗之中给甄别出来,他问我敢不敢参加。

虽然这个游戏所有设定都对我很不利,但又有什么关系呢,我自认聪明,一定能找到他游戏里的破绽,击败他!

我答应了男子,一年之后在游戏里不见不散!

那天,我刚上线,男子就对我说:据内部消息,全城即将进行一次流浪狗捕杀,你最好注意点,我可不想你这么不明不白地死去!

我说:"这个你真是多虑了,我现在暂时找了个主人,有能遮风挡

雨的家，不然我怎么能和你网聊呢？"

男子说："小心无大错！"

他说得很有道理，我决定这段时间都安静地待在出租屋，哪儿都不去。

但狗算不如天算，晚上的时候，房东来找我那个临时的主人了，她说：接到上面通知，禁止养大型犬，你这条也得赶快处理下。

这段时间城市里发生了几起大型犬伤人事件，引起了各界关注，所以有关部门才决定在捕杀流浪狗的同时，配合着清查家养大型犬工作，无证的都得统一拉走。

女孩发起了愁，她实在不知道将我送往何处能避过这风头，她已经对我有了感情，不忍心看着我最终被安乐死。

得了，我还是自己走吧，在半夜的时候，趁女孩熟睡，我扭开门锁，来到大街上。

哪儿都不再安全，偌大的城市，看似没了我的安身之处！可天无绝狗之路，我突然想到了一个好去处——流浪狗之家。每次城里开展捕杀流浪狗的行动，流浪狗之家的狗他们都不会去动的，这是一条不成文的规定，算是在屠杀之中，对生命的一种敬重。

我去了流浪狗之家，那里居住着众多的猫和狗，可它们吃饱之余竟然为了领地而打架，真是无可救药。

我在傲视它们的时候，发现了一条与众不同的狗，它的尾巴是秃的，耳朵像两个大大的问号。而在它的身后，一直跟着一条黄色的笨狗。

眼睛，对，就是它的眼睛最是特别，充满了灵动，当然也可以形容为它总是贼兮兮地四处观望。难道它和我一般，有人类的思维？太不可思议了，我决定试探下它。

清晨的时候，我看到它往河滩走去，我悄悄地跟踪，到达之后，看

13 幽灵狗的自白

见它用爪子在细沙上划拉了几个字：红妞我想你。

这狗不但有人类的思维，还会写字！我看着那几个字，心里想：红妞是谁？是它的主人吧，看起来这只狗还蛮忠诚的！只是它既然有主人，为什么还会流浪呢！其间莫非也有一个悲惨的故事？

我在犹豫着，要不要跟这只狗交谈下，我现在还没找到男子游戏里的破绽，如果能邀请它陪我一同参加那个绞肉游戏，胜算会增加很多。

在我犹豫不决的时候，这只狗又在沙子上写了几行字：看你很酷的样子，你一定也有不凡的经历吧，难道你跟我一样，也是一只有故事的狗狗？

它也怀疑我有着人类的思维了，所以写字试探我！但我却突然讨厌起眼前这只狗来，竟然说我样子酷酷的！还唤我为狗狗，好像它自己就不是狗狗一样！一个自认幽默的家伙！

有志愿者提着食物过来了，我不再搭理它，折身离去，我能感觉到这只狗就跟在我身后。

我虽然对这只狗的第一印象很不好，但还是在心里做了一个决定：从此跟踪它，从观察它日常的行为判断出它的品格，再决定是否邀请它参加那个盛大的游戏！

我当然没想到，这只叫小哈的狗后来成了我的最佳搭档，也可以说，如果没有它，我在游戏里必然一败涂地。

聪明的小哈，呆萌的小哈，腹黑的小哈，善良的小哈，自认幽默的小哈，即将离开流浪狗之家，继续它的流浪生活了。它现在还不知道的是，它被我跟踪了。不得不承认，这个家伙也是很警觉的，行走奔跑的时候不忘观察身后有没有尾巴，但我掌握了超一流的跟踪术，它根本不可能发现我！

至于我何时才跟小哈正面接触，并肩作战呢，看下去就知道了！

GAME　　　　　　　　　14　　　　　　桥洞下的老人

我是小哈，我决定离开了，不仅仅因为幽灵狗的原因。

心中到底还是有点不舍，流浪狗之家是我感到温暖的第二个场所，第一个是红妞的家。

流浪狗之家没有铁门栅栏，为的就是让流浪狗来去自如，每天都有新的狗加入，每天也有悄然离去的。我不知道那些离去的狗是不是也和我一般，习惯了流浪，哪怕因此会饿肚子，会被捕杀，也不愿在一个地方安定下来。

我是趁着大黄睡着时离去的，我不愿意再带着它，它已经过分依赖于我，而我又不能一辈子照顾它。再说，很多时候，连我自己都是自身难保的。

再说那只幽灵狗，我对它的第一印象相当不好，它身上散发着阴郁、乖戾的气息，好像全世界都亏欠它什么似的，我不喜欢跟脾气怪怪的狗接触！

我走一段路后，还故意埋伏于草丛中观察身后，确定了无狗跟踪！

14 桥洞下的老人

再见了幽灵狗，再见了大黄狗！青山不改，绿水长流，但愿我们后会无期。

我于凌晨离去，天亮的时候站在了立交桥上，俯视着城市从睡梦中醒来，逐步走向喧嚣。那些城市里的红男绿女行步匆匆，在那些林立的高楼中，密密麻麻的每一个窗户里都生活着一个家庭，每天上演的不只是油盐柴米的故事，或者温暖人心，或者感叹如风。

我在一个老人面前停留了下来，他正跪在路旁乞讨。身上穿着一件破烂的棉袄，很多小洞，棉花一团一团地钻了出来，我很怜悯他。寻常老人到了他这个年纪应该是儿孙绕膝了，而他，却这般毫无尊严地跪在街头。难道他在世上再没有一个亲人了？

我决定帮他，一只聪明的狗决定要去帮一个乞丐时，当然会有办法的。我在老人旁边蹲坐了下来，用嘴将装钱的碗高高叼起，贱兮兮地看着每一个行人，心里说：路过的每一个大爷大妈，叔叔阿姨行行好吧，赏点钱买个包子馒头。

我心里之所以会反复这样说，只是想让自己能尽快进入状态，我做什么事都是很认真的。

一个老人跪地要钱不稀奇，但一只狗叼着碗要钱就很稀奇了，很多人围了过来，指指点点，嘻嘻哈哈的。就当看猴子表演吧，小费总要给一些的。

有个老板模样的人放到碗里 100 元道："忠臣狗！"

当然也有不好的声音，一个大妈打扮的女人道："现在的乞丐讨要的方式也越来越多了，竟然训练一只狗来做这种事，真是佩服啊！"不到半个时辰，碗里的钱就装满了。老人也饿了，带我下馆子。我见他从没露过一丝笑容，我替他要到这么多钱，他应该高兴才是。他脸上的皱纹像刀刻上去的，赶得上大山里的那一条条沟和坎了。

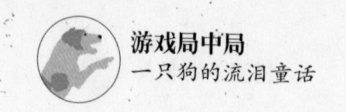

小店里的伙计见老人穿着破烂，后面还跟着一条像是刚从垃圾堆里刨出来的秃尾巴狗，心里就有几分不乐意接待我们了。他翻着白眼道："我们这是正规饭店，狗不得入内。"

老人也没说什么，想必早已经习惯了冷眼，又带着我去另一家，这次不等伙计开口，他便先掏出 50 元，说："给我们找一个包间，两碗饺子，不放辣椒的。剩下的给你做小费。"

哟，大爷，你老人家可真大方，两碗饺子就 20 元，你倒一出手就是 30 元小费，看来你不是个普通人，是大富贵里走出来的吧？

包间条件还不错的，墙上挂着一张半裸的女人像，很有艺术情调。

我跳上椅子中央坐下，气嘟嘟地望着老人，心里道："为什么叫伙计不往饺子里放辣椒？你不知道我是一只喜欢吃辣椒的狗吗？"

可是老人完全不理我，他的眼神虽然在看我，却很空洞。

我不甘心地在房间上跳下蹦，想引起他的注意，可到最后，他连看都不看我一眼，还把头埋进了膝盖。

水饺上来了，我咬一口，葱花馅的。味道有几分像是林江海家里吃过的，我又很不争气地想到了红妞，一想到她，我必定会流眼泪。

肚子虽然很饿，但我吃不下去了，眼泪大粒大粒地落下来，落在热气腾腾的水饺里。老人见状呆了呆，自语道："唉，也是一只有着伤心往事的狗！"

他也无心吃水饺了，带着我往外走。

他说："跟我回家吧，我讲故事给你听。"我心想："这个老人可能真是太孤独了，孤独到只能把心里的话倒给一只狗听。"但我又想，"人呀，越老越小，说的就是这个吧，活到一定年纪后，心态反而像孩童的了，红妞以前也是很爱和我讲话的。"

老人说的家其实就是桥洞，里面铺垫了些干谷草。老人未语眼泪

桥洞下的老人

先流了下来，他用破烂的衣袖擦了擦眼睛才道："我是个没有能力的人，四十多岁才讨到媳妇，偏偏媳妇还是个哑巴，跟了我十多年就撒手西去了，好在给我留了个儿子，阿荣。"

老人给我讲起了他儿子阿荣的故事："阿荣从小就用功读书，但他性格古怪孤僻，可能是我平日里对他管教太严造成的。"

老人哭道："阿荣呀，尤其嫌弃他的母亲，从心里嫌弃，他是觉得有一个哑巴母亲是件非常丢脸的事！

"在阿荣十二岁读初中的时候，他母亲生病了，是肺癌晚期，她很想孩子，就把攒了多日的土鸡蛋煮熟了，准备带去给孩子。她去十多公里外的中学，也不敢进学校，就站在校门外，她只希望运气可以好一点，能碰到儿子。

"在傍晚的时候，阿荣果然和一群同学出校门来了，哑巴就咿咿呀呀地招呼，阿荣假装不认识她。

"里面有个男孩，看出了端倪，向阿荣道：'这个哑巴是谁啊，好像认识你似的！'

"阿荣矢口否认，'谁会认识一个哑巴呢，我估摸着她就是附近的一个疯子吧，所以见着谁都这样！'

"那个男孩就捡起地上的石块打哑巴，哑巴躲闪不及，被击打在肚子上，但她脸上还是挂着笑容，温和地望着自己的儿子。

"没想到的事发生了，阿荣也跟着捡起地上的石头，阿荣的准头好，石块打在了母亲的额头上，血从母亲的额头流出。母亲真正受到了伤害，这才哭着回到了家。"

老人叹口气道："他妈妈从此变得更沉默了，直到病逝。"

老人仍在喋喋不休地诉说："阿荣虽然从小就嫌弃他的母亲，但学习成绩特别优秀，从读小学起到高中都是全班第一名，奖状贴满了墙。

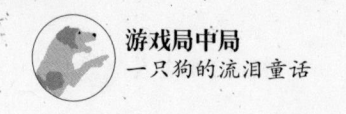

后来考上全国重点名牌大学，那时候多风光呀，县长都到我家祝贺，我心里那叫一个高兴，把家里喂养多年的大水牛都宰了，招待全村人。村里人都说：'你养了一个好儿子，等阿荣毕业了，你的苦日子就到头了'。"

老人继续说："为了供孩子上大学，我什么苦都能吃，虽然那时我都已经六十来岁了，但身板还硬朗得很，我在建筑工地上打工，下班后又去捡垃圾废品。"

老人说："为了省钱，我把田里收割的新鲜大米卖了，又去买陈化粮吃，陈化粮你知道吗，就是在仓库里放了很长时间的粮食，煮出的饭很不好吃，味道也难闻。但两种米一斤的差价就是几角钱。"

老人呜呜地哭道："孩子读了四年大学，我就吃了四年的陈化粮，最后把肝都吃坏了，医生说，我的肝癌就是这么得的。

"但我也很欣慰，总算把孩子供完了大学，阿荣是个聪明的孩子，不光成绩好，也会处事，才进机关几年就当上了一把手，还与一个大干部的女儿结了婚。"

我用爪拍拍脑袋："你儿子可真有出息，但你现在怎么又沦落到乞讨为生呢？后面到底又发生了什么事？"后面发生的事，老人没有详细讲，只是说："我从老家过来投靠他，也是想着在大城市治治自己的肝病，有时候这个肝呀，真是疼，一宿一宿的疼。"

"阿荣不待见我了，后来还扇了我一巴掌。"老人指指耳朵道，"因为那一巴掌，我听力也下降了，谁说话声音要是小一点我就听不清楚。

他用手捂着脸，呜呜地哭泣，道："阿荣把我赶出了家门，我想啊想，就是想不明白我为他付出这么多，他为什么会这般对我。

"阿荣呀，现在是个很大的官了，吃一顿饭也是上千元钱，可他连一分钱也不给我，我就是想不明白啊，我是他的亲生父亲，他为什么会那样对我。"

14 桥洞下的老人

"有一天,我跪在街上乞讨,阿荣坐小车经过,他看见了我,他看见了他的老父亲就跪在太阳底下,可脸上只有冷漠。"

老人说:"我现在是心在疼了,很疼,我至死都想不明白,他为什么要这么对我?"

唉唉,我心里说:"你别反反复复追究这个问题的答案了,虽然我自认是一条历经过人情冷暖的狗,但还是没办法回答你,有些人的良心是被狗吃了的,我这样形容会不会侮辱到狗?"

我停止往前奔跑,留在了老人身边。每天我们都去乞讨,还是老办法,老人跪着,我蹲坐着用嘴叼起碗,因为方式新奇,总能比其他乞丐讨到更多的钱。

老人不贪心,收入多的时候会匀些给其他乞丐,之后他就带上我去饭馆吃上一顿饱饭。

我知道自然界有两种八竿子打不在一起的生物,却天天黏在一起,唯有这样它们才能在险恶的环境里生存下来,良心好的人会说它们是相依为命,良心坏掉的人会说它们只是在相互利用。

我和老人就这样相依为命着,我将陪着他,直到他死去。

老人只要一回桥洞,就会给我讲他儿子阿荣小时候的故事,听得我心里很是酸楚。

越听我心里越不是滋味,最后我也恨起了这个阿荣来,恨得半夜都磨起了牙,我从前睡觉不磨牙的。

我要替老人报仇,我要替老人出一口气。

这对一只聪明的狗来说,也不是件难事,从老人零零碎碎的唠叨中,我已经知道了阿荣的全名及现在的工作单位。

告诉你们,我的这个计划很恶毒,将会把阿荣送下十八层地狱,永世不得翻身。

游戏局中局
一只狗的流泪童话

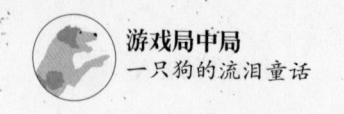

我承认，我是一只腹黑的狗！

秋天来了，街道两旁的法国梧桐开始落叶，黄灿灿的一片一片地往下掉，我看着老人越来越虚弱的身体，心里很难过，但对此我又无能为力。

秋天其实就是一阵风，当它把树尖上的最后一片黄叶吹落的时候，冬天就迈着冰冷的脚步过来了，而对于流浪在外的动物，最惧怕冬天了。

我本来可以如候鸟一样往南方迁移，我想去的是南方海滨，在沙滩上晒太阳。但我不忍心抛下老人离开，没有我他根本讨不到什么钱。

数九寒冬的歌谣是这样唱的：一九二九怀中插手，七九八九冻死老狗。可才刚进入冬至，我觉得自己都快被冻结在空气里了，以前一直生活在南方，这可是生平第一次在北方过冬啊。

太阳明明照射在我身上的，可竟感受不到一丝一毫的温度。

完了，完了，我可能会死在这个冬天里了。看来好心没好报。

白天尚且如此，晚上就更别提了，桥洞里实在待不下去了，我决定去锻炼。听说锻炼可以提高免疫力，免疫力高了，就不畏寒了。

我来回地跑，可还是冷。我干脆推着一块十多斤重的圆石头在河岸上滚动，发出轰轰轰的声响。不远处有座居民楼，三楼窗户打开，探出一个脑袋吼道："谁呀，神经病呀，半夜不睡觉，闹腾啥？！"

"我在健身！你管得着吗，接下来你是不是还要说：那个人好奇怪耶，看上去就像一条狗？"月色朦朦胧胧的，我知道他看不清楚我。我很快累得腰酸背痛，舌头拖出老长，受不了啦，受不了啦！我跑回桥洞，依偎着老人躺下了。

我听见他在睡梦中叫着阿荣的名字。

早晨我醒过来的时候，看见原本在老人身上的棉衣却披在了我身上，我愣了好半天，眼泪不知不觉地流了下来，我原本以为这一生我只

· 100 ·

14 桥洞下的老人

会为红妞流泪。

我看见老人眼睛紧闭着,用前爪在他的额头一摸,好烫!他应该是病了,我还看见他用一根木棍死死抵在肝部。也许他熬不了几天了。

我决定去找阿荣了,我要看看他生得是什么模样?面善抑或面恶?我尤其要观察他那双眼睛,是不是跟老鹰的眼睛有得一拼。

我所以这样说,那是因为我曾经遭到过老鹰的袭击,那年我还是个狗牙子,那只老鹰本来是在半空中飞翔的,却突然一个筋斗翻下来,两只爪按在我背上,就要将我提到半空中去,幸好我妈妈及时赶到,一口咬在老鹰的翅膀上。

我对它那双眼睛印象好深刻,射出的光很冷毒。

我一直在阿荣单位的门口等他,直到下午三点的时候,我才看见几个男女拥簇着一个人向停车场走去,第六感觉告诉我,那个人就是阿荣,他戴着一副金丝眼镜,模样倒也挺斯文,肚子有点大,这可以理解的,官场情场都得意,身体能不发福吗?

车子缓缓开出大门,他们这是要去哪里呢?我一动不动地蹲坐在大门口的中央,他们要想出去,除非从我身上压过去!话说我有时候为了正义也是可以杀身成仁的,我治不了你,我还不能喷你一身狗血吗?

这帮兔崽子明明看见我堵在路中央,却没有丝毫减速的意思。

我看过某个纪录片,里面有一个镜头,司机把车停下,等成群的袋鼠过马路。

我可真是高看了这帮人的素质了,我赶紧跳到路边去,车窗摇下,那个眼镜男把脑袋伸出来道:"真是杀不完的流浪狗,野火烧不尽,春风吹又生呀!"

你还吟上诗歌了,你这个四眼狗。

车速不快,我在后面紧跑慢跑地跟着,十多分钟后,车子拐进一所

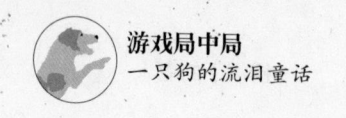

小学，我刚要进去，一块砖头击在了我头上。

谁在袭击我？我晕头转向地四处看，门卫室里走出一个老头，抬起脚把我踢出几米远。

我嚎叫一声，夹着尾巴，跑出几十米远，进肯定是要进去的，我要看看那个眼镜男到底去学校做什么？他有可能就是我以后要对付的目标人物阿荣。

这时，有个小学生走过来，是个女孩，我赶紧上去用嘴轻轻地咬住她衣角。

小姑娘倒不嫌弃我身上脏，她从口袋里掏出一根火腿肠剥了外皮递到我嘴边说："给你吃。"

嗯，肚子的确好饿，我两口就吞了。

小姑娘摊开手道："我也没了，本来想留着会场上吃的，这下被你吃了。"

我还是叼着她的衣角不放，小姑娘无奈地道："好吧，我课桌里还藏着一根，也给你吧。"

我心里说："小姑娘，你刚才明明说没有的，现在又说还有，说谎可不是什么好习惯啊。"

"狗狗跟我进学校去。"她摸摸我的头，我跟在了她的身后。

门卫又出来了，要将我拦住。小姑娘道："陈伯伯，这是我家的狗！"我就说这个小女孩是个谎话精。

门卫道："不可能吧，这狗浑身这么脏，肯定是只流浪狗了。"

小姑娘说："真是我家的狗呢，我刚决定收养的，几分钟前我还看见你踢了它一脚呢，这可不好。我爸爸知道了会很不高兴的，俗话都说，打狗还要看主人呢！"

真是不敢相信，这些话从一个孩子嘴里说出。

14 桥洞下的老人

门卫忙道:"你可别告诉你爸爸呀。"

小姑娘道:"不告诉也行,你得让我家狗狗跟着我进去!"

门卫忙道:"进去吧,进去吧!"

我心里想:"小姑娘的爸爸应该是个了不得的人。"

但同时不得不指出的是,动不动就把自己老子搬出来压人的孩子也不是好孩子。

说实话,这个小姑娘虽然给我火腿吃,又将我带进学校,但我对她没什么好感的,这么小的孩子,你就能从她身上感受到一种咄咄逼人的气势,这气势全仰仗她优越的出身。

小姑娘说:"狗狗,我真的有点喜欢你了,我真有点动心想要收养你了,但又怕你是流浪狗,脾性不好,也不知道会不会带着传染病。"

你想收养我就收养呀?我可是一只会思考的狗,我还可以选择不呢,我的主人只有红妞!

小女孩将我带到礼堂中,要我蹲在她的椅子底下。

上千名小学生已经按班级秩序坐好了。大会正式开始。

先上场讲话的是校长,是个秃顶的中年男子。

他试了试话筒说:"今天很荣幸请到我市教育局的刘得荣局长,他在百忙之中抽出了时间,来参加我校开展的五讲四美宣传月开幕式,大家鼓掌欢迎!"

学生全体起立,掌声雷动。只见礼仪生果然将话筒移到眼镜男面前,没错!他就是刘得荣,那个老人嘴里一天会重复几十次的阿荣。

这里应该称他为刘局长了。而这时,小姑娘的一句话差点没把我噎死,她指着台上的眼镜男道:"瞧,这个就是我爸爸!"

刘局长咳嗽两声,打起了官腔:"这个,这个……"他瞬间才意识到是在给一群小学生讲话,声音马上和蔼下来,道:"我们国家呀,有

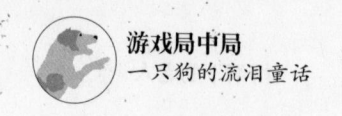

很多的优良传统，我今天主要给同学们讲一讲孝道，羊羔跪乳，乌鸦反哺说的都是什么意思呢？小朋友们呀，你们有没有观察过羊羔吸取母乳时的姿态呢？"

顿了一下，他才道："我告诉你们，羊羔是跪在地上吸母乳的……"

我听得像触电一样，浑身发麻。小姑娘不忘和我说话，她骄傲地道："我爸爸讲得好吧！"

真受不了，刘大局长你慢慢讲，我出去先吐一会儿。

小姑娘看见我往外走，压着声音道："狗狗你要哪去？"我回过头看她一眼，小姑娘可能读不懂我复杂的眼神。我心里一万次地对她道歉："小姑娘，对不起你了，请原谅我接下来要做的事，我接下来的作为会让你的家庭产生巨变，你本是无辜的，所有的一切都是你爸爸造成的，他理应为他所做下的、丧尽天良的、令人发指的、畜生都会鄙视的事付出巨大的代价。"

我来到操场上，偌大的操场空无一人，我跑到操场的中央坐下，微微闭上眼，我在寻找一种意境，梦里曾经有过的意境，一只孤狗立在苍茫的荒原里，不知何去何从，突然一道白光从天上射下，当它正想顺着白光离去时，耳旁响起轻柔的呼喊声："小哈，小哈。"

很多孩子突然从礼堂里走出，嘈杂声响起，我这才回过神来，却发现滴落的眼泪已将面前的细沙堆击打出一个一个湿点点。

应该是散场了，我决定继续跟踪阿荣，我还要故意让他发现我在跟踪他，这虽不在我的计划内，但我就是要给他看到一个预兆，一场大灾难即将降临的预兆。

几辆小车排着顺序驶出校园，阿荣坐在最后一辆上，我小跑着尾随，我知道阿荣正在从反光镜里观察我，我身上的标志很明确，全身的毛又黑又脏，近乎掩盖了我皮毛的本色。最明显的标志是，我的尾巴是秃的，

14 桥洞下的老人

脑袋上的耳朵也比较另类，像两个大大的问号。

或者阿荣心里已经在嘀咕了，这狗先是堵在单位门口，现在又一直跟着我们，它究竟要做什么？

我一路跟踪，直到看见车队在一家五星级酒店门前停了下来，那些官员们拥簇着阿荣走了进去。

半小时前还在腆着脸语重心长地告诫学生们要继承革命先烈们艰苦朴素优良传统的阿荣，一眨眼就到这来高消费了。

在酒店门口，阿荣突然回过头，深深看了我一眼。我赶紧呲起牙，拖出舌头，摆个姿势，要是在夜晚就好了，夜晚的时候，我的眼睛会放绿光，才会显出具有杀伤力。

学校倒能混进去，但如此高贵的场所，我是万万不敢进去的。我已经想象出一个连贯的场景，当然你可以说我是一只想象力太丰富的狗。

我的想象是这样的：阿荣带着手底下的人，进了一个豪华的包间，漂亮的服务小姐进来鞠了个躬，细声问道："先生们，请问你们要点什么菜？"

阿荣把一根粗大的雪茄含在嘴里说："我生平最讨厌狗了，今天就吃狗肉。"

但是问题出来了，现在因为动物保护协会的干预，酒店不卖狗肉已经很久了。领班犯难了。

正在这时，我傻乎乎地冲进酒店，厨师长拿把剔骨头的大刀出来，说："这不正有只狗送上门吗？"

我才不要做阿荣这种人的午餐！

有了这样的想象后，我更不敢进去。我在酒店外徘徊了起来。

我已经决定了，要再堵他们一次车，我要让阿荣对我产生实实在在的恐惧，先搞乱他的方寸再说。

游戏局中局
一只狗的流泪童话

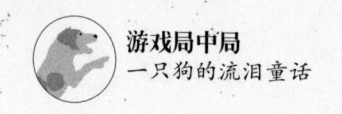

我转啊转，实在无聊得很。这帮人不知道什么时候才出来。我打量着大街上穿梭的红男绿女，突然，我看到了一只狗，经历打狗队疯狂屠杀过的城市，还能看到自己的同类，真是太意外了。

更令我吃惊的是这只狗嘴上叼着个小竹篮，碰到红灯它也懂得停，俨然遵守着交通规则。它走得不急不慢，悠悠闲闲，周围的人也没有用特别异样的眼光去看它。

这只狗是要去菜市场买菜吗？它也如我一样具有思维了？

不行，我得跟上去看个究竟，我起身慢跑了起来，没注意到此时已经是绿灯。一辆呼啸而来的车眼看着就要撞在我身上，一个非常紧急的刹车，司机额头都撞在了方向盘上，顿时起了个大包，他摇开车窗，一只手拼命地揉着头上的包，不忘伸出另外一只手，对我竖起中指，气急败坏地骂道："傻帽，你找死啊。"

我心里回骂着，对他也竖起前爪。

司机不是个善茬，我看他一脚就将车门踢开，要下车狠揍我一顿的架势，我赶紧扭转身开跑，我总不能跟他打上一架吧？当然吃亏的不一定是我。

我边逃心里边想："孙子，我是有事要去办，我不跟你计较。也不屑于跟你计较！"

我猛然发现，我的自尊开始强烈起来，我的心理和行为，越来越接近人了。我别着嗓音，想尝试和人一样说话，可是挣扎出喉咙的仍是汪、汪、汪的狗吠声。司机捂着额头还在后面没完没了地骂："傻帽，有种你站住。"

什么男人呀，简直跟泼妇一样，我回转过身，用两只后腿站立起来，前爪再次往前一伸，心里再次想象着对他竖起中指，再次骂道："你才傻帽。"

14 桥洞下的老人

但我很快为自己的行为而羞愧,因为我再次看到那只叼花篮的母狗,它的行走步伐看上去都好优雅,气质高贵。应该经过主人刻意的训练,这不,要是人行道上人拥挤,它就不抢道,蹲在一旁,等老人和孩子先过。

和我真是不在一个档次上呀。我应该为此感到羞愧!

母狗抬起头,看了看商店的招牌,走了进去。

我蹲在店外观察,一个戴眼镜的大妈招呼它道:"花花,又来给你主人买东西了?这次要点什么?"

花花将竹篮小心地放在地板上,眼睛望着货架上的一瓶二锅头叫了两声。老大妈于是把二锅头取下,用抹布擦了擦灰尘,放进了竹篮里。

花花摇了下尾巴表示感谢,真是好有礼貌的一条狗.

花花又望着一袋牛肉干叫了两声,老大妈赶紧取下。

之后它又要了一包烟和一个打火机。

花花购买完毕,蹲坐在了地上。老大妈颇有默契地从竹篮里将一张百元钞票收起,找好零钱又放进了竹篮。

旁边有两个顾客看呆了,张着大大的嘴巴。

老大妈摇摇头道:"现在的宅男真是一辈子不出门似的,刻意训练狗帮他们买烟买酒买零食,这人呀,老宅在家里也不好,时间长了和社会脱节不说,人也会变得不讲道理起来。"

花花一听大叫了起来,老大妈说:"你看看,批评它主人两句,它还跟我急上了。"

两个顾客捂着嘴巴笑。老大妈继续说道:"我说宅男不讲道理也是有道理的,就拿花花的主人来说吧,花花经常到我店里买东西,我有一次就故意少给它找几块钱,我不是那种贪小便宜的人,只是想看看会有什么后果,你们猜怎么着?"那一对男女顾客好奇地问道:"后来怎么

· 107 ·

了？"大妈道："才过了半个小时，花花的主人就赶到了，一个十七八岁的小青年，穿着睡衣睡裤，头发染得金黄金黄的，脚上是一双拖鞋，啪嗒啪嗒拖进门就问：'怎么少找了5元，欺负我家花花不识数吗？'我赶紧赔着笑脸解释：'只是好奇，做个实验嘛'！"

大妈问那两个顾客道："你们猜花花的主人怎么回答我的？"两个顾客摇头，大妈这才说道："花花主人的一句话差点把我呛死，他阴阳怪气地说：'哎呦喂，你那么爱做实验，你怎么没成爱迪生哇！'"

两个顾客笑得弯下了腰，大妈继续道："后来我们就吵了起来，那个小子说话真的很难听，他还说，'大妈，我看你半截身子都埋到黄土里了，怎么还那么贪。'"

大妈摇头道："现在的年轻人呀，说话真是很不注意分寸。"

花花听了一阵，脸上一副不高兴的表情，叼起竹篮往外走。

大妈指着花花道："现在不说人成精，连狗都成精了，你们看看，花花往日买了东西，离去时必定会对我摇头摆尾的，今天我谈论它的主人，它不高兴了，走的时候连招呼也不打个，就好像听得懂人话一样。"

女顾客说："可不是么，年前我家大黑狗，老是偷嘴。我妈很生气，就指着它骂道，你就偷吧，等你吃肥了正好杀你吃。你们猜怎么着，大黑从此不偷嘴了，食量也变小了，硬是把那一身肥肉给减了下来。"

我在店外想："原来天底下能听懂人话的狗不止我一条啊。"我心里同时分析道："这个大妈也许是对宅男有成见了，她对花花主人的描述肯定不真实，就冲着花花的那种气质，真不是一般狗能达到的，它的主人也应该是个品德高尚，对生活有品位有讲究的人，怎么可能骂得出'大妈，你半截身子都埋到土里还贪'这话呢！"

我见花花迈着细碎的小脚步往回走，在一个巷道口，我截住了它。

你们无法猜到我头脑中那个突如而至的构思，所有灵感只来源于这

14 桥洞下的老人

只叼着竹篮的花花。

我是这样设想的：抢到花花的竹篮，找个地方妥善藏起来，然后设法搞钱，搞到钱就可以叼着篮子去超市买东西了，店老板及周围的人不会怀疑到我有思维，会认为我只不过是另外一条被加以训练后，替主人跑腿购物的狗而已。

我不要做一条以刨垃圾为生的狗，我不要再做一条以乞讨为生的狗，我要有尊严地活着。

现在的问题是，除了乞讨，我还能用什么方法搞到钱，对不起，我第一个念头就是抢！

有钱真好啊，有钱就可以像个城市人一样活着了，有钱就可以买到尊严！花花见我突然挡在前方，吃了一惊，它心里应该明白碰上强盗了，但它不慌忙，找了个干净的地方，将竹篮小心放下，随即摆出要和我决一死战的态度。

花花虽然是母狗，但体型也是蛮大的，真打起来我未必能讨到便宜。

我赶紧对它摇起尾巴，花花能购物，显然智商不低，它依然不放松警惕，看我的目光充满怀疑。

哎哎，花花，我耍个把戏给你看，我对着它做起了前空翻，之后又是后空翻。

花花的表情终于柔和下来，如果它的前爪能达到我一半灵活，估计它都要拍巴掌了。

我一个后空翻翻到竹篮旁边，叼起竹篮就开跑，等花花反应过来，我都拐过胡同口了。

此时花花的眼睛一定瞪得比看我空翻表演时还要大上几分吧？我想一定是的！

花花对不起了，丢掉竹篮，你主人可能会大发脾气，但应该不会太

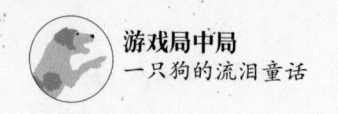

过于责罚你，毕竟要训练出一条能上超市买东西的狗也实属不易！

我叼着竹篮一口气跑到郊外，看看周围没有人，找了个茅草繁茂的地方先藏起来，为了安全起见，我又叼了些枯枝放在上面。

接下来，我要去会会阿荣了，我一直是一条做事有条理的狗，看看天色，他理应吃饱喝足准备回家了。我回到酒店门口，看见他们的车都还在。

我的思绪很乱很乱，一会儿想怎么搞钱，一会儿又想怎么收拾阿荣，一会儿又想阿荣估计是在里面给下属讲解下一步的工作部署吧？一顿饭吃不了这么久的，好在这几者不矛盾。

当人的品德不如狗，你就无权指责狗的品德为什么赶不上人，所以我根本不用为我下一步的抢劫计划有丝毫的羞耻感。

终于，他们走出来了，相互搀扶着，普遍喝高了。

十几个人掏出电话唧唧咕咕打一阵，一会儿工夫，来了另外几个人，最近醉驾抓得紧，应该是他们刚叫过来的代驾司机。

我看见阿荣和另外两个人上了一辆黑色的小轿车，我冲过去，蹲在了车子面前，一动不动。

阿荣把车窗摇下，呆呆地望着我，车内的另外一个人说："这条狗好奇怪，从中午一直跟着我们，在单位门口就堵过我们一次了，现在又堵，它究竟想要做什么？"

阿荣偏过头问道："你没看错，确定是同一条狗？"

那人点头道："不光如此，下午你在给学生讲话时，我还看见它跟你的女儿在一起呢。"

我看见阿荣的肩膀抖了一下，他取下眼镜用棉布擦了擦。

里面一个老者模样的人说话了，他的职务应该在阿荣之上，他说："当时你给市长提出全城屠狗的计划时，我在会议上就表示过反对，现

14 桥洞下的老人

在网上是骂声一片，使政府工作处于舆论的风口浪尖。"

阿荣说："都是那些动物保护协会的人在牵头闹事，处理几个出头的就可以把舆论压下去。真想不明白，一群流浪狗而已，他们倒还上纲上线了。"

老者不想和他就这个问题再纠缠下去，摊手道："现在这条狗缠上了你，怕也有些因果的道理在里面了。你打算怎么办？"

阿荣用手帕擦了下额头道："还能怎么办？直接开车轧死它就行了。"

老者淡淡地道："事情恐怕没这么简单了，这狗竟然能准确地找到你，两次堵你车，怕这是要给你一个警示，日后你得当心了。"司机是他们刚请过来的代驾，听到这，回过头对阿荣道："原来全城杀狗的建议是你提出来的呀？"

阿荣点头道："是呀，怎么了？"

司机突然一拳头甩在阿荣脑袋上："老子的狗就在小区外贪玩一会儿，也被你们这帮孙子给杀了，老子正伤心着呢！"

阿荣用手护住头，连声道："你怎么打人，你知道我是谁吗？"

司机又甩了他一拳道："我管你是谁，我打你又怎么了？老子还不给你们这帮畜生开车了。"

他打开车门，走下来，拍着我的脑袋道："狗狗，别放过他，整死他。"

我情不自禁地点了下头，司机呆了一呆，头脑恍惚起来，道："你真听得懂我说话呀？"随即打个冷战，道："妈呀，我有事先走了。"

他用手拍了下风衣，急匆匆离去。

阿荣坐在司机位置上，就要发动车子，老者一把按住他的手道："这狗太邪门了，真不能轧。"

阿荣又是一呆，点上根烟道："那你说说，这狗邪门在哪里了？"

老者道："我老家在农村，以前我们村里一直流传着一个恐怖的传

· 111 ·

游戏局中局
一只狗的流泪童话

说，说是有个农民下地劳动时看见一条碗口粗的蛇盘在树上一动不动，他就抡起锄头将蛇砸死。"

老者皱起眉头，用手按住太阳穴。

阿荣忍不住问道："后来呢？"老者吸口气道："后来，后来成千上万的蛇从山上涌下，把那个农民啃成一副骨架。"阿荣擦了把头上的汗道："你我都是唯物主义者，哪能信这些随口杜撰出来的故事呢！"

过了片刻，老者幽幽地说道："你知道我那天为什么会在会上那么失态，强烈反对你提出的那个杀流浪狗计划吗？"

阿荣默不作声，老者继续说道："我听说你是被一只流浪狗咬伤了，才给市长提的建议，是吧？很多事，都不是没有来由的，就像这条狗，你得注意了！"说罢，老者自顾自地打开车门走下车来，接着摸着我肮脏的皮毛说："狗狗，别挡道了，回去吧，你再不走有个人真会把你轧死的。"

我起身，摇摇秃尾巴，缓缓离去了。老者向我挥了下手。

我一边走一边想着，老者在车上给阿荣提到的因果问题。

我大体理了一下思路，如果阿荣不给市长建议杀流浪狗，我就不会带着大黄去流浪狗之家避难，也不会在离开流浪狗之家时，那么巧碰见到被阿荣拒之门外的老父亲。作个比方，就像车祸，双方只要有一个在途中慢一秒钟或者快一秒钟，就不会在那个路口撞车。

现在我却和阿荣撞车了，注定了我们之间有那么一个双方都要经历的坎，胜算却完全在我爪中，一个普通的老百姓根本无法跟这么一个角色的人相斗，但我是一只狗，一只腹黑的狗，我在暗处呲着牙齿，眼眶里闪烁着可怕的绿光。他对我防不胜防，他永远也不知道我接下来要做什么！

对了，我接下来要做什么呢，我得去享用我的战利品了，一包烟，

· 112 ·

一瓶酒和一袋牛肉干!

我回到藏竹篮的荒野,把二锅头用嘴咬开,对着瓶子喝了一大口,喝得太急,我被呛得眼泪直流。

二锅头那酒精度含量真不是盖的,几口下肚,我就晕头转向的了。

我想起了过去很多和红妞相处的故事,越想越难受,又喝了一口,很快我就抱着酒瓶睡了过去,我是被一对情侣的说话声给吵醒的,情侣都喜欢跑到这荒无人烟的地方谈恋爱嘛。

女孩说:"快来看,这有只狗抱着个酒瓶子睡觉。"

男孩说:"哦,它嘴上还叼着半截烟,看上去好像是一个人哦。"

我半睁着眼睛看看他们,心里说:"哥抽的不是烟,是寂寞,我喝的不是酒,是伤心。"

我叼着竹篮,晃晃悠悠地往前走。

那对情侣的嘴巴张得足有碗大,男的说:"这狗一定是帮主人购物,藏到这来偷嘴了,这智商,快要赶上人了。"

女的就捂着嘴巴笑。

我真有些醉了,走一段就停一会儿,意识虽然有点模糊不清,但我还知道下一步要去办什么事,我得利用竹篮里剩余的钱给那个睡在桥洞里的老人买点食物,这都一天了,他滴水未进,不病死也得被渴死。

走一段路,我又折回去,那对情侣还在那儿,我心里说:"喂,看到我的那袋牛肉干了吗?我好像忘记拿了。"我其实也只是在心里问问而已,但那个男孩蛮聪明的,他知道我折返回来的意思,用手指了指那袋牛肉干散落的位置。

"嗯,谢谢。"我心里说着走上去把牛肉干叼起放到竹篮里,又在他们已经基本石化的表情中离去。

我依照花花的方法买到了几罐八宝粥和纯净水,才昏昏沉沉地回到

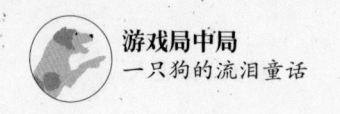

桥洞，此时天完全黑了。

我把篮子放下，看到老人仍倾斜着身子躺在地上，保持着我离去时的姿态，我用爪将他的眼皮拨开，但我又赶紧放下爪子，心里嘀咕，我拨他眼皮干什么？我应该是试下他还有没有心跳，我将爪子按在他胸口上，唔，还活着。

我汪汪地大叫起来，老人醒了过来，口中喊着："水，水。"我赶紧递给他一瓶矿泉水，老人喝了点后又吃了点八宝粥，我才安心地在他身旁躺下。

二锅头后劲大，我的酒劲真正的冲上头脑了，一辆大卡车在桥洞上轰轰地驶过，桥墩都在颤抖，我一下把眼睛睁开，心里大呼："快跑啦，地震啦。"

我飞快地跑出桥洞，我似乎看到整座城市的建筑顷刻间全部倒塌，灰飞烟灭。

我不能单独逃生吧，我又猛跑回桥洞，叼着老人的衣服使劲把他往外拽，老人身体虚弱，只能任由我摆布。

正在此时，我听到了车的喇叭声。头脑这才恢复了点点意识，误会了，怕不是地震哦！

哎呀，人家是病人，不带我发酒疯这么折腾的，我赶紧又将他拖回去。

刚睡到半个小时不到，我腾地一下，跳起几米高，老人问道："你又怎么了？"

啊！不好意思，不好意思，我梦到有一只猪在啃我的脚，嗯，只是梦，只是梦。

第二天，老人精神好了些，他吃了点我吃剩下的牛肉干，又喝了一罐八宝粥，将我搂在怀里，长叹道："人不如狗啊，我养了二十多年的

14 桥洞下的老人

儿子不要我，倒是一只相处几个月的狗对我情谊重。"

他费力地站起来道："我们去讨点钱吧，不然下午饭又没着落了。"

我汪汪大叫起来，心里道："我再不要做乞丐，我有更好的生财办法呢。"

老人奇怪地看着我，问："你今天是怎么了，也好吧，放你一天假，我自己去喽，记得晚上早点回来。"

老人颤巍巍地走出去。

我开始行动了，在一个大商场附近来来回回溜达，寻找着合适的目标。我给自己定下原则，不抢妇女儿童，不抢上班族，他们挣个钱也不容易，抢了他们心里不安，要抢就抢大款。

我看见一辆吉普车靠路边停下来了，从里面走出一个脖子粗大的胖家伙，挺着一个腐败的肚皮。关键是他腿短呀，腿短就意味跑不快，肯定是追不上我的咯。

我装作不经意地走过去，突然跳起来一口咬住他手上拿着的皮包，胖子冷不防，手上没拿捏住，我叼起皮包撒腿狂奔。

但是令我万万没想到的事发生了，吉普车的车门突然被推开，里面蹦出四五个小青年，关键是他们的腿都很长。哎呀，太夸张了吧，这么小的一辆车怎么就能坐下这么多人呢！

胖子大叫道："按住抢我包的那条狗。胆子也忒大了，它不知道马王爷有几只眼么？"

后来我才知道，这个胖子绰号就叫马王爷，心狠手辣着呢！所以接着在这个城市里就上演了极其荒诞的一幕，四五个青年手拿着铁棍追赶着一条狗，那狗名叫小哈，嘴里叼着一个皮包。

我心里慌极了，我跑啊跑，那伙人在后面追啊追！

我钻进一个胡同，跑到尽头却是一堵高墙，跳是跳不过去的了，我

游戏局中局
一只狗的流泪童话

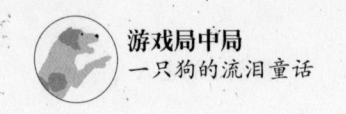

进了死胡同。

我把皮包放下，蹲在地上吐出舌头喘气，那几个青年也望着我，个个张大了嘴巴喘气。

一个青年说："这狗真能跑啊！"另一个问："怎么办？弄死它？"另一个青年又道："哪能呢，还是交给大哥处理，大哥不喜欢我们自作主张。"他说着掏出电话，按了个号码，很快接通了。

青年说："大哥，我们把那条狗堵在西街的死胡同里了！接下来要怎么办？"

电话那头传出一声暴喝："给我好好看住它，我马上过来。"

我吓得心里一哆嗦，看来这关不好过了。

十多分钟后，胖子赶过来了。他走到我面前，一直盯着我看，足足看了两分钟，我心里一个发毛呀，只见他双手一挥，我赶紧把眼睛闭上，因为顷刻间那些铁棍就都要落在我身上了。

只听胖子道："你们上前去看看，看看这狗到底是公狗还是母狗？"他手底下的人问道："大哥，这个很重要吗？"

胖子劈脸给说话的那个青年一巴掌道："你傻呀，不知道大哥从不打女人的么？当然也不会打母狗了。"

我闻言本能地将双腿夹住，似乎这样就能掩饰着性别。

"这个大哥有点二啊！"我心里想着，似乎也看到了一丝活命的曙光！两个青年还是壮着胆子将我的腿扳开查看，放心看吧，打死我，我也不敢张口咬你们的。

一个说："大哥，是条公狗。"胖子问道："你确定？"适才说话的青年道："确定，的确是一条公狗！"

胖子这才蹲在我面前，他从脖子上取下金项链戴在我脖子上，扇了我一巴掌道："抢啊，这个是纯金的，起码值两万呢，你有种就戴着它跑啊。"

大哥我错了，我真的错了，你就饶我一条狗命吧，我上有八十岁的爷爷要照顾，呜呜，这个不假的。

胖子一连扇了我十个耳光，才道："滚吧，老子今天心情不错，饶你一条狗命，下次再抢时把狗眼睁大点。"

谢谢大哥，我再不抢钱了。我摇着秃尾巴慢跑着离去，刚跑出十几米，胖子又喊道："站住。"

对了，你套在我脖子上的金项链还没取下来呢，这么贵重的东西送给我，我也不敢要啊。

我赶紧停下，胖子走到我面前，掏出皮包里的一扎钱，先是抽出一张 100 元的，但似乎有点肉痛，又换成一张 50 元的，让我用嘴叼住，道："打也打了，骂也骂了，看你一路也跑得辛苦，还是给你个早茶钱吧。"

"谢谢大哥。"我心里说，"只是，只是你确定你那个两万元的大链子真的送给了我吗？"

我又往前慢跑起来，到胡同拐角的时候，突然听到一声惊叫："按住那条狗，我的金项链还在它脖子上呢！"

"这个时候才想起来呀，还想要回去？晚了！"我撒开腿又跑了起来，这次他们抓不到我了，很多条巷道相连。我只要能保证在他们视线里消失五秒钟，他们就永远抓不到我了。

话虽这么说，但那些小青年估计就是这一带的小地痞，太熟悉地形了，加上人又多，对我进行了残酷的围追堵截。

还好我聪明，搬开一个下水道的盖子跳进去，又在里面把下水道盖子还原。

他们无论如何也想不到一只狗能具有如此人类化的逃生手段，所以我安全了。

真是累死了，我蹲在下水道里气都快喘不过来了。

我听见外面的对话声了，赶紧用爪捂住嘴巴，是胖子他们。胖子捶胸顿足道："我的链子啊，两万块钱啊，就被一只狗给骗了。这是一条什么狗啊！"

有个青年道："早就该弄死它的，就没这档事了。"胖子又在打说话的那青年："弄死，弄死，你一天到晚就知道弄死。好歹你大哥也曾经做过动物保护协会的志愿者。"

胖子借青年出够了气，才叹息道："今天的事谁也不准往外传啊，要传到江湖上去，大哥这张脸该往哪儿搁！"

他骂骂咧咧地带着兄弟们离去了。我将金项链取下，沾了些黑乎乎的污泥在上面，重新挂在脖子上，又把胖子给我的50元钱折成个小三角形，叼在嘴里，才费力推开下水道盖子，爬了出来。我又听到那胖子的声音了，只不过来自另一条巷道，只隔着一堵墙，胖子说："两万块钱的项链被一条狗给骗走了，这是什么世道啊，什么世道啊！连狗都成精了。"

我确定他们走远才跑回桥洞，老人乞讨还没回来，我在桥洞边的乱草里找到块稍大一点的石头，用力翻开，把金项链放在下面，又把石头恢复原状，并做了个记号。它虽然不能当钱用，但我喜欢上了财富，我发誓要做一只百万富狗，不，是千万富狗。

我很累也很困，就趴在地上打起了盹，我真做了个梦，梦见一屋子的钱啊，我扑上去抱住，都是我的，都是我的。

梦有时候真的会在现实中发生，不过几率很小而已，我在后来真的成了一只千万富狗，不，是千万富翁，当一条狗真正拥有一千万后，它就不是狗了，是人。

当然这已经是几个月之后的事了。一只狗在一夜之间就拥有了真正

14 桥洞下的老人

属于自己的一千万，这是一个什么样的奇遇呢？

天气越来越冷，老人的身体已经被病魔折磨得不成样子，他开始吐血，吐一口血就叫一声：阿荣啊。吐一口血就叫一声：阿荣啊。

阿荣已经成了他心里的一个死结。

我知道他快死了，我到河滩上，到垃圾堆里叼回好多别人丢弃的破棉絮。盖在他的身上，可他还是喊冷。

我知道他的生命即将走到尽头。

我静静地蹲坐在他身边，眼眶里全是泪水。老人伸出手一直抚摸着我的头，我心里说："你有什么愿望就给我说吧，我一定帮你实现。"

老人看着我，用微弱的声音说道："我知道，你是老天爷见我太可怜了，指派下来搭救我的。狗啊，谢谢你陪我这半年的时间，如果没有你，我坚持不了这么久，只是我现在还不知道你的名字呢，你要是能说话多好啊。"

老人伸出枯枝一般的手给我擦眼泪。

他又说："我在大去之前，想见见我的孙女儿。"

好，你等着。我飞快地蹿出桥洞，跑到市中心的小学，那个门卫正坐在房间里，被炭火熏得眼睛半闭着，我趁机溜进了学校。

正是课间，我站在操场上，用眼光到处搜寻，但孩子太多了，我找不到老人的孙女。

还是小姑娘先看到了我。蹦跳着过来，道："狗狗，那天在会场你怎么一声不吭就走了，又想吃火腿来找我啦？"

我用嘴叼着她的衣角将她往外拉。

她用小手打我的脸："你干什么呀，我还要上课。"另外一个小女孩却对她说："狗很通人性的，它肯定要带你去一个地方，你就跟着去吧。"

小姑娘也好奇了，就由我牵着她，径直去了桥洞。

游戏局中局
一只狗的流泪童话

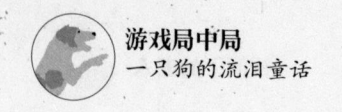

　　小姑娘一见到老人，立即扑了上去，哭道："爷爷你怎么在这里，爸爸说你早回老家了，爷爷，你这是怎么了？"
　　老人艰难地露出一个笑容，道："妞妞啊，将来好好孝顺你爸妈……"
　　老人死了，小姑娘哭成泪人，一直守在爷爷身体旁，不肯离去。
　　也好吧，就让你替你那个该下十八层地狱的爸爸守守灵。

GAME　　　　　　　**15**　　　　　　　报复阿荣

老人既然去世了，我便可以实施蓄谋已久针对阿荣的报复计划了。

这个计划有很多步，我来到大街上，准备实施第一步。

今天的气温还不错，太阳照在身上也能感到一丝暖意，我在大街上慢慢走着，心里很是哀伤，毕竟和自己相处了那么长的一个老人就这样无声无息地去了。

突然，我看到自己的皮毛一根根往外炸开，心里也突然升起一股子巨大的恐惧，我不知道恐惧从何处来，身上也突然没了体温，如置冰窟。

据说狗见到老虎的骨头会情不自禁地发抖，会不会是有人拿着虎骨从我身旁经过呢，我努力扭转着僵硬的脑袋，四处查看。但我又想，我是一只有思维的狗，不可能被虎骨这样单纯的死物镇住。

来来往往的人流，看不出什么异常。

这是一个非常可怕的征兆，我知道自己碰上了生命里最大的克星。但我还不知道，我的克星究竟是人，还是一条狗，或者是什么其他更可怕的生物，我只是感觉到了它，适才就在我的五米之内。

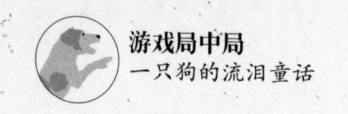

随着那个可怕的东西离我越来越远,我的四肢才逐步摆脱僵硬状态变得灵活起来。我首先想到的是地鼠哥,就是县城里的那个打狗队队长,我在第一眼看到他的时候,也有一种很异样的感觉,觉得这个人会给我带来非常巨大的伤害,果不其然,他误杀了红妞。

我又在仔细回想刚才的感觉,还没看到实物就已经完全把我给镇住了,先假设它是一个人吧,在大街上行走的除了我,都是人了。

那么我为什么会畏惧这个不经意间靠近我的家伙呢,他所带给我的那种恐惧似乎来自地狱。

他究竟是一个什么样的人呢,以后我能再见到他吗?我突然觉得我未来的命运开始诡异难测起来。

我心里盘算着,竟然认定了他将会是我生命中最大的克星,那么下次再遇到他,我必须得跟踪他,我要搞清楚他是做什么的,为什么身上会带着这么一股子煞气。

更重要的是,我要逐步克服对他的恐惧,变被动为主动。唯有这样,我才有战胜他,才有活命的机会。

目前来讲,那个不知道是什么东西的东西还没对我产生实实在在的威胁,所以我决定暂时抛在一边,集中精神对付阿荣。

在街上又逛了很久,突然,一个适合我的目标出现在我的视线里:一家店铺透明的橱窗里有个秀气的小姑娘,十七八岁的样子,正趴在柜台上写着什么。我对她狂吠起来。这是我计划的第一步。

姑娘抬起头从开着的售货窗口看了我一眼,又垂下头去,根本对我不加理睬,我持续狂吠,她却依然纹丝不动,专心致志地写自己的东西。

你耳朵聋了吗!有点反应好不好,我嗓子都快叫哑了。

所以说坚持就是胜利,姑娘突然站起来捂住耳朵道:"烦死了,吵死了,小哈,小哈。"

咦，她怎么知道我的名字，姑娘，我们从前认识么？我正在诧异的时候，姑娘风风火火地跑进里间，揪着一只睡梦中的大狗往外拖。

她揪的是大狗的耳朵，耳朵是狗比较柔软的部位，分布的痛感神经也比较多。可即便如此，大狗还是半闭着眼睛，并没彻底醒过来的样子。

姑娘将大狗拖到门边，才用手指向外面的我道："小哈，替我赶走它，吵都吵死了，烦死了。"

哦，原来这狗也叫小哈呀！

我仔细观察起这只小哈来，只见它脸十分宽大，脸上的肉都起褶子了。这应该是一条正宗的哈皮狗了。

哈皮狗我只在图片上见过，我想起了红妞，她一直希望养只哈皮狗，却阴差阳错地收养了我。

想到红妞，我一颗泪掉落了下来。哈皮狗醒过来了，它也呆呆地望着我，似乎从没见过土狗一样。

那个姑娘狠狠地踢了它肥嘟嘟的屁股一脚，道："死小哈，一天到晚就只知道睡觉，我现在命令你，打败它，赶走它。"

小哈抬起个大脑袋，茫然地望着主人。姑娘又用手指将耳朵塞住，狂躁地喊道："死小哈，我叫你赶走它，赶走它。"

这分贝，这高音，能吓死个人，难怪她要事先堵住自己的耳朵了。

看来姑娘已经被我持续不断的叫声搞得快要崩溃了。

这正是我要追求的效果。

那个小哈似乎明白了主人的意思，晃悠悠地向我走过来。我从它的眼神里看出，它不想开战。

它通过眼神对我说："看吧，我的主人都快要被你搞疯掉了，你还是走吧，你不走我真不好交差。"

我用眼神告诉它："要我走是不可能的，我就是要激怒她，让她失

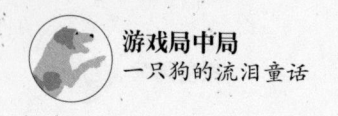

去理智呢！"

哈皮做出一个无奈的表情："这么说，我们真得打上一架才能解决问题吗？"

是的，蠢货！我将脑袋抵在地上，长长的尖牙齿露了出来，并发出低沉的吼声。哈皮明显害怕了，我看到它的脚都在发抖。

它用眼神再次和我交流："除了打架，我还有更好的选择么？"

我告诉它："滚回你的窝里去，这就是你现在最好的选择。"

"好吧。"我看见它把尾巴夹起来，灰溜溜地缩回里屋去了。姑娘跟在后面追它，骂道："养你有个什么用呢，胆子怎么这么小，还没打就被吓退了。"

她又揪着哈皮的耳朵，死命往外拽，哈皮龇着牙，脸上的表情很痛苦，但它就是不出来了，它已经在心理上彻底被我打垮！

姑娘拖不动哈皮，从店里的货架上取下一根火腿肠砸向我，道："赏给你吃的，快滚！"

怎么这个样子呢，你给我吃火腿肠怎么也得先把包装给撕了呀！但我还是用嘴将空中飞过来的火腿肠接住。我在爪子帮忙下，很快将皮剥了，几口吞下，我舔舔嘴巴，又向她狂吠起来。

这下，她真的疯了，用手拼命撩着头发，很快，她原本柔顺的头发被她撩得像鸡窝一样。

她尖叫道："我偷你家的菜了吗？"

当时我没听明白她这句话，我一只流浪狗，你怎么还和我说起偷菜的事呢，我也没个主人，更谈不上种菜了呀！

后来我才知道，这是姑娘气糊涂后说出的话，指的是网上偷菜那种虚拟游戏，做人不能太过分，做狗也不能太过分啦！我看她真急了，也怕把她气出个好歹，那就不是我的初衷了，我决定先离开她一会儿，让她先缓口气。

我慢腾腾地向前走十多米，趴在地上休息，五分钟后，我又向店铺走过去。

姑娘应该是个高中生，平时也应该很用功，你看，帮着父母守铺子也不忘做作业。

我看她咬着笔杆沉思的样子，应该被一道数学题给难住了。

真是一个好姑娘，我都有点不忍心打搅她了。

我轻轻地叫一声，她没听到。还在皱着眉头沉思，我又汪汪地叫两声，她还是没听到。

真的是太投入了。但是姑娘，我的确得让你发狂，只有你发狂了，我才能顺利完成对阿荣实施惩罚的第一步。

我索性大叫了起来，声音之大，震得卷帘门"嗡嗡嗡"直响。

本来，姑娘紧紧皱着的眉头已经舒展开了，她应该是想到了答案。正要低头写下，被我这突然的一吵，她似乎又把答案给忘记了，呆呆地瞅着我，我看到她的眼睛里装满了委屈的泪水。

继而，她眼睛里喷出了愤怒的火焰。

来呀，来呀。我心里喊着，决定再给她添一把火。

我更加卖力地叫开了，"汪，汪，汪"，一声比一声大。

路过的一个男孩停了下来，饶有趣味地看着一条狗和一个女孩在对抗着。

我偏过头看看男孩，抖抖身上的毛，心里对男孩说道："看看这个人，气得快要失去理智了。"要说女孩虽然已经愤怒到极点，但她还是有自制力的，换成其他女孩，早在桌子上乱抓一气，抓到什么物件就把什么物件砸向我了，不在沉默中灭亡，就在沉默中爆发。我决定给她来一段沉默。

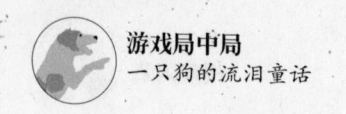

我不叫了，姑娘胸脯本来是被我气得上下起伏着的，我这一安静，她稍微克制了下情绪。

突然，我又惊天动地地大叫了起来。

火山终于爆发了呀，女孩顺势将手里的笔向我扔过来，我腾空跳起接住，她又抓起眼前的作业本向我摔过来，我再腾空再接着。

哈哈，我要的就是你的笔和纸，我当年和红妞一起念过学堂，我会写字，我要把阿荣虐待老人的事实写出来找媒体曝光。

我衔着笔和纸小跑了起来。姑娘吓坏了，追到街上，边追边喊："你把本子还给我，我的寒假作业在上面呢，完不成老师会把我吃了的。"

"哈哈，这么严重呀，那就得看你能不能追上我喽！"我开始喜欢这个女孩了，记得当年红妞识破我是土狗的身份后，就叫嚷着要活埋我，脾气和这个女孩多么的相似。

我虽然不会还她的作业本，但我仍然可以逗逗她的。我承认我有点缺心眼。

所以我调整着奔跑的速度，和她的距离一直保持在十米左右。她追累了，停下休息时，我就把作业本放在地上，蹲坐着看她，等她一起身，我又把作业本叼在嘴里。

姑娘追了我三条街，实在跑不动了，手按在肚子上喘气，我把本子放在地上，就差这几米，她就可以拿到她的本子，可她一直拿不到。

看上去唾手可得，可就偏偏得不到，这让她多纠结啊！

姑娘说话了："我看出来了，这一大早上的，你就是专门来逗我玩耍的，好吧，现在耍也耍够了，该把作业还给我了。"

我汪汪地对她叫两声，意思是："这就要看你的本事咯。"

姑娘突然用手指着我身后，大叫道："快看你背后。"

我吓了一大跳，赶紧偏过头。后面没有什么状况呀，不好，这姑娘是在声东击西。我飞快地叼起本子和笔，女孩也几乎在同时扑上来，她的手直取作业本，她几乎就要成功了，指尖到作业本的距离可能只有一粒米的长度。

跟我玩计谋呀，我后退到安全距离后，对她不满意地闷吼了两声。

姑娘想想，从口袋里掏出一小袋牛肉干，道："我自己都舍不得吃，给你喽。"

她把牛肉干向我抛来，又在同时向我扑过来。

你怎么就不肯认输呢，我迅速地垂下头，一只前爪一划拉，把作业本、笔和牛肉干一股脑儿全衔在了嘴里，我不但爪子灵活，嘴也灵活，所以我现在嘴里共有三样东西。

女孩又扑空了，她最后是苦苦哀求我了："狗狗，求你还我吧，我在家里写了十多天的寒假作业呢，你要不还我，我就得重新做，你看呀，春节也快来了，作业做不完我连春节都没得玩。"

她说的同时还用手去揉眼睛，其实根本就没一滴眼泪，她还假装抽泣，故意哽噎着声音说："狗狗，你就当是可怜我吧，呜呜，我知错了，我不该大声呵斥你，呜呜。"

当我是三岁小孩呀！我叼着作业本看她表演。这次不能放地上了，这姑娘鬼精鬼精的，专搞突然袭击。

姑娘见表演不奏效，也不哭了，但仍是一副可怜兮兮的表情："我们老师好凶的，完不成作业就会用竹片打手心。"

我又想起了红妞，有一次红妞没完成作业，就真被老师打过手心。我为此还翻进老师家的菜园子，把老师种的菜全部拔了起来，有辣椒苗，还有西红柿苗，算是为红妞报了仇。

我不能想红妞，一想我就得流泪。

姑娘小心地道："你看看，我刚说起要被老师打手心，你就眼泪汪汪的了，看来你是一只心地善良的狗狗。就把作业本还给我吧？"

我清醒过来了："还给你是不可能的，还给你，我不是白忙活了嘛！"

女孩又大声叫了起来："狗狗，快看你的背后。"

我气鼓鼓地望着她，你真是太低估我的智商了，玩过一次还玩，来点新鲜的好不好？我脑袋上重重地挨了一巴掌，这次姑娘没骗我，真的有情况。我仰起头一望，冤家路窄，是那个胖子大哥，他瞪着一双牛眼，对我咆哮道："我的金链子呢？"

我飞快地从他腿边一跳而过，跑了几十米才回过头，咦，这一次胖哥哥没带马仔呢，那我怕他作甚，一个腿短的家伙和一个小姑娘，就凭你们两个也能追到我，做梦吧，逗一个玩要多没意思，我决定两个一齐逗了。

所以我蹲下，等他们两个过来。

胖子才跑多远呀，就喘起了粗气，大哥，不是我说你，你真该锻炼锻炼了。

两人站在距离我十多米处不动，因为他们知道，他们一动我就会跟着动，这个叫敌动我动，敌不动我不动，嘿嘿，有点绕口是吧，能把意思说明白就是了。

胖子喘着气问姑娘："它怎么你了？"姑娘喘着气道："它骗了我的寒假作业，我都写了差不多十天了，眼看都要完成的了。"

胖子道："你这个算什么，这只土狗骗了我一条金项链，两万元钱买的呀！"

"啊！"姑娘瞪大了眼睛道，"这是一条什么破狗呀？！"

姑娘，看你秀秀气气的样子，怎么说起粗话来了。

就这样，胖子和姑娘追了我整整十三条街，他们都是太过于执着的人。最后是姑娘首先放弃了，站在十米开外对我说："我认栽了，我这

就回家去重做作业。"嗯，我和他们的距离其实一直都只有十米。

胖子不认输呀，钱就是他的命根子，所以他又多追了五条街，最后他也放弃了，哭丧着脸对我说："我也认栽了，我惹不起你，我躲得起。"

其实我有那么一瞬间想将金项链还给他，钱对我有用，金子对我无用嘛，一只狗总不可能含着金子去金店兑换钱是不？

但我现在有要紧的事去做，我心下决定：如果还有缘再见，我一定还给他。

玩也玩够了，我跑到郊外，钻进茅草丛，就地打了几个滚，把茅草压平成桌子大小的一块地方，才将本子放下，翻到空白页，开始写稿子。

平时和人接触的过程中，即便我表现得再怎么聪明，人们都会认为我只是比较通人性而已，但写字这档事真不敢让谁看到。

比如让张三看到了，张三绝对不会认为只是碰到童话故事里才会有的一条狗，伴随张三的绝对是尖叫。我不想吓着任何一个人，更不想让人们从此把我当成异类而加以猎捕，我虽然有思维，我仍然是一只非常弱小的狗，我要学会保护自己。

两个小时后，我把稿件写完了，写了从老人口中得知的一些情况，包括他为了供孩子上学吃陈化粮，导致晚年肝癌，等等，我把重点放在描述阿荣如何遗弃老人上，最终导致老人死于桥洞。

稿件写完后，我想想，又在页下角署名，署名是小哈。

我知道，当真相公布于社会后，阿荣会被大众的唾沫淹死，不但如此，他还会以遗弃罪被起诉，别指望他的老丈人会搭救他，和他划清界限还来不及呢。

离婚也是随后的事，阿荣就到监狱里去为他的所作所为忏悔吧。

扳倒阿荣的第一步计划顺利完成了，第二步计划是找一个正义的记者，把稿件给他。

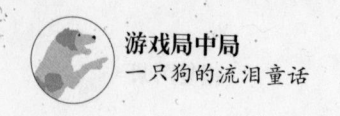

我在三个月前就开始酝酿着整个计划，记者也早选择好了。我连记者家住哪里都知道了。

我现在要做的就是把稿件给他。

我把写好的稿件折叠成一条狗的形状，当然只是一个大概的轮廓了，我这才叼着它，去了小区里的一栋楼房，想办法尾随出入的行人，进了楼道，将稿件塞进那个记者家的门缝，又用爪敲了几下门，之后趴在了地上装睡。

门开了，记者四下看看，他只看到一条狗。

"谁呀？"他嘀咕着刚要关门，发现了门下折叠的稿子。他拾起打开，看了足足有十分钟，"啪"的一拳击打在了门框上。

随即掏出手机拨了个号道："有新闻猛料，赶紧派车去东湖路二号桥洞，带上摄像机，我随后就到。"

记者快跑着去车库取车。

等等我呀！我又开始了奔跑。

因为城市道路拥挤，车行较慢，我和记者几乎是同时赶到了桥洞那里的。

采访车也到了，几个年轻人扛着摄像机跑了下来。

接下来是摄像，他们把镜头一直停留在那些又黑又脏的破棉絮上。之后又对老人蜷缩成一团的尸体进行了特写。

我看到记者一直在流泪，我的眼光没错的，他是个正直的记者，值得托付。

记者又给一个什么人打了电话，道："明天我们立即去老人的家乡采访，进一步核实材料的真实性。"

有个女记者问："是谁把材料给你的？"

记者道："没看到人，但材料的署名为小哈。"

那个女记者轻笑了声,道:"小哈?好像一条狗的名字。"记者狠狠地瞪了她一眼,脸色极为阴沉。女记者吓得直吐舌头。

随后,殡仪馆的车也到了,几个工作人员小心地将老人装进一个袋子,放在担架上抬上了车。

GAME   **16**   捉弄小倩

    大功告成，我突然想喝酒，但我现在没钱了。没有钱，我就是叼着竹篮去商店，人家也不会因为我是一只狗就白送东西给我呀。

    我不愿去乞讨了，寻思之下还得去抢，我要尽快搞到很多钱，然后找个隐蔽的地方统统藏起来，要用的时候取出，放在竹篮里，想吃什么就吃什么。这才是我想要的生活，我再不会去垃圾堆刨食了。

    汲取上次的教训，我更改了最初所定下的不抢妇女儿童的原则，理由是她们跑不过我，比较保险。

    正在这么想的时候，我看到两个美女走了过来，看那细细的杨柳腰，走快点都让人担心被闪断。

    真是天赐良机，我跟在她们身后，紧紧地盯着她们手里拿着的包。

    俩美女边走边交谈，美女甲道："明天我们去爬山吧，听说山上最近放养了好多猴子。"美女乙道："好呀，但听说那些猴子野得很，会抢游客的包。"

    美女甲又道："抢包？我自学四年跆拳道了！猴子要是能从我手里

把包抢去我就佩服它了，我一拳就把它打到树上挂起来，这不主动找伤残么？"

美女乙道："可是猴子抢包时动作很快的，或者你还没反应过来，它就到手后跳开了。"

美女甲道："拜托，你别不懂装懂，会被人笑话的，跆拳道讲究的就是反应速度，我这样一个黑带四段高手，难道出拳速度还赶不上一只猴子的反应速度？"

美女甲刚说完这句话，我跳起来就将她手里的包死死咬住，然后用力一拽。包就在我嘴里衔着了，我沿着河岸旁的人行道狂奔而去。

等她俩发出尖叫声的时候，我已经在一百米以外了。

跑到人烟稀少的郊外，我才停下，压制着狂跳的心，满怀希望地将包打开。打开包包的一瞬间我就哭了，我的眼泪大颗大颗地往下落，包里竟然只有几片纸巾……说实话，这些纸巾也不是对我毫无用处，我正好用它们来擦我正往下掉的眼泪。

姐姐，不带这么玩的，难道你出门就从不带钱的吗？

我把爪子探进包里，使劲地抠，什么也没找到。我很生气，我决定埋了这包。

我仍然有着一部分狗的脾性，就是什么东西都喜欢刨坑埋起来。

我很快在草丛里的一处土灰堆上挖了一个小坑，把包包放进去，然后掩上。

白忙活一场，我还得再去抢，要是明天中午之前还搞不到钱，我只有干起老本行，去垃圾堆刨食了，不然我就只能被活活饿死。

天空中不知道什么时候布满了黑云。而且云层很低，就好像要压到地面上一样，一阵风吹过来，茅草晃动起来，发出奇怪的声响。

在这荒无人烟的荒郊野外，我突然陷入了巨大的恐惧。我想起以前

游戏局中局
一只狗的流泪童话

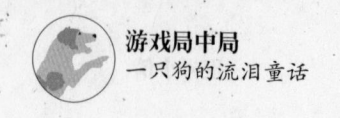

和红妞一起看过的那些鬼片，我越想越害怕，仿佛马上就要有一只手从坟堆里探出来。我神经质地四处张望。

风突然停住了，天地之间除了我粗重的呼吸声，再没任何其他响动。

突然，我听到了一个女子的哭声，边哭边凄凄惨惨地道："还我命来，还我命来。"

我是不是太紧张了，产生幻听，我支起耳朵，确定没有听错，真有一个女子在哭，而且叫嚷着还她的命。

我直接吓昏过去了。我昏过去不知是十分钟还是半个小时，才悠悠地醒转过来，我心里想：一定是我最近事太多了，精神压力大，才产生的幻觉。

我用嘴舔舔爪，站起身来，小心翼翼地踮着脚步准备逃离，无论如何，这个是非之地是不能再待了。

我刚走两步，那个女人又哭了，这次声音似乎更凄惨："还我命来，还我命来……"

我眼睛往上翻了翻，又软塌塌地倒在了地上。

第二次醒过来了，但我不敢睁开眼睛，早就听说过，狗有阴眼，能看到人看不到的脏物，我怕一睁眼，就看到一个女人直挺挺地站在我面前，嘴唇猩红，脸上却是惨白惨白的。

她向我伸出双手，我看到她的指甲足够五寸长。

那哭声还是再次响起来了，好在我的神经已经被锻炼得比较粗壮了，这次竟然没有再昏死过去。

那个声音钻进我的耳朵，细细密密的，听着非常难受。那个女人哭嚷着也就十多秒的样子，突然换成另外一个调皮可爱的卡通声音："今天好运气呀，老狼请吃鸡，你打电话我不接呀，你打它有啥用呀！"

这什么跟什么呀，我回过神来了，所谓的女鬼哭声只不过是一小段手机铃声。

对，一定是我抢的那个包有夹层，贵重的东西都放在夹层里，所以我没发现给埋了起来。恰好有人打电话进来，还把我吓昏死过去。

哈哈，既然有夹层，那么钱肯定是藏在夹层里的。

这个美女甲真是太狡猾了。我差点被她蒙混过去！我快速地刨出包包，重新翻找起来，果然有夹层，里面躺着一只很小巧的手机，粉红色的机壳。我一看，有十多个未接电话。

最重要的是夹层里有500元崭新的钞票！

美女甲呀，你设定的这个铃声，要是半夜来电，你就不怕自个也会被吓死吗！

虽然包里有500元补偿，但我心里还是很生气，精神损失大去了，居然被吓昏过去两次！

我决定捉弄美女甲了，我已经有了一个非常腹黑的计划，我要把她弄得狼狈不堪，啼笑皆非为止。

虽然美女甲是一个黑带四段的跆拳道高手。但我是一只狗，一只腹黑的狗，我躲在暗处龇着牙，她对我防不胜防！

我先把竹篮从一个隐蔽的地方取出来，放了100元在里面，其余400元和手机我又给藏了起来，这荒郊野外的，我的财产不会被人发现，非常安全。

我叼着竹篮去商店购物了，显然人们还不是很习惯狗的这种行为，往往会引得许多好奇的目光，但多看我两三眼，我也少不了一两肉是不是？

我顺利地从便民店里买到了酒和几袋牛肉干，这才心满意足地回到草丛深处。

我喝一口酒，再吃两片牛肉干，挺悠闲的小日子就这么过上了。我

游戏局中局
一只狗的流泪童话

头脑又有点迷糊了,理智告诉我,我还要捉弄美女甲呢,她那个鬼叫缺心眼的铃声差点把我吓死。

我把美女甲的手机取出来,上面又多了很多未接电话。

我仔细研究着手机的各个功能键,一个小时后我基本都会了,包括如何发短信,如何接电话,等等。我首先要做的就是把那恐怖的来电铃声给撤换了。

正好,一个电话进来了,我按通后放在耳边,是美女甲的声音:"请问你是谁呀?"我不作声。她又小心地道:"是这样的,我的包被一只死土狗抢了,那只死土狗一定以为装着鸡腿呢,现在既然是您拾到了包,把手机还给我行吗?"

我依然不作声,美女甲又道:"包里还有500元钱的,归你吧,我再花1000元钱把手机买回来可以吗?上面有很多重要的客户电话呢,那个手机也不值钱,你拿着也没什么用对吧?"

我心里腾地蹿起一团怒火,你一口一个那死土狗死土狗的,你不知道现在就是那只死土狗在接你电话吗?

我生气地掐断了和她的通话!我编写了一个短信,内容如下:我不知道该给你怎么说,唉,只为在人群中多看了一眼,情这东西真的很折磨人,我也不知道自己怎么回事,像中邪了一般,时时刻刻都在想你,今天我终于鼓起勇气向你坦白我的爱,亲爱的,多想抱着你睡……我现在思路好混乱的,都不知道自己在说什么了。亲爱的,我今天晚上就在家里等着你,你一定要来,我为你准备了红酒,浴室里的浴缸我特意加了好多玫瑰花瓣……

害羞捂脸啊,我怎么会编写出这么一个下流的短信,但我还是依次发给电话簿里的每一个人,什么李哥、张哥,什么部门经理的。

噼噼啪啪的短信回复声响起,我点开一看,什么回复内容都有,比

16 捉弄小倩

如：李哥的回复是：小倩，我其实对你早就有意思了，但一直不敢表白，今晚一定到，你等着我。张哥的回复是：哥一定到，你等着。

王哥的回复是：小倩，你让我太感动了，虽然我有老婆，但你也知道的，我一直都不爱她。我现在就给她谈离婚的事，今晚你等着我。

好多的回复，看得我眼睛都酸了，这么说吧，只要姓名上带哥的号码，回复的内容都大同小异，都表示今晚一定准时赴约，当然也有个别的回复是几个问号，要么再加上一句，小倩，你犯花痴病了？

我把手机高高地抛上了天空。酒劲上头了，我突然觉得自己是一只无所不能的狗，天空中飞翔着一只老鹰，我拼命往上跳，总觉得自己能一口把它叼住，然后咬死它。我跳了几十下，一次比一次跳得低，但这也没摧毁我咬死老鹰的信心。

最后我趴在地上不动了，我又颓废起来，觉得自己是世上最无用的一条狗，连主人红妞也被自己害死了。

我还能干什么？在人的眼里，我虽然比较通人性，但我还是一只狗，这个身份是永远更改不了的。

我在颓废与狂妄两个极端情绪的交替折磨下睡着了，我做了一个梦。梦见自己站在荒原里，不知从何处来，不知往何处去，突然，我听到了红妞的声音："小哈，快趴下！"

梦里红妞的声音充满恐惧，她一定是看到了我正遭受到的危险。我赶紧趴下，但一支毒针还是射在了我的腿上，我看着淡蓝色的液体正被推进我的肌体。

我挣扎着想用嘴把针筒拔出来，一只大手勒在了我的脖子上，我又恍恍惚惚看见自己被拖进一辆黑色的轿车。

我醒了过来，看见自己还在荒草丛里，怀抱着一个酒瓶。

我仔细回想着刚才做的这个梦，我分明听见红妞惊慌地喊了我一

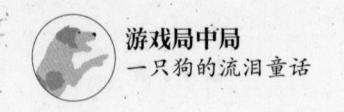

句：“小哈，快趴下！”

梦里的细节很真实，我甚至在梦醒的时候，下意识地回过头去看腿上有没有那毒针。

我把昨天的遭遇和适才的梦境联系了起来，昨天我正在大街上好端端走着，却突然如置冰窟，有意或者是无意靠近我的那个人，给我带来了地狱一般的阴冷恐惧。他应该就是在这个梦里，把毒针里的那管淡蓝色液体缓缓推进我身体的那个人。

可他到底是谁？我对他一无所知，包括长相。

我有一种预感，我会和他撞上的，这是一个非常可怕的人，我落在他手里，几乎没有胜算。

那么，我现在该做些什么呢，难道就整日昏昏沉沉，只等厄运降临？明日的事明日再考虑吧，我把身体蜷缩成一团，把头埋进腹部，好了，我睡觉了。晚安！

半夜的时候，手机铃声把我吵醒了，我本来不想理会，继续睡下去的，可铃声丝毫没有停下来的意思。

吵死了，我把手机拿到耳边，按了下接听键。

手机里传出一个幽幽的声音：“到底还是接电话了，你好，我叫小倩。可以先为我介绍下你吗？”

唔，是美女甲，只是这大半夜的，她怎么给我打电话了，还用这种怪怪的声音。

见我不作声，小倩又道：“你不说话也行，我讲给你听就是了，我估摸着你一定很想知道，今天晚上到底在我身边发生了什么事，那我就详细告诉你。”

我这才完全回过神来，想起了给她同事朋友群发短信息的事。

小倩在那头说：“今天晚上八点钟，我回到家里，先是洗了个热水澡，

对不起，首先浴缸里没加玫瑰花瓣。我不喜欢玫瑰花，还有我家里也没红酒，这两点你在短信里都提到了，但也都说错了。"

"八点半的时候，我正在看电视，敲门声响起了，第一个男人走进了我家。他叫王鹏，我平时管他叫王哥，是公司里的骨干，年年销售成绩都是第一，品德也好，没什么不良生活习惯，我一直都很崇拜他。"

小倩又问："你还在听吗，今晚上我的遭遇太有意思了，精彩的还在后面，你一定要听下去。"

小倩的声音很柔，我竟然听不出她有愤怒的情绪。但就是因为她讲述得太过于平静，使我反而浑身起了层鸡皮疙瘩。

但我心里说："这大半夜的，我被你吵醒了，也睡不着了，就听听你讲故事吧。"

小倩继续道："王哥进屋后就把外衣给脱了，我当时就很纳闷，这大冬天的，我房间里也没个空调。他怎么还热了呢，我平时待在家里都是披着被子看电视的。"

小倩幽幽地又道："其实我家里很穷的，爸妈都得病去世了，我欠了别人很多的钱，有十几万呢，为了还债，我是能省一分算一分，你说这大冬天的，家里没个空调可真是难受啊，平时下班我都不敢回到这个冰冷的家，最喜欢去人商场，我不买任何东西，也没钱买，只是去蹭空调而已。"

小倩苦笑一声道："我怎么扯上这些了，还是继续给你讲述今晚的奇遇吧，刚才讲到王哥脱下了外衣放在沙发上，我给他泡了一杯茶，他又脱去了外套下面的毛衣，我更奇怪了，难道他还热么？正在这时，门铃又响了，我赶紧去开门。"

要说小倩这个姑娘还挺会讲故事的，我都听得有点入神了。

但她话锋一转道："我也不知道我这个手机是怎么落在你手上的，

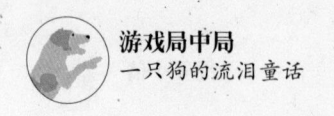

或者是那条死土狗把包撕烂后掉在地上，被你无意间捡到的吧。"

小倩又道："我现在也睡不着啊，那一屋子的人才刚被我打发走，我也看了你那个群发的短信，写得很美，我就猜测你是一个作家吧，你玩这个游戏是为了验证人性吗？我突然对你有兴趣了，这是我的新手机号码，明天再继续为你讲述接下来的故事，很有意思的，你一定要开机哦，明晚我再继续和你聊。"

她礼貌地道了一声晚安，挂断了电话，我在心里也轻轻地为她道了一声晚安。

我现在当然无法预料到，我和这个小倩后来会有那么多的故事。紧随着小倩又给我发来了一个短信：打搅你了，我还是想知道你的姓名，如果连家庭地址告诉我那更好了。

我看着这短信，突然明白了，小倩刚才为何会跟我聊天，她其实是想套出我的地址，在她的想象中我是一个猥琐男，她要找到这个猥琐男，用她黑带四段的跆拳道功夫把"我"揍死。

太有心计的姑娘了，难怪我一直觉得她声音很怪，原来只是她故意在温柔地说话，却无意在话语间，夹杂着她那控制不住的愤怒情绪。

想起她刚才还在电话里称呼我为作家，其实她心里是在咆哮："你这个贱男，我一定要找到你，把你揍个半死不活，然后重新塞你到娘胎里去。"

我知道，在未来的日子里，她为了达到找出这个贱男的目的，会对我继续恭维，甚至还会无意中透露出她长得很漂亮，却很孤独，她想认识我这么一个朋友。

好吧，姑娘，那我就和你玩玩，我喜欢智力上的角逐游戏。

我给她回了个短信："你说中了，我真的是一个作家，我正在写一本书《一只狗的生活随想》。"

小倩回短信道："好有意思的书名，是童话故事吗？"我回道："是的，流泪的童话。"

她回道："嗯，知道了，真想认识你，早点睡吧，我们明晚继续聊，也许我可以给你提供很多的素材。"

这丫头果然按捺不住了，一直在诱惑这个她想象中的贱男和她见面。我继续睡觉，但在途中又被冻醒几次，我寻思着去买床棉絮，不然会被活活冻死。但是一只狗去买棉絮，货主会卖给我吗？我又想着去买烤鸭，烤鸭老板会卖给我吗？毕竟我是一只狗，狗替主人买烤鸭这种事的确有点荒唐是不是？就好像是用肉包子来打狗一样。

再醒过来的时候，阳光都洒满大地了，我去了城南大道，那儿地势宽阔，人流量少。

有家音像店正在放一首歌，正唱到那句最令我感动的歌词：只是因为在人群中多看了你一眼……真是听一次感动一次啊，我情不自禁地回过头去看，哈哈，我又看到了胖子，上百万人口的城市，第三次碰到胖子了，缘分呀！

我看见他牵着一个小女孩的手正在过马路，那个小女孩应该是他的女儿，混混大哥也不能天天打打杀杀，也要过家庭生活的，是吧！

我看中了他夹在怀里的黑皮包。这个胖子出门喜欢带现金，第一次抢他的时候我就观察到了，记得他逮住我，教训了我一通后，还从皮包里掏出一大扎的钱，虽然他只抽了一张 50 元的赏给了我。看来炫富的确是个很不好的习惯，说不定哪一天就被盯上了。

我悄悄地靠近他，跳跃起来一口咬住皮包，拔腿就跑，跑了几十米后我忍不住回过头望他，只见胖子不但不追我，还一屁股坐在地上，号啕道："你这只土狗啊，我上辈子和你结下了多大的梁子啊。"

我看着他哭也不是笑也不是的表情，觉得非常有趣，我又衔着皮包

回来了，蹲在离他十米处。胖子的小女儿叫嚷道："爸爸，狗狗抢了你的包，你干吗不追它？"

"不能追啊，一追它更来劲了，爸爸追它十八条街都没追到，现在腿都还在抽筋呢。"胖子摇头道，"乖女儿啊，你要看清楚这条土狗的模样，以后见到它躲得远远的！"是你不追我的啊！我站起来，很无趣地走了。我回去一清点，胖子的皮包里整整1万元现金，我发财了。

现在得去买棉絮了，我路过专卖店的时候，留意到5斤重的棉絮是120元一床，10斤重的我也买得起，但是能不能叼回来就成了问题。

我先把120元钱有整有零地数出来，然后从那个姑娘的寒假作业本撕下一张空白页，并在空白页上写了几行字：我家的狗狗很聪明，见到字条请给它一床5斤重的棉絮，并将棉絮重新打包，系上绳扣，我家狗狗会用嘴叼着绳扣将棉絮提回家，钱已经包好在纸里，请查收。谢谢！狗狗主人。

我想起当年冯校长为了动员林江海将红妞送进学堂，说的那一句话：知识就是财富。我现在要补充一句：知识改变命运。

道理很简单，我若不会写字，就不能顺利买回棉絮，那么我就得被冻死在这个冬天里，是知识改变了我受冻的命运。

我叼着纸张去了卖棉絮的店铺，走到老板娘面前，对着她拼命摇起尾巴，老板娘看起来面相凶悍，却是个地道的爱狗人士，她用两只手狠狠地揪着我的双腮往两边扯，道："我真是太爱狗狗了。"我痛得眼泪都掉下来，纸张也从嘴里滑落下来，钱散落一地。

她咦了一声捡起钱，看到了纸上的字，自语道："是来买棉絮的呀。"

"你先等着！"她风风火火地跑出去，几分钟后又跑回来，拿着一个鸭屁股对我道，"给你刚买的。"

好呀，我对她卖力地摇起尾巴。老板娘却把鸭屁股高高地举起道：

"想吃就听我的指令,现在马上坐下。"我赶紧坐下。"站起来。"我又站起来。"向前走两步。"我只好走两步。"坐下!"

我心里说:大姐,你过分了啊。怎么还循环上了。

但为了那个油汪汪的鸭屁股,我忍了,只是眼泪真的很不争气,又往下落。

老板娘将我搂在怀里道:"怎么还哭了,还是一只爱哭的狗。"她赶紧将鸭屁股递到我嘴里。在我吃鸭屁股的时候,她忙着给棉絮打包,那个绳扣她使用非常柔软的布条结成的。她恨恨地说:"你那个主人太懒了,心眼也不好,连买棉絮这样的事也让你做,要是哪一天你受不了了,来找我,我收养你,天天给你鸭屁股。"

我心里说:"我不要谁的收养,我的主人只有红妞,何况我也能自食其力,我做流浪狗好着呢。"

前面已经说过,我为了救红妞,曾被枝条拽去两颗牙齿,老板娘看到了我的两个牙洞,说:"照着你主人这般折腾,你的牙齿迟早会掉光的。"

我没理会她,嘴里叼着绳结往外走,穿过熙熙攘攘的人群,引来了无数好奇的目光,我一路小跑着,终于回到我的老巢。

我把棉絮铺在茅草丛里,钻进去试了一下,真暖和。

我决定去买烤鸭了,如法炮制,我写了一张纸条放在竹篮里,纸条上的内容如下:烤鸭店老板你好,我家的这只狗非常聪明,自制力也非常好,它不会偷吃我的烤鸭的,关于这一点,请你放心,请卖一只给它,钱我已经放在竹篮里了,请查收。狗狗很辛苦的,如果你有多余的鸭屁股请送它一个,好人有好报。

烤鸭店老板是个老头,戴上老花眼镜反反复复地看着字条,他狐疑地盯着我道:"你确定真不会偷吃烤鸭?"几个顾客就大笑不止。

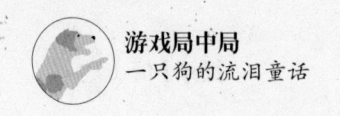

到底还是给顺利买回了，我躺在棉絮里边吃烤鸭边等着小倩给我的电话，我知道她虽然恨我入骨髓，但我喜欢听她讲故事。那第二个男人敲门之后，第一眼看到小倩会对她说什么？进屋后看到还有一个男人坐在沙发上，会不会觉得很尴尬？真是值得期待！

我在等待中又睡着了，这要怪那床棉絮，温暖总是会令我犯困。直到半夜的时候，电话铃声才响起。

我心里骂道："小倩，你是夜猫子吗？我真烦你。"

但我还是飞快地拾起手机，按下接听键，电话那头传来了小倩的声音："真是不好意思，这么晚了还给你电话。打搅你休息了。"

我心里说："好吧，我知道你是故意的。"

小倩又幽幽地道："我今天去公司上班了，发现同事都像看怪物似的看着我，不少人还捂着嘴巴偷笑。"

"你知道吗？全公司上上下下一百多号人都收到了你的短信，而且只要是男的基本上都到我家去了。最后连公司老总也上门了，我突然觉得这件事情非常有意思，谢谢你为我扒光了他们身上的衣服，让我看到了人性里最真实的一面。"

我又听出了小倩的话外音：我今天去公司上班，我一直在找地缝，希望能钻进去，但是公司这么牢固的建筑，是不能有地缝的，贱男，你在全公司职员面前扒光了我的衣服，我一定要把你钓出来，我要亲手杀了你，让你尝尝跆拳道黑带四段的厉害！

小倩又道："我们还是回过头来讲讲那晚的奇遇吧！你既然是作家，又做了这么有趣的一个实验，你当然是想知道整个过程的细节了，我会慢慢为你讲述的，整个事件到最后演变得非常有趣，也令人匪夷所思，再天才的作家也想象不出那晚的闹剧是怎么收场的。我真的要从心里发出感叹了，生活真是比小说精彩啊！"

她又顿了下才说："我可能得花很长的时间才能对你全部讲完，你可得要有耐心哦，我敢保证，这对于你，绝对是你不可多得的素材。"

小倩啊，你真啰唆，快说，我想知道第二个男人接下来的表现！希望不会令我失望！小倩又道："昨晚讲到，敲门声又响了起来，我赶紧去开门，是公司里的李哥，李哥结婚多年了，家里的小孩有四五岁吧，记得我们有一次去他家玩耍，在他家的客厅墙上挂着一幅半裸的女人图画，几个公司的男职员一直想看那幅画，却又不敢光明正大的观赏，看着他们那遮遮掩掩的难受劲儿，我觉得气氛很尴尬，就把李哥的孩子抱在怀里，指着油画女人半裸的胸部问那个孩子：'画的这个是什么呀？'孩子奶声奶气地回答道：'是妈妈的奶奶呀！'你看，孩子眼中的世界多干净！"

小倩又接着道："我看见李哥抱着一大束玫瑰，对我眨着眼睛说，倩，我是怕浴缸里的玫瑰花瓣不够多。"

小倩尽管一直在用很平静的语气说话，但我还是听出她的话语里夹带着哽咽声。

小倩接着道："我虽然不知道李哥为何会说出这么奇怪的话，但我还是将他让进了屋，他刚进去看见了坐在沙发上的王哥，两个人都愣住了，我偏过头一看，王哥正在把已经快要脱下的裤子往回穿。他的速度可真快呀，就我转身的那么一会儿，他已经将上衣全部脱完了，这大冷的天，也不怕被冻着。"

两个男人都会心地一笑，他俩都是聪明人，自然能想到发生了什么事，王哥把衣服穿好问我："小倩呀，家里有纸牌吗，我们想斗一会儿地主。"

小倩在电话里叹了口气又道："要说我这个人真是笨，笨得要死，我竟然说，纸牌我倒是有的，但我从不赌博，斗地主要三个人，现在还

游戏局中局
一只狗的流泪童话

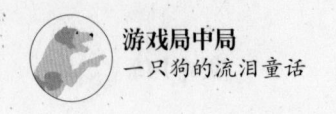

差一人，你们怎么玩呀？"

王哥说："不怕的，你先把纸牌找出来，第三个人马上就到了。"我真傻乎乎地把纸牌找出来放在了茶几上，我还说："王哥，你还会算卦呀，我今天又没约任何人到家里来，你们两个大哥平时在公司也对我照顾有加的，今天又一起上我家玩耍，挺让我感动的，只是我这也没个空调，改天发工资我请你们去茶楼坐坐。"

停了好长时间，小倩才缓缓地道："正在我给李哥泡茶的时候，敲门声果然又响起来了。"

我用爪子捂着嘴巴笑。

但小倩不往下讲述了，她在故意吊我的胃口，她要通过和我多次的通话，让我逐步对她放松警惕。

小倩说："我累了，明晚再对你继续讲。"结束通话后，小倩又给我发了个短信："你一直不说话，我对你的好奇越来越强烈了，真希望有一天可以见到你。悄悄告诉你一句，我可是个美女哦，公司里好多人都在追求我的。若不然，你那个短信息也不会骗到那么多人去我家吧，这叫色令智昏。谢谢你让我看清楚了周围人的面目。"

我给她回了两个字：晚安。

小倩啊，我真佩服你，你居然有胆子跟我玩游戏，你会后悔的。

我心中又有了一个针对小倩的计划，我会让她后悔惹到我这样一只颓废的狗的，小倩，你就等着哭吧，这一次可不是让你当众出丑这么简单了。

但在彻底把她打败之前，我还是想听她继续讲那天晚上的故事，所以计划暂时推迟。

第二天中午的时候，我决定睡上一觉。我找了个无人经过的河滩，将身体舒展开，太阳照在我身上。我很快懒洋洋地睡着了。

16 捉弄小倩

我又做了那个恐怖的梦,我站在荒原中,红妞对着我惊慌地喊:小哈,快趴下。我躲闪不及,腿上被钉着一根毒针。

恍恍惚惚中我被拖上了一辆车,车开得很颠簸,像是在绕着山路开。

我被拖到一幢很大的别墅里,别墅里好多单独的狗笼,我努力地睁开眼睛:看见笼里有好多认识的朋友,有替主人购物的花花,有陪我一齐流浪,最后停留在流浪狗之家的大黄,还有那条也叫小哈的哈皮狗。

所有的狗都盯着那个人,眼神里充满恐惧。

那个男人拖着我的后腿将我往笼子里一丢,就在那一瞬间,我在梦里看清楚了他的长相。圆盘子脸,嘴唇肥厚。眼睛比较小。眉毛中间还有一个红色的小肉瘤。

我被吓醒过来了。

我发起了呆,为什么我会在梦里清楚地看到那个人的容貌,我曾经见过他吗?

我仔细回想,终于想起来了,那天在街上,我突然感到身体僵直,感到了来自地狱般的恐惧,我曾扭转头看四周,想明白到底是出了什么状况。没错,我的确在当时看到过这个人——适才梦里出现的这个人,他就在我前方四五米处,他曾回过头看了我一眼的。我们之间就只对视了这么一眼,不足一秒。

只是在当时,我没怀疑到是他,可是我终究还是感觉到他身上的那股子煞气,所以我才会通过潜意识,在梦中把这个人给揪了出来。

梦里的那些情节是我潜在的想象,所有情节只是配合我把这个人的面貌,通过回忆搜索出来!

好了,我已经完全记住了他的样子,现在最重要的就是,把他从这座上百万人口的城市中找出来,躲在暗处观察他,甚至故意去接近他,变被动为主动。

游戏局中局
一只狗的流泪童话

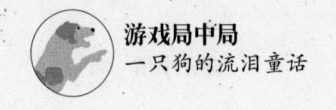

我肚子饿了，决定回老巢拿点钱，先把肚皮问题解决了，才有精神思考如何找到那个来自地狱的人。

一路上看到那些流浪狗在刨垃圾，我同情它们，同时也鄙视它们。

GAME

GAME   **17**   藏獒哥哥

　　当然，我无论如何都没想到的是，鄙视它们没超过一百天，我也刨上垃圾了，这就是生活，你永远也不知道下一秒会发生什么。

　　我一路上都在为买什么吃而纠结，烤鸭、牛肉干都吃厌烦了，八宝粥也基本上不用去考虑的。我叼起竹篮，看看四周没人，才去埋钱的地点，刚到达时我就呆住了，虚掩的乱草被扒拉到一边，那个土洞里的钱全部不见了。

　　我哭了，我是一只爱哭的狗，但以前的哭很多都是矫情的。

　　我的钱全部被盗了，一分都没给我留下。

　　这一次我是真哭了，在一眨眼的工夫就从富翁成了穷光蛋，我想死的心都有了。

　　但我心里也起了疑惑，每次我藏钱时都四处查看了的，确定了没有可疑人员，综合起来只有一种可能，我在半个月之前就被盯上了。我趴在坑边勘察。

　　我又哭了，我捡到了一根狗毛，真相瞬间大白，在这个城市里还生

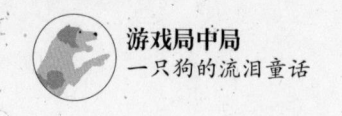

存着另外一只有思维的狗，而且它的智商还在我之上。

我心里悲愤地骂道："没钱用你不会去乞讨吗？乞讨不到你不会去翻垃圾筒吗？干吗打起了我的主意？你拿我的钱也就罢了，你总得给我留点吧，就留几十块也好，你总得让我先吃饱一顿才有力气再去抢吧！"

我越想越生气，我一定要把你找出来，我要你还我的钱。我把那根狗毛拿在阳光下观察，毛布满污垢，那么肯定也是一只流浪狗了，家养的狗主人会经常给它洗澡的，只有流浪狗才这么脏。

我心里冷笑道："我现在已经知道你的身份了，你等着，我一定会抓到你的，你死定了。"我从下午哭到黄昏，从黄昏哭到深夜。小倩又给我打电话了，我没心思听她讲故事，给她发了个短信：别烦我，我现在是一只很生气的狗。短信很快回过来：哈哈，作家一般都喜欢自称为狼的，什么南方狼北方狼，你要么是打错字了，要么是现在你很颓废，才会自喻为狗，告诉我，究竟发生了什么事，我或者可以帮到你的，我们现在是朋友嘛！

我老老实实地说：我的钱被偷了，现在成了一个穷光蛋。我都一天没吃东西了。小倩道：唉，可恶的小偷，我先借点钱给你吧。帮你渡过难关，怎么样？

我一时间有点感动，但我很快醒悟过来了，小倩啊，你别猫哭耗子假慈悲了，你还在一心想着要把我钓出来，然后把我揍个半死吧。

等我把目前的难关挺过去，我会和你玩的，而且跟你玩一个大的，你就等着去死吧。

我承认我的确是把气撒在了小倩身上，没想到后来会把她害得那么惨，还差点要了她的命。

我更没想到，小倩才是我生命中真正的贵人，如果没有她，我绝对活不到现在。

17 藏獒哥哥

唉，生活呀，就是这样，临时起意地抢了她一个包，一条狗一个人从此就结下了不解之缘。一整夜都没睡着，第二天我眼睛通红地钻出棉絮，走路都是飘飘的，一方面我还在悲愤，一方面我的确是饿到腿发软了。

我首先得把肚皮填饱，我能想到的还是去垃圾堆找食物，虽然我曾经发过毒誓，绝对不再干这种不体面的事。

我摇摇晃晃地来到一个大垃圾堆旁，我掏啊掏，运气真好，掏到了一块骨头，换做昨天以前，我是瞟也不会瞟它一眼的。

可就是这样，一只大黑狗还是扑过来，在我屁股上狠狠地咬了一口，把骨头夺了去。我自然不会吃这样的亏，我向黑狗发动了攻击，照说，依我从前的脾气，对狗对人，我都没多大的恶意，顶多无聊时逗着玩耍一下，可现在，我真急眼了。

悲剧啊，我完全没想到，那只黑狗是老大，它长啸一声，十多只流浪狗闻声而来，把我团团围住了。

大哥莫生气嘛，我只是和你开开玩笑的，一块骨头多大个事，以后我天天请你吃鸭屁股好吗？

可是黑狗凶暴至极，完全不理会我可怜兮兮的眼神，一声号令，我被群殴了。

一颗颗尖利的长牙刺进了我的身体，我知道，不出一分钟，我将会被它们完整地撕成碎片。突然之间，所有的狗一哄而散，转眼间跑得无影无踪，我趴在地上基本不能动弹了，但我知道，这未必是一件好事，一定是有什么更恐惧的东西靠近了狗群，才迫使这群流氓狗仓皇而逃的，那个东西同样可以威胁到我的安全。

传来了一阵沉重的脚步声，却不像人类的，我努力扭转过头，我吓得差点背过气，一只体型庞大的雄狮，不，是一只纯种的藏獒走了过来，

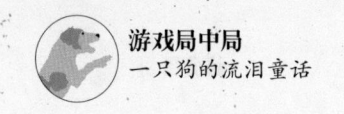

它的体型有多大呢，跟一只小牛犊差不多了，它的皮毛是金黄色的，非常漂亮，但它的模样是凶恶的，只是令我不解的是，它的嘴里叼着一个小巧的玻璃瓶。

它见我在盯着它看，很不乐意了，眼睛里射出可怕的光，仿佛在说："二货，你再看我把你眼睛抠出来，我只是路过去替主人打酱油而已。"

我脖子都被吓得僵直了，不能扭转，只好把眼睛闭上了。

藏獒终于走过去，我刚缓一口气过来，但我又想到一个可怕的问题，那群流氓狗等藏獒哥哥走远了，会继续来攻击我的，它们的流氓本性决定了它们会这么做，我现在基本被咬瘫痪了，只有等死的份了！

我不能坐以待毙，我拖着残腿，努力爬行，身后一条长长的血线。爬行了十多分钟，那群流氓狗果然又回来了，团团将我围住，这也要怪我前段日子，生活太滋润了，将身体养得是一肥二胖。我看见这群狗口水都淌出来了，再看看它们瘦骨嶙峋的模样，竟然让我感到心酸，我理应恨死它们才对，可我就是恨不起来，难道狗之将死，其心也善？

正在它们又要对我下手时，藏獒哥哥又回来了。

那群狗自然又散了，我当时也不能揣测出藏獒哥哥的心思，所以为了保命，我得装死了。

我故意将四肢一蹬，然后肚皮向上仰躺着，眼睛慢慢闭上，喉咙里还发出类似于咽气的声音，藏獒哥哥把玻璃瓶放在地上，走近观察了我一会儿，它开始用爪挠我肚皮，我很想笑，但我得忍住，挠一阵见我没反应，它发了一会儿呆，然后将爪按在我的伤口上，使劲一按。

哎呀，我痛得凭空腾起。然后"扑通"一声落在地上，灰尘四起。藏獒哥哥吓得一溜烟跑到十米开外，眼睛里满是惊恐。

说实话，它真的是有点自然呆，这次它足足愣了一分钟才再次靠近我，它的眼神说："丫的，你装死呀！"

它用嘴将我叼起来又放下，接着把酱油瓶叼起来，想想还是不对劲，又把酱油瓶放下，把我再叼起来，我知道它的意思了，它是想把两样东西都带走，只是它嘴巴不够灵活，不能同时叼起我和酱油瓶。

这只笨藏獒只好把我用嘴提起往前走几米，把我放在地上，又去叼回那个瓶子，到我身边后，把瓶子放下又提着我往前走，我身体一直在流血，哪里承受得住它这种折磨。所以第五次循环时，它刚把瓶子叼到我身边放下时，我一下就将瓶子用爪捧起，紧紧抱在怀中，藏獒哥哥不乐意了，对我大叫起来，它那个声音就像是铁锤敲打在钢板上，我耳朵嗡嗡直响！它似乎在说："你活得不耐烦了么，敢动我的瓶子，你不知道我是一只草原上的纯种藏獒么，老虎狮子我都不怕的，我从出生下地那一天起，就不知道怕字怎么写。"

藏獒哥哥接着呜呜地哼几声，似乎又在说：我就是传说中的狗老大，狗中的战斗狗。在草原上，我撒点尿，方圆十五公里的狼都得绕道，而你，这样一只垃圾土狗竟然敢动我的瓶子！

笨哥哥唉，我只是想让你叼着我，我抱着瓶子，不就省事多了，但在这种恐怖的生物面前，我只有乖乖地顺着它的意思。于是我和瓶子又开始了被它无休止的循环。

终于瓶子和我抵达了小区门口，我的心终于回到应该回的位置，藏獒哥哥是想让主人救我了，真是太感动了，藏獒哥哥，你只要救了我，每天的鸭屁股你想吃多少吃多少，我是一只会抢钱的狗呢，但吃鸭屁股也得有条件，你得做我的保镖，我走到哪里你都得跟着，吓死那群流氓狗。可是令我万万没想到的事发生了，藏獒哥哥将我叼到小区背后的一个草坪里，那儿有个挖好的大坑，估计是春天到了，小区里的居民想种树还没种上。

它将我丢进坑里，我浑身发抖，终于明白它要干什么了，它居然要活埋我。我拼命往上爬，藏獒哥哥又不乐意了，对我大吼一声，我吓得一个哆嗦又滚进坑里。

它开始用爪刨土，它那个爪，跟熊掌一样，一刨就是一大堆。它脸上的表情非常邪恶，好像在说："我把你这只土狗埋进坑里，春天来了，这里就会长出一棵树，每一根枝条上都会挂着一土狗。"

土很快掩到我的脖颈，这一刻，我知道我死定了，我想起了往事，但所经历的人，除了红妞，其他的都模糊成一片了。

泥土很快掩过我的头顶，我的世界陷入了一片黑暗。我昏死过去了，之后感到身体颠簸得厉害，心里还琢磨了一下，我这是在坐车么？不知多久后，又隐隐约约听见一个男人和一个女人的对话声。

女人说："医生，你看看这只狗还能不能救活？它看上去好可怜啊！"

医生说："怎么回事？身上全是泥土，还有很多血。"

女人叹口气道："我也不知道是怎么回事，今天一早，我家藏獒偷跑出去玩，大约半个小时后回家，却咬着我的衣襟将我拉到小区草坪上的一个土坑旁，接着它就挖开土坑，提出这么一只浑身是血的狗。我当时想，是不是藏獒把它咬伤了埋在土里又在我面前邀功，要真是这样，我回去不抽死它。"

医生哦了一声道："我先检查一下。"

医生拨弄着我的身体，半晌后才道："你可能误解你家藏獒了，这狗不是它咬伤的，浑身伤口不下二十处，深浅形状都不一样，藏獒要真咬它，只用一口它就没命了。"

女人道："那是什么东西将它咬伤的？"医生道："我推测是几只狗，或者是这只土狗无意间闯入了流浪狗的地盘。"

女人又道："那藏獒是以为它死了才将它埋起来的吧？看来我家的

藏獒还挺懂事。"我心里恨恨地道："你家藏獒就是故意的，它知道我没死。"

医生笑了下道："你家的藏獒非但懂事，还聪明又有爱心。"

养狗的人都有一个特性，就是喜欢听别人恭维自己养的狗。女人高兴了，道："哦，这话怎么讲？"

医生说："藏獒之所以要把它埋在土里有两个目的，一是用泥土给它止血，二是让它接到地气，土狗就是离不开土的，接到地气后它的抵抗力就会大增。"

医生像是在往我体内注射药品，我听到了他的最后一句话是："若非你家藏獒如此处理，这只土狗早就死了。"

之后，麻药起作用了，我陷入了昏迷。半个月后，我身上的纱布全拆了，伤口痊愈，我又是那条活蹦乱跳的小哈了。这日，女人带藏獒哥哥出去玩耍，也顺便带上了我，我听见女人叫它：冈日森格，虽然拗口，但听上去有股子草原上的味道，而我小哈的名字却明显有一种宠物狗的意思在里面，绵绵软软的，不过因为是我唯一的主人红妞给我取的，我就用它一辈子了。

相识的路人就招呼女人道："你怎么也养土狗了？"女人说："一只流浪狗，看上去好可怜的。"那人好奇地问："冈日森格不欺负它吗？"女人道："它俩现在好着呢！"

我很奇怪女人为什么把我们带到了郊外，要说那也没有什么风景可看，都是些大垃圾堆，全城至少有一半的流浪狗生存在这儿。

虽然经过半年多前，那场打狗队疯狂的捕杀，但正如阿荣所形容的，野火烧不尽，春风吹又生。

每天都有被主人赶出家门的狗，这些狗通常比较调皮，乱啃沙发、家具，或者随地大小便，也有主人搬新家，不方便再养狗的，也有主人

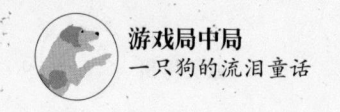

怀孕，怕人狗共处会为婴儿的出生带来隐患的。

不管是什么样的原因，这些狗到底是被赶出了家门，从原来的一日三餐温饱无忧过渡到终日为一口食而疲于奔命。

要想苟活于这座城市森林，竞争非常残酷。通常，被赶出家门的狗，一大半都熬不一月，剩余下来的生存能力都比较强了。

我经常看见一些狗躺在草地上，或者垃圾堆上，一动不动，气若游丝。或因为饥饿，或因为疾病，看得多了，心肠反而更柔软了。

所以到现在，我也不曾真心恨过那群差点将我咬死的流浪狗。它们是为了生存，无可指责，人为了生存，什么肮脏的勾当干不出来呢，所以更无权指责一群相比之下，思维低等的流浪狗。前方的流浪狗见到藏獒走过来，虽然走得很慢，全部四散奔逃，有的甚至被吓傻了，呆立原地不敢动弹，只看到浑身哆嗦发抖。

女人命令藏獒了："冈日森格，趴下。"藏獒哥哥不敢违抗，只好趴下了。女人突然做了一件令我大吃一惊的事，她竟然把我抱起来，放在了藏獒哥哥的背上。

大姐，你饶了我吧，我就是骑老虎骑豹子，我也不敢骑藏獒哥哥呀，它本来就很看不起我这只流浪狗，你让我骑它，它的自尊心一受伤害，生气之下，一口就可以把我囫囵吞下去。

藏獒哥哥果然不高兴了，一抖身上的皮毛，我就摔了下来。

女人生气地在它头上打了一巴掌道："你再敢把它摔下来，我关你禁闭半个月。"

不知是藏獒哥哥听懂了女人的话，还是那一巴掌起到了震慑的作用，藏獒果然老实了很多，但我心里还是慌得很。

我用前爪紧紧抓着它柔软的金黄色长毛，才不至于被摔下来，我们继续往前走。

女人说话了："冈日森格，我知道你心里面很委屈，但你听我说，这只流浪狗迟早还是会继续上路流浪的，既然我跟他有了这半个月相处的缘分，我不希望他今后再受其他野狗的欺负。今天让它骑着你到这郊外溜一圈，也是做给其他野狗看的，让它们知道，你背上的这条狗不好惹，有大哥撑腰。"女人此举果然有效，流浪狗也有江湖，我一骑成名，骑出了威望，以后就真没有流浪狗敢欺负我了。

本来，我打算在女人家多住几日才离去的，但实在害怕冈日森格。这家伙自从我骑了它之后，趁主人不留意的时候，它就会叼着奶瓶到我身旁，在把奶瓶小心放好后，它大张着嘴，把我的脑袋含在嘴里，几秒之后才将我吐出来，再把奶瓶叼上，我真怕它有一天，神经搭错了，会一口咬断我的脖子，所以还是赶紧溜之大吉为妙。

GAME　　　　　　　　　**18**　　　　　　　　　灰狗扫把

　　我是清晨离开的，我首先想到的是回我的老巢，好久没听小倩讲故事了，竟然有点怀念她。

　　在河堤上，我看见一只灰色的土狗迎面走过来。河堤很仄，狭路相逢，终究有一个要让路的。

　　它体型比我大得多，换作我平时的性格，肯定会侧身让它先过，但现在不同了，我有藏獒哥哥撑腰，不怕它了。那只灰色的土狗也不是个善茬，干脆蹲在了路中央，我心里想："好狗不挡路啊，惹火了，我叫我拜把子兄弟冈日森格收拾你。"

　　我忽然发现，灰狗的眼神异常灵动，完全不是一般狗能具备的那种灵动，细看之下，却又面熟，我心里一震，我似乎见过它的。

　　脑袋里灵光一闪，终于想起来了，是那只幽灵狗，在流浪狗之家我们见过的，真是狗途何处不相逢啊。

　　现在，它就坐在河堤的中央，摆明了是向我挑衅，记得在流浪狗之家第一次见到它时，我对它的第一印象就相当不好，我还说过，我不愿意跟脾气怪怪的狗接触。

　　我才不搭理你呢！我决定无视它的存在，直接绕道，青山不改绿水长流，希望我们后会无期！

　　可刚走几步，我又停下了。因为我想到了一个至关重要的问题，我得向它讨教讨教。

　　我折转过身，向幽灵狗走去，起风了，扬起漫天的黄沙，我想我脸上一定流露出了无法内敛的杀气。

　　狗日的，正在找你呢，就是你偷走了我的钱。

　　两个极度聪明的人一见面就会揣摩出对方所想。在这座城市里，此刻，两只极度聪明的狗也在相互揣摩对方的心思，我用眼角勾它一下，我的意思很明确："谈谈？"它点了下头，我带着它去了我的老巢，我们面对面蹲坐下来。

　　我突然在它身上挠了一爪，它愤怒地呲起牙，我不加理睬，把留在指缝里的几根狗毛放在纸上。接着，我挖开就近的一个小坑，掏出一个小纸包，打开后拿出一根狗毛，那是它偷我钱时留下的证据。我把那根狗毛也放在纸上，比较了一下，颜色一模一样，而且都是那么脏。

　　它眼神很轻蔑，好像在说："蠢货，就是我拿了你的钱，你能怎么样？咬我呀？"

　　我在心里第二次说："惹火了，我叫我拜把子兄弟咬你！"

　　为了叙述方便，我直接把我们那一次的谈话内容整理出来。这里特别要说明的是，我们的交谈主要语种是狗语，碰到生僻的词，或者无法表述清楚的意思，我们就写在纸上，我和它都认识汉字，如此这般这般，我们的交谈变得毫无障碍！

　　我先问它一句："冈日森格认识不？"

　　灰狗（因为它是灰色的，老叫它幽灵狗也别扭）鼻孔里哼了一声道：

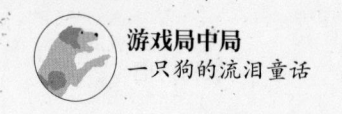

"不认识，不过听名字应该是一条藏獒。"

小哈："不错，冈日森格是一条大藏獒，它现在是我兄弟。"

灰狗："它是你兄弟，又不是我兄弟，与我没半毛钱的关系！"

小哈："好，先不说这个，我不想把我们的关系搞得这么僵，我大胆地推测一下，你应该是一条白色的土狗吧？"

灰狗："你眼睛长在屁股上吗？我明明是灰色的。"

小哈："哦，我以为你皮毛的底色原本是白的，只是因为长时间没洗澡了，才变成灰色了。"

灰狗："你这个笑话一点都不好笑！"

小哈："我直说了吧，你偷了我的钱，就算见者有份，你也该退我一半吧！"

灰狗："请注意措辞，我这是拿。"

小哈："好，你是拿，但请退我一半。"

灰狗："不退！"

小哈："那我做点让步，退我1000元如何？"

灰狗："滚！"

小哈："退我500吧？"

灰狗："滚！"

小哈："在我们交谈的过程中，你为什么总把嘴巴大大地张开又合上，是为了让我看清楚你那一排好牙齿吗？"

灰狗："我没睡好，老打呵欠，不可以吗？"

小哈："我是否可以理解为你在示威？"

灰狗："你非要这么想也可以。"

小哈："退我100吧！"

灰狗："你这只贱狗，我一分都不会给你！"

软硬不吃啊！我拿它没办法了，我半个月前刚被野狗咬伤过，那滋味真不好受，我不想悲剧再重复一次。

我决定换个话题。

小哈："你不退就算了，我将钱财一向看得很淡泊，那点钱就当我交你这个朋友的见面礼。"

灰狗："你真令我感到无语！"

小哈："我很好奇，你是从哪一天开始盯上我的，为什么对此我毫无察觉？"

灰狗嘴角冷冷地抽了一下："半年之前，我在流浪狗之家见到你的一瞬间，我就留意到你了，你的眼睛和其他狗不一样，我知道你也有着和我同样的思维。"

小哈："你也是看到电视上的新闻，说城市要进行大规模捕杀流浪狗的行动，才去流浪狗之家的吗？"

灰狗："不，我得到内部消息才去流浪狗之家避祸的！"

小哈："牛啊，上面有人！不过，我得告诉你一件事，那个给市长提出捕杀流浪狗建议行动的人，已经被我送进监狱。"

灰狗："我看到新闻了，他犯有遗弃罪合并贪污罪被判刑十年，其实就算你放过他，我也不会放过他的。"

小哈："我为众多狗兄弟报了仇，你是不是觉得该奖赏我100元吗？"

灰狗："想听实话吗？"

小哈："请讲。"

灰狗："你真的很贱！"

我几乎又要哭了："好吧，我承认我是一只贱狗，但是你给我100元吧，我总得买点东西吃才有体力。"

灰狗："一毛钱我都不会给你的，但考虑到你送了这么多钱孝敬我，

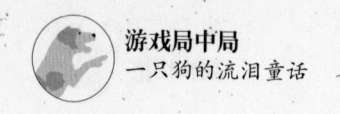

我就给你一个忠告。"

小哈："什么忠告？"

灰狗："赶紧离开这座城市，留下来必死！"

灰狗的这一招叫欲擒故纵，我也是后来才明白的，这禽兽从一开始就想拉我参加那个致命的游戏！

小哈："难道又要开展捕杀流浪狗的行动了吗？"

灰狗："比这个更可怕上十倍！"

小哈："流浪狗之家的狗也不能逃脱厄运吗？"

灰狗："嗯，全部都得死，无一漏网。"

我心里一震，我猛然想到，那天在大街上，仅仅只是擦肩而过就把我完全给震慑住的那个人。对此人身上渗出的那股子煞气我从来没怀疑过，这股子煞气一定真实存在着！

我想起在红妞的家乡，就有这么一个屠夫，天天杀牛卖肉，后来他走到谁家，谁家棚里的牛就会疯狂撞墙，随后流下大颗大颗的眼泪。

那是屠夫因为杀牛太多了，身上的煞气被牛嗅到了，故而明白屠夫上门是购买自己去屠宰，才失控撞墙流泪的。

难道灰狗也同样觉察到了那个人的存在？它是一只比我更聪明的狗，或者它已经完全掌握了地狱使者的底细，它知道他下一步会做什么，故而才提醒我离开？但是灰狗自己为什么不走呢？这里面一定有巨大的秘密，或者是阴谋。

小哈："是一个人吗？是圆脸，嘴唇肥厚，眉毛中间有一个红色的肉瘤，像个地狱使者似的，身上有种让狗们不寒而栗的煞气，对吧？"

灰狗愣住了："我实在没想到，你竟然也留意到他了，你比我想象的要聪明很多，不错，你形容他为地狱使者的确很恰当，我们姑且就叫他地狱使者吧。"

小哈："既然我这么聪明，你就打赏我 100 元又如何？"

灰狗站起身，抖抖身上的毛，它做的这个抖毛动作，类似于人类的耸肩，都是表达一种无奈的心境："嘿，伙计，你又令我感到无语了，真遗憾！"

它重新趴下道："我发誓，你是我见过的所有土狗里面最下贱的一只。麻烦你别再以土狗自称！"

小哈："唔唔，说话不要那么幽默嘛！我们还是回到正题，谈谈那个地狱使者，好吗？"

灰狗："好的，但是请你不要再提钱的事，你再提钱的话，我怕我会控制不住咬你的。"

灰狗："说起来，我和地狱使者早在两年前就认识了。

"那一年我怀孕，产下了三只幼崽，我的幼崽好漂亮，两只是黄色的，一只是白色的。它们特别调皮，天天上跳下蹿的，可爱极了。"灰狗落泪了，"可就因为我三个孩子的吠叫声惊吓了地狱使者的孩子，他竟然在我的窝里淋上汽油，残忍地烧死了它们！

"我天天晚上都梦到孩子在哭，伸展着粉嫩的小爪在火光中绝望地喊：妈妈救我，妈妈救我。我决定复仇，地狱使者也有一个孩子，是个女孩，就二三岁的样子，我看见他总是抱着女儿逛街，给她买玩具，买零食，走几步就会在女儿的额头上亲吻一下。我知道，他爱极了这个孩子。

"我完全可以趁他不注意一口把这个孩子咬死的，但这根本不足发泄我心头之恨，我突然想到了一个计谋，我要让地狱使者钻进我给他设下的完美圈套，亲手杀死自己的女儿！这样才会让他一生都痛彻心扉。

"我的计划天衣无缝，我终于成功了，地狱使者终于亲手杀死了他的女儿，我如愿以偿地看到了地狱使者醒悟过来，满身是血抱着亲生女

儿号哭的样子。"

灰狗说到这里，用爪擦了擦眼泪。

小哈："请说说你的那个计策，地狱使者既然爱极了孩子，又怎么可能亲手杀了孩子呢？我不相信你能设计出这么一个高明的计谋。"

我其实只是在套灰狗的话，我要知道在他们之间所发生事件的每一个细节。

灰狗轻蔑地看我一眼道："我给他布下的这个计谋分十多步，非常复杂，即便是一个高智商的人也未必能设计出这么一个奇巧之极的局。"

小哈："我怀疑你在自吹自擂，你既然有这么高的智商，还用偷我的钱？很明显你是混不下去了，不偷你就得给饿死是吧？"

灰狗暴跳如雷了，我看见它的爪都被气得发抖了："贱狗，你别再给我提钱的事，再提……再提我就先咬你，然后找根绳子把你捆住，塞进茅坑。"

哈哈，已经被我气得语无伦次了，狗狗哦，我的钱不是好拿的哦。

小哈："你给我100，我就绝不会再提。"

灰狗用爪抱着头，使劲扯毛，把自己的狗毛都给扯下了一大把。

我的目的达到了，其实从一开始我就在观察它的反应，每当我提到钱时，它就会失态，会狂躁。按常理，小偷不会这么理直气壮表现出非常愤怒的样子的。它似乎是在报复我，让我自认这是我欠它的，应该还它，才会有这种反应，但我真想不出我何时惹过它，仅仅在流浪狗之家见过一面而已。除此之外，生活再无交集！

我故意激怒它，让它自己说出来！

灰狗已经气得失去了理智："贱狗，这是你欠我的，拿你的钱对你已经很宽容的了。"

灰狗果然上当了，我平静地道："我们今天是第二次见面吧，钱是

· 164 ·

18 灰狗扫把

小事，但是理得说清，什么叫这是我欠你的，那我现在也可以说，你上辈子借了我的钱呢。"

灰狗把牙齿都快咬碎了，道："你抢了钱，警方接到报案，一直在布控抓你，他们认为这是一种新型的犯罪，是高智商的人训练出的狗在帮主人作案，我那天在街上走，就被一棍子敲在脑袋上，那棍子还会闪电火花，接着我脑袋被蒙着黑布抓到了公安局。后来他们也知道抓错了，才将我放出来的。"

小哈："一场芝麻粒大小的误会而已，不是我说你，你真没气度。"

灰狗费了好大的劲才控制住情绪，它低下头，用爪把脑袋上的毛拨开，我看到鼓起一个青色大包。

灰狗咬牙切齿地说："芝麻粒大小的误会，芝麻粒大小的误会！我脑袋上这个包可比鸡蛋还大了去，那一电棍子打得我现在头都还在晕，你自己说说，我被你害得如此悲惨，拿你点作为补偿不过吧？"

我慢悠悠地道："你这狗怎么这样呢？你怎么不从自身找原因呢！不要遇到事情就把责任往外推嘛，这可不是个好习惯！就拿这事来说，城市里那么多流浪狗他们不抓，为什么抓你，肯定你也抢钱了，被逮了个现行了吧？"

灰狗气得浑身发抖："我那天嘴里刚好叼着一个钱包。"

我先做好躲闪的准备才问："偷来的？"灰狗一听就咆哮着向我扑过来，我赶紧跳开，它倒也没再在继续攻击。

我又道："你早把原委说出来，我们之间就没误会了，你是怕我内疚吗？"

灰狗彻底被我气乐了，道："我所以不告诉你，是怕你知道了警方在抓你，就不抢了，我想让你也尝尝电棍子的滋味。"

这只灰狗真腹黑，比我还腹黑一千倍。

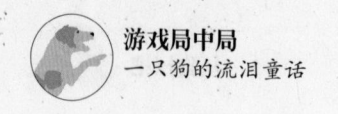

由此可以推断出它给地狱使者布下的那个局不知道有多么恐怖，他们之间到底谁才是最残忍的？

我忽然不想知道其间的细节了，直接道："好吧，你已经成功为自己的孩子报了仇，接下来，又该是地狱使者对你更残酷的报复了吧！我只是不明白，你们两个的恩怨为什么会把全城的流浪狗牵扯进去？"

灰狗："你怎么不问我给地狱使者设计的那个局了，你不是想知道所有的步骤吗？"

我冷冷地道："我怕我会做噩梦。"

灰狗："的确很恐怖的一个谋杀，亲生父亲在完全清醒的状态下，亲手杀了自己的女儿。"

灰狗又道："整个计划耗费了我一年半的时间，第一步最耗时，我天天蹲在地狱使者的公司门口，一直等了一年，才等到他在给别人递名片时，不小心被风吹落了一张，但他没去捡，等他走了之后，我把那张名片拾了起来。"

灰狗说到这，故意停顿，我知道它是在卖弄那个高明的局了，它在等着我问它第二步，但它竟然为了一张名片就守候上一年，此狗的耐力非同寻常。

同时我也被勾起了好奇心，顺着它的愿望问了一句："你的第二步是怎么走的？"

我故意道："我知道你第二步了，你把名片又邮寄给了地狱使者。"

灰狗问道："那么，请问我的第三步该怎么走？"

小哈："第三步你又到公司门口去守他的名片呀。"

灰狗看出我在故意嘲弄它了，一个非常腹黑聪明的狗制造出了一个非常完美的阴谋，另一只狗却对此表现出了淡泊，甚至嘲弄，这多少让它感到了寂寥或者是悲伤。

不论你的局如何高明，如何无与伦比，造成的只是另一个惨剧而已。

灰狗发了很久的呆，才道："等你有兴趣的时候，我再告诉你所有的步骤，接下来给你讲讲地狱使者女儿死亡之后发生的事。

"地狱使者到底明白过来，知道自己被一只非常聪明的狗给布局了。他心里也知道，这只狗非但有思维能力，而且智商还远远高过普通人。

"最可笑的是，他至今都不知道这只狗是公是母，更别说长相、皮毛颜色、品种，他对此一无所知。他只知道这是一只流浪狗。所以，他只能通过不断地玩游戏把它找出来。

"从此，地狱使者每一个月都会诱捕一些流浪狗到地牢里，通过各种办法，测定它们的智商，却都没有令他满意的。当然，那些笨狗只有一条路，就是死。地狱使者执迷于这样的游戏，到底杀了多少流浪狗他也不知道了。"

我心里道："难怪他身上会有那么大的煞气！"

灰狗继续说："地狱使者只是知道，每杀一条笨狗之后，他就更近我一步。但从半年前至今，他消停了，因为他正在策划一个更大的游戏，那就是将全城的流浪狗一夜捕光，关在一间巨大的别墅里，每条狗单独一个笼子，他要和全城的流浪狗玩一个最血腥的游戏，每一轮下来，都会死去很多，注定只有一只最聪明的狗才能活到最后。那就是我！"

我听得浑身发冷，道："我有个问题，地狱使者既然断定你具备高智商，那么他就不怕你逃亡其他城市吗？"

灰狗冷哼一声道："他知道我不会逃，而且一定会主动参加他这个游戏的，我们的事也应该有一个了断了。"

小哈："说说他即将进行的这个血腥游戏，我们先做这样的假设，你、我，还有全城的流浪狗都参与了，第一轮游戏他是怎么设定规则的？"

灰狗："第一轮游戏，他会把全部的狗饿上三天，然后端进一大盆

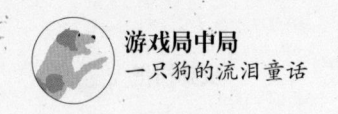

肉，对群狗说，这肉已经拌了剧毒农药，吃下去必死。之后，他会在每一个笼子前放上一块肉。"

　　灰狗又问我："既然在假定里，你也参加了这个游戏，这块肉你吃不吃？"

　　我答道："肯定不会吃，因为只要活下来就有希望，就能找到他游戏里的破绽。"

　　灰狗点下头道："不错，所以这肉我也不吃。于是第一轮游戏下来，一千只狗至少被毒死五百条不通人语的了。"

　　我问道："针对剩下的五百条狗，第二个游戏他怎么设定的？"灰狗道："第二个游戏道具还是一盆肉，不过他会告诉剩下的这五百条狗，肉虽然没有毒。但被拌了竹壳毛，吃在嗓子卡嗓子，吃在肚里卡肚子，竹壳毛不会要命，但是吃了后，非常难受，会呕吐，肉怎么吃进去就得怎么吐出来，还会拉血，求生不得，求死不能。"

　　灰狗又问我："这块肉你吃不吃？"

　　我回答："要吃，而且怎么吐出来的，我还会怎么给吃进去，因为不吃我就得饿死。"

　　灰狗："我也会吃，但是有一部分狗虽然通人性，却受不了这种折磨，它们宁愿选择被饿死。"

　　灰狗："地狱使者知道我不会轻易认输，会在下一轮游戏里找他的破绽，所以我也会吃。"

　　灰狗："好吧，经过第二轮游戏，假定又被淘汰了二百只狗，只剩下三百只了。"

　　我问道："他的第三轮游戏呢？"

　　灰狗："第三轮游戏比较复杂，剩下的狗会被带到八条并列的传送带前，七条传送带的尽头是绞肉机，只有一条传送带尽头是一盆可以放

心食用的肉。地狱使者会把正确的选择融进一道数学题，你只有做对这道题，你才能上对唯一的那条传动带。"

灰狗："这三百只流浪狗除了你和我，注定谁都不会解答那道数学题，它们只能凭运气了。按照几率，只能活下四十来条狗了。"

我问道："那么第四轮游戏呢？他怎么在几十只狗里准确找到你？"

灰狗："第四轮游戏和第三轮游戏是一样的，余下的狗还是被带到传送带面前，不过又得做另外一道数学题。"

我叹道："最后只剩下你和我了，因为你比我聪明，所以随着题目难度的增加，好了，我也进了绞肉机，只剩下你了。"

灰狗："最后一个游戏是地狱使者陪我对决的，如果我输了，他会将我关进铁笼里，每天割我一刀，直至丧命。"

我沉思片刻道："现在请你告诉我，你是怎么让地狱使者亲手杀死他女儿的？"

灰狗："你不是不感兴趣吗？"

小哈："我现在必须知道了，我只有了解你们之间所有发生过的事，我才有可能在他的残酷游戏里找到破绽，救出所有的流浪狗。"

灰狗："你愿意跟我参加这个残酷的游戏了？"

小哈："是的。"

灰狗："我的确需要你的帮助，有你在，我的胜算会增加很多，我现在完整地告诉你那个局。"

接下来，灰狗详细地向我讲述了它害死地狱使者女儿的经过。

小哈："你不要再说了，我要是地狱使者，也会用尽办法将你找到，一刀一刀将你割死的。"

这次，灰狗足足发了二十分钟的呆才道："我知道，我这个局的确太阴毒了，但地狱使者用火烧死我无辜的三个孩子，他就不毒么？"

我心里深深地叹了一口气，道："可是在人类看来，他并没有犯罪。"

灰狗："那只是他们的看法，他们可以尽情伤害那些思维低等的狗和它们的孩子，也不会得到报复。可是，我是一个有意识的狗，我失去自己的孩子，我心里会痛，我心里会有仇恨。"

灰狗仰天长啸，啸声之悲！

我无法判断出孰是孰非了，我现在能做的就是阻止他们玩这场血腥游戏，但当我在和灰狗进行一番交谈后，我却无力阻止了，这场游戏就如一台绞肉机，已经启动，无法再停止下来。

小哈："你这个局的确高明，常理来讲，地狱使者不可能怀疑到是一只狗所能达成的，他必会认为，是他的仇家所为，可他后来是怎么怀疑上你的？"

灰狗："地狱使者自从死了女儿，非常颓废。许久之后，他又登录QQ了，我在QQ里告诉他，这一切的发生，只是因为他烧死了三只小狗，是另一只有智商的狗在对他进行惩罚。地狱使者自然不相信这匪夷所思的结论，我叫他打开了视频，我只让他看到一双毛茸茸的狗爪在键盘上打字……"

小哈："你现在还在和地狱使者用QQ交谈吗？"

灰狗："已经不交谈了，在他邀请我参加这个即将进行的盛大游戏，并透露给我他游戏的规则后，我告诉他，我会准时出现在他抓捕的流浪狗中间，这就要看他有没有本事把我找出来。"

小哈："你完全可以拒绝参加的。"

灰狗："这关乎尊严以及尊严之外的很多东西，说多了你也不懂！"

小哈："两个疯子，就因为你们俩的仇恨，就因为这个疯狂的游戏，就得让全城的流浪狗陪葬。"

灰狗："也不一定，只要我们能找出他游戏中的破绽，那些流浪狗就不用死了。"

小哈："好吧，我们现在来分析他整个的游戏过程。我想，或者我们现在应该去学开锁，并把开锁的工具藏在身体的某个部位，这样，被关进铁笼后，我们就可以给他来一个出其不意。"

灰狗："我忘了告诉你，地狱使者是一个大公司的总裁，身价上亿。这场游戏，他所采用的材料都非常坚固牢靠。而且，他会在每一个狗笼上面都安装上摄像头，不分昼夜监控着狗们，只要我和你稍有举动，他立即就会知道。"

小哈："看来突破口是在第三轮游戏了，我们被带到了传送带跟前，那时候我们已经走出铁笼，再没有了束缚……"

灰狗："他会聘请二十个保安，每个保安手里都端着麻醉枪，更重要的是，在第三轮游戏开始的前一天晚上，我们的腿筋会被挑断，即便出了笼子也没有了任何攻击力。"

小哈："那破绽只能在第二轮游戏里找了。"

灰狗："第二轮游戏开始时，我们已经三天没吃东西了，地狱使者在每一个狗笼面前放上一块涂抹上竹壳毛的肉，在他放肉时，他的身后同样跟着二十保安。"

小哈："……嗯，我已经找到了他第二个游戏里的破绽了。"

灰狗："不可能。"

小哈："你再想想。"

灰狗："绝对不可能，我已经想过每一个细节了，毫无破绽。"

小哈："那你还参加这个必死的游戏？"

灰狗："我在等待意外出现，今天就是一个意外，因为我碰到了你，而你也愿意参与，和我并肩作战。对于这一点，地狱使者还不知情，这就相当于我们占了先机。"

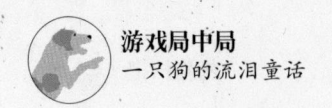

小哈："我参不参加都不是最重要的，但地狱使者的确在第二轮游戏里犯了一个致命的错误。"

灰狗："你要知道，我们全天二十四小时都是被监控的，我们不能有任何小动作。"

小哈："我知道，但破绽就是破绽，就看我们能不能抓住了。"

灰狗："那你告诉我。"

小哈："你把我的钱还给我，我就告诉你。"

灰狗："你别逗我了，我想了几个月都一无所获，游戏里根本就没有任何破绽。他把所有的漏洞都补上了，不会让我们找到任何可乘之机的，我知道你只是想拿回那笔块钱而已，所以才信口雌黄。"

小哈："第二轮游戏里有一个破绽。"

灰狗陷入了沉思，很久才道："根据我的观察，你本是一只善变的狗，可为什么在这个问题上突然坚持了？我现在开始有点相信你所说的了。如果你真能找到破绽，多少钱我也给你。"

小哈："你给得起吗？"

灰狗："现在没有，但我也可以弄到的。"

小哈："你不怕再尝电棍子的滋味？"

灰狗："为了找到这个破绽，我什么都愿意付出。"

小哈："我现在决定了，我不要你还我的钱了。"

灰狗："这不像你的办事风格。"

小哈："我要你30万。"

灰狗："我没30万。"

小哈："你刚才说了的，你可以弄到。我有耐心等，但你得努力，尽早筹够钱，我们才好做交易。"

灰狗："无语！"

18 灰狗扫把

小哈："啥意思？是同意还是不同意？"

灰狗："好，我现在就去弄钱，但如果你敢涮我，我一定会杀死你。"

小哈："我现在没钱买东西吃了，你能不能先预支给我一点。"

灰狗这次倒是很爽快，用爪子在嘴里抠啊抠，抠出一个小塑料袋，里面装有500元，每一张都给折叠成了小三角形。看得我目瞪口呆，我怎么就没想到这样装钱呢，害得我每次想吃东西都得回老巢一次。

灰狗的神情充满疑惑："你确定你没骗我，可否现在给我一点提示？"

小哈："如何利用那些保安是比较关键的一步，如果只是地狱使者单独进房间的话我们必死无疑，你也确定第二轮游戏开始时，真会有20个保安一直跟在他屁股后面吗？"

灰狗："地狱使者做事非常小心，他会一直带着他们的。你该不会是说，我们通过卖萌撒娇，博得保安心生怜悯，绑架老板将我们放出牢笼吧？我还忘了告诉你，单是这20个保安，地狱使者都是耗费一年时间才凑齐的，他们全都是生活中的虐狗变态者，而且地狱使者给他们开了很高的薪资，你永远也别指望在整个游戏进程中会有人同情我们，他们只会在游戏里获得极大的快感。"

小哈："地狱使者真的很聪明，就连手下哗变这类意外事故他都提前想到并堵住了。"

灰狗："这算什么！地狱使者还会在别墅周围安装数台大功率的无线电干扰器，任何电话都休想打进别墅，也休想打出去。而且这场游戏还是全封闭进行的，一个苍蝇都休想飞进去，也休想飞出来。所以你别希望警察会适时出现，制止他的残暴行为。"

我沉默了，灰狗神色掩饰不住的失望。

我缓缓说道："第二轮游戏里，地狱使者注定会犯一个错误，那20

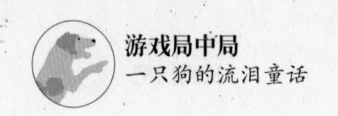

个保安会成为我们整个计划里的一个棋子。当然,只是一个很小的棋子,但没有这小棋子,我们仍不能活命。你这只贱狗,一个月之内不给老子凑齐30万,休想让老子再给你半点提示。"

我看到了灰狗身体在微微颤抖,它应该是完全相信我所说的话了,死棋腹内有仙着而已。

灰狗道:"我怎么完全没想到去利用那些保安呢?不过,该如何利用他们呢?要知道,我们已经完全被摄像头监控,我们不能有任何的动作,即便这个动作是那么的轻微,我们甚至不能流露出一个特别的表情……"

灰狗这不是说给我听的,这只是他在喃喃自语而已。

灰狗永远也猜不出这个绞肉游戏里,唯一的破绽到底在哪,更别谈如何去利用这个破绽了,我的这个解局相比起它给地狱使者布下的那个局,高明上百倍,步骤也更为精密和复杂。

灰狗用笔在纸上勾画着,边写边做出思考状,看着它那个样子,我的心真是给纠结成一坨,我轻蔑地看了它一眼道:你不用再思考了,白费时间,有这工夫赶紧去搞钱吧,你这智商想不明白的。

灰狗恨恨地看我一眼,但它不敢发作,我仰躺在草丛里,道:"滚吧,到我午睡的时间了。"

灰狗终于被我赶走了,其实我并不是想睡觉,我想吃烤鸭,那味道馋死我了,现在不是有这500元嘛,我得大吃一顿,今后也不担心饿着了,有只狗会心甘情愿地养着我呢。

买烤鸭之前,我决定先和小倩联系联系,太聪明的狗容易感到孤独,我的生命虽然只有十多年,但我希望同样过得精彩,说低俗点就是做一些比较迎合口味的事,给小倩下一个套,看着她傻傻地往里面钻就是目前最对我口味的事。

我把那个原本属于小倩的手机从坑里刨出，取下套在上面的塑料袋，却怎么也开不了机，没电了。

一只狗怎么去给手机充电呢？这可真是一个难题。看来也只有用笨办法了，我将电池抠下，放在竹篮里，写了一张字条放进去，内容如下："营业员你好，请先看一下篮子里的手机电池型号，我要买一块备用，我家的狗很聪明，完全有能力将电池安全带回家，这一点还请你放心，此外请不要多收它的钱，如果你收取 50 元，或者是 50 元以上，我将罚这条狗饿上三天，如果你一分钱不收，我将买一只烤鸭犒赏它，相信你也是个爱狗人士，你不会为难我家狗狗的，也不会为难我。"

我叼着篮子去了手机店，我注定就是忙碌命，停不下来的。

营业员是个二十多岁的姑娘，没心没肺的样子，嗓门又大，看了我竹篮里的纸条后大声嚷了起来："快来看，快来看，有只狗来买手机电池了。"

顾客呼啦一下全部围了过来，个个都啧啧称奇，我当时真有把那个营业员掐死的冲动。还是经理来给我解了围，大声呵斥那个姑娘："只是一只比较通人性的狗罢了，用得着这么大惊小怪吗？它要电池你就照着给来它一块不就得了。"

姑娘因为我而受到了责骂，但她是个乐天派，一点也不放在心上，抱着我的脸就狠狠地亲了起来，边亲嘴里还边说："太萌了，萌死了，我决定自己贴钱，送块电池给你了，能告诉我你叫什么名字吗？"

我心里道："拜托你开口之前先用大脑想想，一只狗能说话吗？"

她脸上涂了好多的粉，我被刺激得打了一个喷嚏，溅得她满脸都是我的鼻涕。

回到老巢，我边吃烤鸭，边给小倩发短信。我给小倩说，最近有事出了趟远门，忘记带手机了，希望听到她继续讲那晚上的故事。

游戏局中局
一只狗的流泪童话

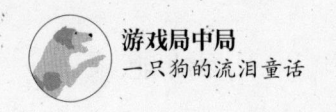

短信刚发出去几秒钟，电话就回过来了。小倩的声音带着哭腔，我知道，那是因为她太激动的缘故，本以为这个猥琐男已经消失在茫茫人海，不承想又浮现了出来。这该给她多大的惊喜啊！

小倩说道："我今天休息呢，有大把时间给你讲故事，上次讲到第三个人敲门了吧！听到敲门声，我赶紧去开，你猜谁来了，是门卫杨大爷，今年有60岁了，孙女都比我大吧？我讲到这里，也许你会问，我手机里怎么也有他的号码？只因为我偶尔在网上购物，快递公司的职员喜欢把货品都放在门卫处，然后由门卫再通知我去取。为了方便，我就把门卫老头的号码也存了，很不幸，他也收到你那条浴缸里撒花瓣的短信了。

"杨大爷穿了一身笔挺的西装，本来花白的头发都给染成了黑色，他提着一大筐水果，左手还捧着一束玫瑰花，见到我来开门，他的脸涨得通红。

"我是个傻姑娘呀，所以，我只是感到诧异，往日我家冷冷清清的，怎么今天是一个接一个的来了呢？

"杨大爷搓着手，嘴里只说：'哎，小倩，我真的没想到。我真是太激动了。'

"我正想询问他为什么要这样讲，张哥走出来了，道：'呓，杨大爷也来了，我们斗地主正差一个人呢，来得好，来得好！'

"杨大爷见家里有人，正准备离开，却被生拉活扯地拖进去，稀里糊涂地和张哥、李哥他们斗上了地主。

"一个小时不到，家里就来了十多个人，一桌斗地主，一桌打麻将，剩下就抱膀子观战。

"最后一个来的是总经理，他腆着个大肚子，走进房间见到这么多人愣了下，随即说道：'我听秘书讲，公司里的男员工都到小倩姑娘家里来了，我来看看究竟是怎么回事，'经理说完还对我挤了下眼睛说，'小倩姑娘，这就是你的不对了，家里有这么大的聚会怎么也不通知我呀？下次可不许这样。'

"经理就是经理，他的这一番话就完全把自己开脱了去，当真是贴上毛比猴子都精。

"就这样，折腾到半夜，他们才心满意足地离去……"

小倩又说道："真的，谢谢你让我认清了周围所有人的面目，我原本太幼稚，把这个世界想象得太干净。"

我挂断了电话，给她回了个短信：你是个有意思的姑娘，我喜欢认识有意思的人，要不我们见个面吧？

我知道，小倩看到这条短信时，不知道会如何心花怒放，她更不会知道，她已经走进一个圈套。我心里默默地数数，刚数到十的时候，小倩的短信就回过来了，她说：太好了，地点时间都由你决定，我真是好想好想见到你的，我觉得自己都快爱上你了。不，是已经完完全全地爱上你了。

我心里冷哼一声，回短信道：过几天，等我把手头上的事做完，我会告诉你见面的时间地点。

小倩回了几个字：好的，晚安。我知道她心里在说：贱男，去死吧，只要一见面，我保证你再也看不到第二天升起的太阳。

令我没想到的是，第三天晚上，大灰狗直接给我叼来了一个密码箱，它将箱子放下，就用爪去挨个试探自己的牙齿，看看有没有松动的，这也难为它了，叼一个这么重的箱子走那么远的路，换成我也会担心那一口牙齿的。

我们继续交谈。

灰狗："今天看到一个大款提着箱子走出银行，我就尾随着他，在

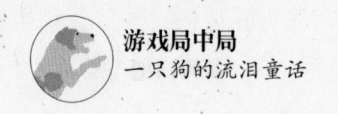

一巷子就把他给抢了,也不知道里面装没装钱。"

小哈:"你没打开看?"

灰狗:"设置的有密码呢,撬了一阵子撬不开,就想着赶紧来见你,你肯定会有办法打开箱子的。"

我只好当着它的面,找了个石块噼噼啪啪对着箱子一阵猛砸。

足足砸了半个多小时,打开箱子的一瞬间,我眼睛都绿了,崭新的百元大钞整整齐齐地码在箱子里,我数了一下,共35扎,每一扎是1万,灰狗是什么样的运气呀,一下就搞到35万。

我们两个又头碰头趴在一起交谈。

灰狗:"现在你该告诉我那个破绽了!"

小哈:"多出的5万你要拿回去吗?"

灰狗:"当然要,当初我们的协议只是30万买那个游戏里的破绽。"

小哈:"你这个小气的家伙,真令我失望,不过我也是很讲信用的。好吧,我现在就告诉你,地狱使者的第二个游戏里的确有一个破绽。不对,我好像又想到了另一个破绽。"

灰狗:"另一个什么破绽?"

小哈:"我觉得你今天的表现有点怪……我再想想……你该不会涮我吧?"

灰狗的神色果然有点紧张起来,我赶紧把那35扎钱逐一打开,天啊,每一扎钱只有两面两张是真钱,中间全部是冥币。

我愤怒地扑过去,一口就咬在它的背上。灰狗只有躲的胆儿了,却不敢咬我,因为它知道,只有我才知道那个游戏里唯一的破绽。

灰狗被我咬得浑身冒血,我也累着了,于是我们又重新和谈。

灰狗:"你的确很聪明,我自认为可以瞒过你的,你究竟是怎么给识破的?"

18 灰狗扫把

小哈:"这只密码箱那么重,你几乎是给拖在地上才能往前走的,我推断了下,你最快的速度顶多能达到每分钟 50 米,可你偏偏说是抢来的。好吧,那个大款即便腿短得要命,可他就是爬,一分钟也不止爬 50 米吧?可他竟然没追上你。你这谎言水平也太低级了吧!"

小哈:"你说说今天的事怎么解决?"

灰狗:"还能怎么解决?明天我继续去弄钱喽!"

小哈:"我的脚掌因为抱石头砸密码箱,把肉垫都磨破了,该怎么补偿啊?"

灰狗:"我也被你咬得全身冒血,两抵吧!"

小哈:"不行。"

灰狗:"那你说怎么办?"

小哈:"我看了下,每一扎钱正反两面各有一张真钱,35 扎就有 7000 元了,归我,不在 30 万里扣。"

灰狗:"你能有点出息吗?"

小哈:"你有胆子就再说一遍。"

灰狗把嘴抵在地上,呜呜地哼了几声。

小哈:"你不用在我面前装可怜。对了,我还不知道你叫什么名字呢,能告诉我吗?"

灰狗:"我没有名字,我一出生就开始流浪。"

小哈:"我给你取个名字吧,叫扫把怎么样?"

灰狗:"能取个好听点的吗?"

小哈:"扫把是扫把星的缩写,你自己想想,就因为你生活在这个城市,你就给这个城市的流浪狗带来了灾难,你不是扫把星是什么?"

灰狗:"所以我们得联手击败地狱使者呀!"

小哈:"扫把,你怎么不问问我的名字?你对我不感兴趣?"

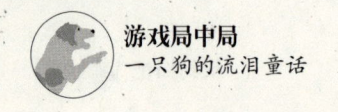

灰狗："好吧，请问你叫什么名字？"

小哈："嗯，我叫小哈，是我这生唯一的一个主人红妞给我取的。"

第二天无聊得很，弄钱的事已经有扫把去替我做了，我不知道该怎么打发时间，就跑到广场上，蹲坐在一棵树下看电视。

那个大屏幕就挂在墙壁上，从大清早就会播节目，要到城市睡觉时才会消停。

我刚蹲下，就看到电视里恰好在进行一个狗的话题讨论。主持人侃侃而谈。

主持人说："不知道从什么时候开始，我们就喜欢把狗和狼做比较。我们最常见的，和狼最相像的，可能非狗莫属了。从孩提时候开始，我们就喜欢讨论究竟是狼厉害，还是狗厉害，对那些大狗为了救主人血拼凶猛恶狼的故事，我们一度迷恋其中。但是狗究竟是怎么来的呢？

"狗的起源可以与金字塔相媲，列为人类文明历史上的六大谜团之一。而狗的起源标准传说是：人类发现狗是一个有用的伙伴，因此把它引入了自己的家庭。'狗与人类聚族而居同时出现'这种说法已经深入人心。

"其实，狗作为人类的忠实伙伴，往往其主人会把它列为家庭成员。因此，一条家狗的价值在主人眼里究竟有多大？还真不好说。"

主持人话锋一转又道："近期呀，我市侦破了一个案件，狗肉店老板为了节约成本，到农村去偷狗，半年时间就偷了四五百条，全部宰杀冷藏于冰柜，一部分供自己店内消费，一部分卖给其他狗肉店老板。"

电视画面出现了很多人垂泪的镜头，都是些狗的主人，有小孩，也有老人，之后是那个狗肉店老板被戴上手铐的特写。

主持人接着说："在世界上，有一百多个国家是明文规定，不能吃

狗肉的。在我国的香港禁吃狗肉的呼声也很高，导致狗肉店一度从闹市迁出，落址郊外。"

……

晚上的时候，扫把又来了，我看见它嘴里什么也没叼，难道一整天它都没有收获？为什么它总会给我带来一些意外呢？

我们两个又头碰头趴下交谈起来。

小哈："扫把，你这是怎么回事？你还想要买那个破绽不？"

扫把："小哈，我今后不会给你钱了，一分也不会给你。"

小哈："你是不是决定不参加游戏了，准备逃亡其他城市？"

扫把："不，游戏我是一定会参加的，但是经过几天的思考，我也找到那个破绽了。"

小哈："扫把，你别和我开玩笑了，不可能的。凭你的智商根本就想不到。"

扫把："哈哈，这还得谢谢你的提醒。"

小哈："你真想到了？"

扫把："小哈，我没想到你这么腹黑，这样的破绽，这样的点子的确只有一只腹黑至极的狗，才能在那么短的时间内想出来。而我整整思考了几个月，还得在你的提点下，又思考了几天才悟出来的，你真让我感到害怕，你比地狱使者都让我感到害怕。"

小哈："你是夸我还是损我？"

扫把："我今天来是告诉你，我决定远离你了，如果有缘，我们在那个游戏里再见！"

扫把说完，起身走了，我突然失落无比。

扫把再见，我心里说。

扫把走后，我心里一下变得很空了，我不知道自己为什么会产生这

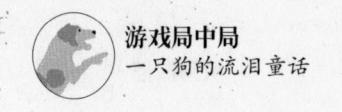

样的情愫，也许是因为它是世上唯一能和我交谈的狗吧，虽然我们在一起的时候，总是斗嘴。现在，它走了，我的世界又变得安静了，我害怕安静。

我给小倩发了一个短信，约她见面。我说：明天早上九点，我会手持一束玫瑰，出现在公园门口，为了彰显我的特别，同时便于她辨认，这束玫瑰有九枝是黄色的，另外九枝是红色的。

小倩立即给我回了短信，表示一定准时赴约，还说会请我吃大餐。

我去花店买来了红黄玫瑰，各选九枝捆扎成一束。明天将会上演一出好戏。

我拿爪心握住一枝挑选剩下的黄玫瑰，用另外一只爪拔着花瓣，拔第一片时，我心里说：我们会在游戏里完胜。拔第二片时，我说：我们会输，当最后我要说到会输的时候，玫瑰上只剩一片孤零零的花瓣了。

这次不算数呵，我又捡起另外一枝玫瑰。

扫把和我想到的那个破绽以及利用破绽击败地狱使者的法子，也只是在理论上行得通，稍微一点意外即可让我们前功尽弃，比如地狱使者在第一轮游戏完成之后，直接跳入第三轮游戏，比如地狱使者也想到了那个破绽，他只要轻微改变一下规则，我们也必死。

这是一场实力悬殊的游戏，我们是在拿自己的命，拿全城流浪狗的命和他赌。

第二天，我八点半就到现场了，准备先于她之前查看地形，没想到小倩那妞更早，估计天刚朦朦亮就来公园门口了，我还记得她的模样。第一次抢她包时，她正在跟美女乙神吹，出拳速度如何快，还说一拳就可以把山上的猴子挂树上去。那时候我还不知道她的姓名，心里唤她为美女甲。

小倩被冻得不停地搓手跺脚，嘴里喷出一团团白色的热气。脸蛋也是红扑扑的，但我还是能感受到她心里有一把火在熊熊燃烧。

8点50分的时候，小倩已经在踮起脚四处张望，认真打量每一个从她身边经过的男人。

8点55分，我看到一个眼镜男从远处向公园方向走过来，我赶紧小跑到路中央截住他。

我细看眼镜男的模样，30多岁，头发梳得很是光滑，好像还打了啫哩水，油亮油亮的，夹着一个公文包，应该是个公司白领，完全符合我心目中的人选。

我一下扑上去，轻轻地咬住眼镜男的裤腿，他吓了一大跳。但见我没有恶意，才放下心来，说："狗狗，我要去上班呢，别捣蛋。"

我放开他的裤管，他刚要离去，我又扑上去咬住他裤管，将他往马路左边拉。眼镜男道："有事吗？"

我摇摇尾巴，汪汪地叫两声。

眼镜男起了好奇之心，随着我去了石凳旁，我从石凳子下叼出玫瑰花。眼镜男问道："送给我的？"

我心里道："你才美呢，我送花给你干吗？我是要你替我送给小倩姑娘呢。"

我继续用嘴叼着眼镜男的裤腿，将他带到离小倩三十米左右的地方，我看一眼小倩又看一眼眼镜男，再摇摇尾巴，如此三次，眼镜男终于明白了我的意思。

他大喜道："狗狗，你是要替我做媒吗？算命先生给我说过，我今年要走桃花运呢，你看看我三十好几了，现在连个女朋友也没有，心里真是急呀。狗狗，你这次替我做成媒，我请你吃一大盆狗粮。"

哎，这个剩男想娶媳妇想疯了，连一只狗替他做媒这档事也能想象

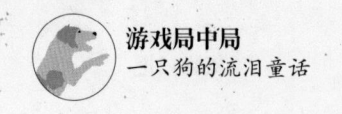

出来，真是佩服他的想象力。

我看着眼镜男开始整理起西装领带，最后用双手拢了下已经很光滑的头发，才向小倩走去。

我心里骂道："去死吧，小倩，去死吧，眼镜男。"我找了个最佳观看位置趴下，等着看一场武斗戏上演。我看到眼镜男手持着那束奇特的玫瑰花束向小倩走去了，小倩也偏过头望着他。眼镜男走到小倩面前，将玫瑰花递给她道："一只狗……"他再没有机会往下诉说了。小倩姑娘的跆拳道功夫果然不是盖的，一拳就击打在眼镜男的左腮上，我看到血水从他嘴里喷出。

眼镜男"扑通"一声，重重地摔倒在了地上，小倩上去又是连珠炮泡似的一顿乱拳打下去。

许多人围了上来，有人打了报警电话，一会儿的工夫，救护车也来了。我看到几个穿着白大褂的医生将一动不动的眼镜男抬上了担架，小倩也被随后赶来的警察带走了。

我没想到事情闹得这么大，原本只以为小倩顶多给眼镜男几个耳光，我开始为小倩担忧了。

GAME

GAME ⑲ 意外的一千万

我闷闷不乐地回到老巢，原本以为搞个恶作剧会让自己的心情变好一点，哪知道，心里却越发烦闷。

我一直在等小倩给我电话，但整整一星期，铃声始终没有再响起。这天夜里，我睡不着，到城市里去闲逛，到夜里十二点了，我仍然不想返回老巢。

气温很低，街上已经没有了行人，我看着自己的身影在路灯下被拉得很长，我走几步，身影又缩短了。真是好生奇怪，我又倒退着回去。我心里也颇为的苍凉，感叹自己孤独到竟然只能与自己的身影为伴。

一对中年男女从我身边经过，男的怀抱着一个纸箱，女的不停地左右张望，行迹鬼鬼祟祟的，一看就是在做见不得人的勾当，我产生了好奇心，悄悄地跟在了他们身后。其实，我即便被他们看到，他们也只会认为是一只无家可归的流浪狗而已，并不会放在心上，更不会对我起警觉。他们俩边走边小声交谈着，我快走几步跟上，支起耳朵倾听他们的谈话，男子小声道："你可要看清楚周围，确保没有跟踪。"

妇人道："满大街都看不到一个人，倒是有一只狗一直跟着我们。"

男人笑了下说："让它跟着吧，一只狗也坏不了我们的好事。"

妇人不安地道："你确定藏在那套房里很安全？"

男人道："刚交楼的小区，家家户户还没开始装修，小偷自然不会光顾，我们那套房在六层，电梯也还没运行，没有人会留意到的。"

妇人道："你还真聪明，竟然单独买一套房子来藏钱。"

男人叹口气道："唉，这钱又不能存银行，放家里也不安全，等风声过去了，我再想办法把它洗干净。"

妇人说："房里现在到底堆多少了？我都搞不清楚了。"

男子道："这一箱放进去应该有1000万了吧！"

妇人挽起男人的手道："老公，这些钱够我们下半辈子花了。"

男人道："你还嫌钱咬手呀，不趁着现在多捞几把，等以后想捞都捞不着了。"

妇人又神经质地四处望望，道："老公，我觉得跟在我们屁股后的这只狗不对劲。"

男人回过头看我一眼道："一只脏兮兮的流浪狗，怎么不对劲了？"

妇人道："它该不是谁派来跟踪咱们的吧？"

男人大笑道："你太神经质了，一只狗你就让它跟踪，它能跟出个什么结果来？！"

妇人也自嘲地笑笑："我现在是草木皆兵了。"

我一直跟他们至六楼的605居室，男子踢了我一脚道："滚，别指望我们会收养你。"

我夹着尾巴，惨叫着滚下楼，其实我只是装出来的，他踢我的那一脚我根本没感到痛，我身体里的血液全部倒着流进脑袋里了，你就是拿一把刀把我的脚剁下一只，我也感觉不到痛。

19 意外的一千万

我脑袋嗡嗡地响着，似乎有一个超大型号的喇叭抵在我耳朵上，有个人还对着喇叭声嘶力竭地喊：1000万、1000万、1000万。

如果把这1000万搞到手，我首先想到的是先给红妞的父母100万，这是他们该得的，那么还有900万我该怎么用啊。

简直不敢想象，我在小区里一直转圈，也不知道自己为什么一激动就喜欢转圈。

我首先想到的不是怎么去偷这1000万，而是偷到后我该怎么藏钱，但这对一只聪明的狗来说，的确不是难事。

我跑到郊区，翻墙进了一户农家的院坝，找出一把锄头，叼着就去了一个人迹罕至的大山沟，我开始挖坑了，从半夜挖到天亮，又从天亮挖到天上的繁星泛起。红妞，我马上就要有1000万了，如果你还活着，我可以给你买好多漂亮的衣服，还要给你买一座海边的大别墅，面朝大海，春暖花开，红妞，你为什么就不能活着等到今天，等到你的小哈拥有了1000万，有能力让你过上大都市富家女孩般的精彩生活呢。

我呜呜地哭着，真是奇怪呵，我快成为千万富翁了，为何我的心里越发难过。

坑挖好了，一顺排开十个，一个坑空间足够掩埋一百万了。而我，也成了一只真正的土狗。

我听到了"哗哗哗"的水响声，附近有一条溪流，我跳进去洗澡，我丝毫感觉不到春天溪水的依然冰冷，我知道，我的血液一直在沸腾了。

洗完澡，我来不及等皮毛晒干，又跑到垃圾堆里去翻找那些被人丢掉的废油纸、破塑料布、塑料袋什么的，用它们包裹钱能防潮。我心里发誓，这是我这辈子最后一次在垃圾堆里刨东西了，回想以往的日子，天天有上顿没下顿，还受大狗的百般欺凌，我都不知道自己是怎么熬过来的，我都数不清身上那一道道的伤疤了。但是，从今以后，我也是一

· 187 ·

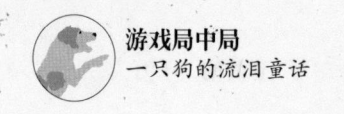

大款了，我要看谁不顺眼，就用钱砸死他。

几个男孩过来，看到一只狗在发疯地用嘴撕咬着油布，其中一个捡起石头往我身上砸过来，骂道："这条脏狗看着就讨厌。像刚掉进粪坑才爬出来一样。"我瞪着血红的眼睛望着他们，心里道："我有1000万，你们有么？你看不起我，我还看不起你们呢！"

我把油布塑料袋全部叼上山，铺在每个坑里，接下来应该去运钱了。开锁我不会，要毁坏防盗锁也确实不容易，我能想到的就是用切割机把门割开一个洞。切割机在工地上的工棚里很容易偷到，是小型的那种，也就10斤左右，没超过我的负重能力。

至于电，我早就观察好了。门的右下角有一个临时插座，想来是便于工人施工配置的，现在还没拆去。

动静大点也无所谓，小区还没正式住人呢，即便有人听到，也只不过会认为有家疯子在连夜装修而已。

一切进展得非常顺利，我站立起来，用两只爪握住切割机，快速旋转的砂轮与钢门接触后，火花滋滋地闪，只用了十分钟就把门割出一个大洞，我钻进去，看到地上整整齐齐地码着十个纸箱，随便打开一个，全是一百一百的大钞。

我扑在纸箱上，警觉地四处张望："都是我的呀，都是我的，谁要跟我抢，我跟他玩命。"

我把钱捡进了编织袋，叼在嘴里往山上疯跑，从凌晨12点运到清晨6点，也只不过运了两百万，好在平日里也不会有人上六楼，故发现不到门上的那个大洞。

我白天睡觉，养足精神后只等深夜来临，又开始重复着这搬运工作，要问我累不累？一点都不累啊，主要是神经太兴奋的缘故吧。五天后，我把这1000万全部搬完了，统统埋在了地底下。

19 意外的一千万

我趴在地上，眼泪又流出来了，我心里发誓，我就是死也要死在这1000万的钱堆旁。

我下山了，我感觉到自己走路的姿势都在不经意间起了变化，当你突然拥有这1000万后，你也能感觉到这种变化，步伐不刻意去调整，都会自然而然地变得沉稳矫健，充满底气。

一个小男孩啃着一只烤鸡腿，啃完肉看见了闲庭信步的我刚好从他身边路过。

小男孩说："狗狗，给你吃骨头。"

什么，我没听错吧，你给一个千万富狗吃骨头？

但是，哎，狗始终是狗，就是有一千万还是变不成人的！

我有钱了，有钱后我就得更注意自己的生命安全了，要是突然一场意外导致我不幸丧命，或者是有人知道了我是千万富狗，千方百计想谋杀我怎么办？所以我得请保镖，我第一个选择就是请藏獒哥哥做我的贴身护卫，有钱嘛，什么事都好办多了，我每天都买一只烤鸭给藏獒哥哥送去，刚开始它根本不吃，据说藏獒只吃主人喂的食物，但我贵在坚持呀，藏獒哥哥终于承受不住肉香味，啃了一小口，有第一口就会有第二口哦，吃了我的东西后，它就知道嘴软了，至少我感觉到，在它面前，我不再卑微，甚至可以和它平起平坐，做真正的朋友了。

终于有一天，藏獒哥哥走出了家门，和我来到郊外，我命令那些流浪狗挨个坐好，让藏獒哥哥依次去咬住它们的头，几秒之后再给吐出来。

我老巢里还堆码着一些玩具，如塑料骨头，小皮球，我们在草地上抢夺着，大汗淋漓。

这天，我正趴在草丛里睡觉，嘈杂的脚步声传过来，还有人在大声叫嚷，烦死了，什么素质！不知道这会影响到我休息么。我听见一个人说："剁手指都不怕，一说要把他女儿卖了，这不就乖乖地把水钱给

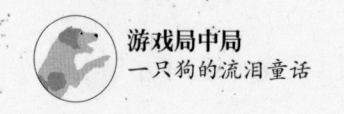

结清了吗？真是个又老又贱骨头的男人。"

哎呀呀，混社会的人，混社会的又咋样嘛，影响到我休息，我照样要教训你们。

我睁开眼睛，甩甩脑袋，走到了路中央坐下，挡住了他们的去路。

咦，我和那帮人相互都吃了一惊，原来是胖子，想必是刚带着手下干了坏事回来。

我心里大叫一声：此山是我开，此路是我修，要想从此过，留下买路钱。

胖子一见是我，扭转头就往回走。

他身后的兄弟招呼道："大哥，你要去哪里？"

胖子说道："这条土狗我惹不起的，我躲得起。"

一个十七八岁、不知天高地厚的小地痞道："大哥，这土狗还没睡醒的样子，我们这十多个人，手里都有家伙，怕它做什么？"

胖子转过身，摸着脑袋道："对呀，我怕它做什么？兄弟们，上去把它按住，我今天非得好好教训教训它，把它整痛，让它知道马王爷有三只眼！"

十多个年轻人把我团团围住了。

我"汪汪汪"地叫了三声，七八条流浪狗从草堆里钻出来，虎视眈眈地盯着这群人。

胖子手持三节棍，扭了扭脖子，骨头"咔吧咔吧"地响，很是吓人，胖子说："呦，现在你也当大哥了呀，从暗抢改为明抢了，就你这七八个歪瓜裂枣也想打我的主意？差了点吧。"

该是到亮底牌的时候了，我长叫一声，藏獒哥哥得到暗号，咆哮一声，像头雄狮一般，摇摇晃晃地从茅草丛中走出来。

胖子愣了七八秒钟，突然跪下了，对天喊道："苍天啊，大地啊，

19 意外的一千万

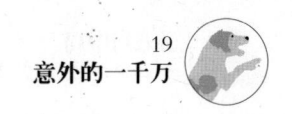

你就显显灵把这条土狗给收了吧！"

他磕完头马上站起身，招呼兄弟们道："这……这……把你们衣兜里的钱全部掏出来，全部放在地上。"

那些个年轻人也被藏獒哥哥的体型吓坏了，赶紧掏钱，就连胖子也把皮包规规矩矩在地上放好，我轻轻地瞟一眼，盯住了胖子脖子上的金项链，胖子不敢怠慢。赶紧取下，赔着笑脸戴在了我的脖子上。接着又招呼兄弟们也把戒指手表之类的物品全部掏出。

我依然不放行，胖子快哭了，道："大哥，你还想咋样？"我慢步走上前去，叼住一个小地痞的裤腿往下拉，我心里说："这下知道我想干吗了吧，统统的把衣服裤子给我脱了。"

胖子紧紧地抓住皮带，脸色都吓白了，道："这……这……脱了衣裤，我们怎么见人啊？"

嗯，那我让你们瞧瞧，是有点冷，我打了个喷嚏，回到藏獒哥哥身边，对藏獒哥哥使了个眼神，它懂得了我的意思，把嘴巴张得大大的，我把整个脑袋都塞进去，藏獒哥哥轻轻地把我的头含住，五秒之后才吐出来。

胖子看傻了，也吓坏了，赶紧地道："快脱衣服裤子！"

很快，他们赤条条地站成一排了，个个都抱着膀子哆哆嗦嗦地发抖。我又用嘴去叼胖子的内裤了，胖子脸上的表情实在太难看，他明明是在哭，偏偏从嘴角挤出点笑容道："大哥，这过分了啊，我们都是精壮壮的大男人，真要一丝不挂也有伤风化是不是？"

我想了一下，他说得也在道理上。

滚吧，我招呼了下藏獒哥哥，给他们让出了一条路。

不远处，有几人在围观这一闹剧，我听见有个老大爷说："恶人自有恶狗磨呗！"

· 191 ·

游戏局中局
一只狗的流泪童话

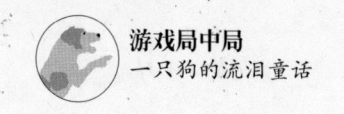

那天下午，藏獒哥哥的主人找到了它，那个看上去慈眉善目的中年妇人气疯了，用手揪着藏獒哥哥的头，用脚踢它，道："你在家里想吃啥就吃啥，你还鬼迷心窍地跟着这群野狗流浪，看看你这身皮毛，脏成这个样子了，你真是丢尽了你这个家族的脸了。"

妇人越说越生气，从地上找了根棍子握在手里，藏獒哥哥也不敢逃跑，可怜巴巴地望了我一眼。

看着兄弟要挨板子我也不能不管不顾是吧？我上前用嘴咬住了妇人手中的棍子，心里说："我兄弟只是想换一种活法而已，您老至于这么激动吗？"

妇人一脚就把我踢多远，骂道："我好心救你，你倒是把我家的藏獒也给拐跑了，再不滚开，我连你一起收拾。"

我赶紧灰溜溜地钻进茅草丛，用爪拨开茅草窥探，只见藏獒哥哥被妇人揪着耳朵拖回家了，藏獒哥哥一直在频频回头，我知道，它确实是喜欢上了这种生活。

藏獒哥哥走后，我把那些围着我转的流浪狗也给遣散了。我想要静一静，目前的生活虽然看上去风平浪静，但实则下面暗流涌动，地狱使者那个游戏快要开始了吧？也许我明天醒来，就会发现自己已经被囚禁在铁笼子里了。

接下来，我得把地狱使者从这座百万人口的城市里找出来，我要走进他的生活，只有通过不断接近他，才能逐步习惯他身上的那股子煞气，若不然，在那个残酷游戏里，我一旦被他的煞气镇住，动都不能动弹，还谈得上去利用那个破绽吗？

我更不敢把希望全部寄托于扫把，生活中的确充满太多的变数，这些变数在哲学里也是得到过论证的。就针对扫把而言，比如游戏开始前，它走路时，万一——不小心掉进粪池给淹死了呢。一切都有可能发生

19 意外的一千万

的，所以要想活命，我只能靠自己！

其实，在与扫把的那一番交谈之后，我已经知道用什么办法可以找到地狱使者了，虽然我现在还不知道他的真实姓名和家庭住址。但我只要想找他，我就一定找得到。我寻找他的方法其实很简单，就是每天去广场看那个吊在墙上的电视，或是到扫把生下三个孩子的那个高档小区去守候。

晚上的时候，我意外接到了小倩的电话，她似乎喝醉了，哭一会儿笑一会儿。

小倩说："是的，我打了那个手持玫瑰花的男人，动手之前，我数了那束玫瑰花的，正好九枝黄，九枝红。怎么可能错呢，他就是我费尽心思要找到的臭男人。"

小倩的声音低沉了下去："可是警方调查的结果却完全出乎我的意料，那人在那段时间一直出差在外地，根本不可能捡到我的手机。"

小倩苦笑了一声，对我说："我现在终于明白了，你就是那条狗的主人，你训练它抢包，又让它叼着玫瑰花拦住路人，让一个倒霉鬼代替你来见我，你算定了我会动手的。你这么做，只是另一个恶作剧而已。"

小倩彻底失控了，大哭起来，道："好玩吗？你觉得很好玩是不是？我现在面对着赔付高额的医疗费，还要面对坐牢的危险。"

她嘤嘤地哭，我的心也被她哭乱了，我也知道自己玩过头了。

小倩抽泣着道："我现在刚从公安局出来，工作也丢了，身无分文，房租也到期了，我现在被房东老板赶了出来，半夜的，你让我到哪里去住，住桥洞吗？"

我听见了电话那头传来汽车的喇叭声，她应该就蹲在路边给我打电话的吧！

我心里说："唉，小倩姑娘，你饿了吗？我其实可以请你吃只烤鸭

· 193 ·

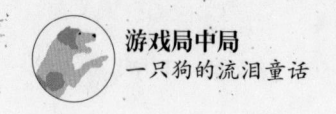

的。"小倩发泄够了，挂断了电话，我仿佛看见她提着大包小包站立在街头神情黯然的样子，我发了个短信过去："小倩，你现在在哪里，或者我可以帮你。"

她终究没有再回复，我打电话过去，语音提示为关机。

GAME

GAME ㉠ 小兰之死

　　我和小倩的故事就暂且告一段落，我也没精力顾上她了，因为我找到了地狱使者，我看见他出现在广场墙壁上挂着的那个大电视中，原来地狱使者是蓝天有限公司的总裁，蓝天有限公司在 A 市名头大得很，是市里的纳税大户，公司之所以能走到今天的鼎盛时期，功劳当然归功于地狱使者。可以这么说吧，他现在在市民眼里就是一个传奇。

　　而现在，我就得走近这个传奇，了解到他不为人知的一面，只有知己知彼方能百战不殆。

　　我在蓝天公司办公大厦门口守了整整五个小时，终于看见地狱使者走了出来，他身边依偎着一个漂亮的女孩，只有二十来岁，瓜子脸，明眸皓齿，一头长发波浪式地散披在双肩上，她是地狱使者的秘书吗？可是秘书与老板之间能有这般亲密吗？说是夫妻关系也不像，地狱使者都四十多岁了，莫非是他女儿？正当我胡乱猜测时，那个女孩本来是要上车的，看见我正呆呆地望着她，居然把已经跨上车的脚缩了回来，她向我走过来了，地狱使者在后面招呼她："小兰，你要做什么？"

· 195 ·

游戏局中局
一只狗的流泪童话

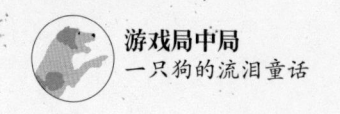

这个叫小兰的女孩答道:"我看见了一只流浪狗,好可怜。"

我的样子很可怜吗?你没看见我现在膘肥体壮吗?真是的,你居然去形容一个千万富狗可怜?我还觉得你可怜呢,甘愿去做别人的小三。

女孩蹲下身子,用手轻轻地梳理着我的皮毛,几个月没洗澡了,我都能闻见自己的体臭,小兰倒不介意我脏,换成一般人早就把眉头给皱上了。这使我对她有了一层好感。

地狱使者也向我走过来了,不好,我又感觉到他身上那股子煞气了,我身上的毛不由自主地向外张开。连小兰都感觉到了我的异常,说:"这狗怎么突然变得像个小刺猬了。"

更可怕的是,地狱使者蹲下,用那一双胖乎乎的手来摸我了,不要,不要。我眼睛看不见了,我感觉到被一团团的血雾完全笼罩着,过了很久,血雾才渐渐地散去。我的皮毛也像被梳子梳了一遍,安安静静地恢复到以前的样子,四肢也逐渐灵动了,我知道我已经开始逐步习惯地狱使者身上的那股子煞气了,这对我来说是好事。

我听见地狱使者说:"这是一只聪明的流浪狗,你看它身上的肉就知道了,家狗也不带这么胖的。"

小兰说:"我觉得这狗狗和我好有缘分喔,我刚走出大厦时,它一直在盯着我看,我知道它心里一定在说:'收养我吧,收养我吧。'"

我心里说:"看你也不像是斗鸡眼,我在看你吗?我明明是在看地狱使者的。"

地狱使者笑道:"你们女人可真是感性,你要真喜欢狗,我给你买一条名犬,贵宾犬、蝴蝶犬都可以,干吗要养一条土狗呢。"

小兰笑道:"我还是看着土狗顺眼些,不喜欢那些奇形怪状的狗。我从前就养过一只土狗,很通人性的,只是后来,后来……"

小兰的眼圈儿红了起来,地狱使者深深地看了她一眼道:"这么说,

小兰之死

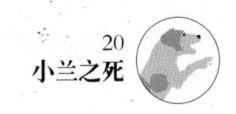

你和土狗之间还有一段故事呢,可否讲述给我听听?"

小兰笑了下道:"我们找个安静的地方,我慢慢讲给你听吧。"

地狱使者微笑道:"愿闻其详,我对一切狗狗的故事都感兴趣。"

小兰拍手道:"没想到堂堂的总裁也是个爱狗人士,真是太出乎我的意料了!"

地狱使者目光闪烁,反问道:"谁规定总裁就不能爱狗了?"

小兰轻声道:"你真好,爱狗的人心都比较柔软的。"

地狱使者轻轻地搂了下她道:"你真的决定收养这条流浪狗?"

小兰重重地点了下头,地狱使者俯身将我抱起,放进了车内,这是我与他的第二次贴身接触,我的身子忍不住颤抖,小兰摸着我的头,轻声道:"狗狗别怕,我们不会伤害你的。"

我心里说:"你倒是不会加害于我的,但你身边这个大魔头就靠不住了。"我心里又说,"小兰姑娘,是你决定要收养我的啊,你可得对我的生命负责,要是我出事我跟你没完。"

我心里虽然这般说,其实我也知道,我如果出事,一定是生命攸关的大事。

我嘴里"呜呜"地哼着,那只是我在自言自语,他们听不懂我的话,可是我又低估了地狱使者,他实在是对狗研究得太透彻了,他其实已经从我呜呜的哼叫声中,判断出了我此时的情感,越到后面,我才越明白,他实在是一个可怕至极的对手。

地狱使者将车开到一高档小区的车库,两人下车,将我带进了他们的爱巢。

小兰刚进屋,就忙活着给我洗澡,我不要洗澡啊!自从几年前和红妞在那条山堰里玩过漂流后,我就有点晕水,不是脏到自己都看不下去,我是不会洗澡的。

游戏局中局
一只狗的流泪童话

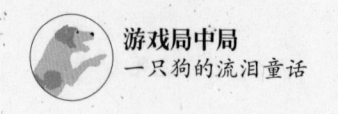

　　小兰刚把我放进盆里，我就跳起来，溅得她一脸的水。小兰也不生气，嘻嘻笑道："亲爱的，快过来帮我把这狗按在盆里，它好调皮的。"

　　地狱使者走了过来，我立即就安静了，小兰奇怪地道："这狗好像很怕你呢！"

　　地狱使者淡淡一笑道："是吗？"

　　他们在我身上涂抹了很多沐浴液，洗黑了几盆水，我没想到自己这么脏。

　　我的皮毛恢复了本来的金黄色，小兰都赞叹了一句："这狗也蛮漂亮的。"

　　我心里说："我是公狗，应该用英俊来形容的。"

　　两人坐在沙发上，依偎在一起，我就趴在地狱使者的腿边，一是偷听他们的谈话，希望听到一些有用的信息，二是逐步感知并习惯地狱使者身上的煞气。

　　小兰起身倒了两杯红酒，一杯递给地狱使者，一杯拿在手上。

　　我舔了舔嘴，地狱使者笑着说："要不给这只流浪狗也倒杯酒？"

　　小兰笑道："你这句话就说错了，它现在已经不是流浪狗了，我已经是它的主人了，而且狗是不会喝酒的。"

　　地狱使者举杯道："好好，我说错了，该自罚三杯。"

　　我心里说："小兰，我要郑重提醒你，我的主人只有红妞，现在之所以愿意和你生活在一起，只是想趁机接触地狱使者而已。"

　　地狱使者将那杯酷似狗血的红酒喝下后，对着小兰道："先前看你一提到土狗眼圈都红了，其间一定有一个感人肺腑的故事，你现在可以讲了吧？"

　　小兰抿了一口红酒才道："几年前我收养过一只小土狗，取名叫阿萨。它是只流浪狗，我在国道上捡到它，当时国道上的车速度飞快，它

198

想过马路，犹豫不决，被我看到了，于是把它抱上车。"

她将头靠在地狱使者怀里才道："阿萨的鼻子像颗熟烂了的樱桃。刚抱回家时发现身上有秃毛的地方，腿上有明显的疤痕。"

我心里想："又是一只受到过人类残害的流浪狗了，它腿上的伤疤或者只是一群无聊至极的男孩，把它当作活靶子瞄射后造成的。"

小兰继续道："阿萨不知道算不算得上是聪明，它从到我家后便小心翼翼，吃东西从来不挑。也许是流浪的时候给饿怕的吧。它也不敢随地乱排泄。怕主人生气又将它驱赶出去，晚上家人都睡觉后，它想上厕所都是憋了一夜，第二天早晨我们开门才飞奔出去。平时非常安静，如果不小心踩到它也只是哼哼两声，没有吼叫过。"

小兰轻轻叹一口气道："它活得那么小心翼翼，反而使我心里更多了一分对它的怜爱，我心里暗想，要养它一辈子。"

她又继续讲道："阿萨很喜欢小区里的一只德牧，刚刚成年型，每次出来遛弯都由主人牵着走，但是感觉性情很温顺。阿萨开始经常围着德牧转，在它的屁股后面闻来闻去，德牧一吼它，它便跑到一边。阿萨经常离德牧一米左右的地方打滚、摇尾，来引起德牧的注意。后来发生的事很神奇，不过也让我心碎。"

小兰用纸巾擦了下眼眶才道："由于我们小区不让养大型犬，德牧的主人要将它送走。在走的那天，德牧在下面叫，阿萨在屋子里挠门，见我没反应，于是狂吠。我无动于衷，它又来咬我裤腿，这些都是从来没有发生过的事。

"然后我就打开门，它一下子蹿了出去，我在后面跟着下楼。

"我看到时，德牧已经上了车，那车是半截的，后面放着一个狗笼子。阿萨冲着笼子叫，德牧不再吼它，而是嘤嘤低鸣。我知道阿萨舍不得它。

游戏局中局
一只狗的流泪童话

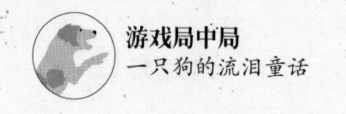

"车开动了,没想到阿萨跟着车跑,我在后面喊它,它也不理,我只能追在后面,心里恨得要死。

"阿萨在车后面几次跳跃,想跳上车后槽,可它身材太小,跳不上去。

"小区前面是一个弯路,在转弯时车速减弱,阿萨又再次尝试,结果没跳上去,被另一边转弯的车卷到车轮之下。"

地狱使者听着小兰的这个故事,叹息了一声道:"其实我对狗也怀着一种很特殊的感情。我出生前,爷爷抱了只小黑狗回来,陪我长大,叫二黑,就是普通的黑黑的小草狗,它一直陪我到十三岁。妈妈告诉我,我很小的时候,在家门口,只有爸爸妈妈、爷爷奶奶能抱我,就是我舅舅姨妈来看我,要抱抱我,二黑都死死地盯着。

"有一次,有个陌生人,抱起我要往大门口走,二黑狂叫,一口把那人的大腿咬得鲜血淋漓,死不松口,还召来邻居家几只狗,围住那人,一直到邻居都跑过来把那个人围住,把我抢过来,把那人押到派出所,要是没有二黑,我可能就被拐卖了。我上学后,每天我快回家的时候,二黑就摇着尾巴在大门口等我,我十岁的时候,奶奶去世,二黑三天三夜没吃饭,就低声地呜呜,二黑在我十三岁时候,离开了我,它是年龄大了生病了,那时候,我把新鲜的牛奶倒给它喝,它就舔了舔我的手,没喝,就闭了眼睛。

"二黑离开后,我们全家都伤心得要命,爷爷还专门找了个小木柜子,把二黑装在里面,并在它头上戴顶小帽子。爷爷说二黑下辈子轮回的话,不要做狗了,做个人吧。"

我怀疑自己的耳朵了,地狱使者讲出的这个故事到底是真是假?他在讲这个故事时,脸上的表情很真诚,不像是在说谎。

可是他既然对狗有这么深的感情,为什么又有了那天的暴行?我只能做出这样的推测,他在很小的时候,确实爱狗,但人长大后,终究会

· 200 ·

20 小兰之死

变的,他变得冷漠、易怒。

我不知道,他在内心是否为烧死扫把的三个孩子作过忏悔,我知道的是,他和扫把的仇恨已经不可调和,这一人一狗,非得见一个高低了。

小兰说道:"狗真是一种很奇怪的动物,有时候真觉得它们好像也有思维似的。"

地狱使者嘴角轻轻地抽动了下,他这个不经意的表情却被我捕捉到了,我听见了他从内心深处发出的一声冷笑。

地狱使者用手指轻轻揉着太阳穴道:"近朱者赤,近墨者黑,这句话不仅适用于人与人之间,也适用于人与动物之间。科学家近日研究发现,狗在与人类的接触当中,变得越来越聪明,而且从人类身上学会了很多东西,甚至包括公平的观念以及种种人性化的'感情'。如果在比赛中受到不公正的待遇,它会以退赛表示自己的抗议。"

小兰支起下颚认真听他讲,地狱使者继续道:"旧石器时代,狗就开始了被'包养'的历史。人类与'狗类'的跨物种沟通,绝对算得上空前绝后。在漫长的进化过程中,狗与人实现了双向异化,又互相影响。在与人类共居的日子里,狗狗们不仅智商提高了,情商也改善不少。"

他顿顿又道:"一方面是由于人类和狗的'包养'关系维系的时间很久;另一方面则是由于狗的学习行为和人类在儿童阶段的学习方法非常相似——有选择性的模仿,而这种学习方法曾一度被认为是人类特有的模式。既然学习方法高级,学习效果比较好也就不是什么大不了的事情了,就像小孩子不会说话之前,咿咿呀呀的哭闹声是他们唯一的表达方式一样,犬吠也有此功能。"

小兰听入迷了,地狱使者继续讲道:"《新科学家》杂志报道说,由于人们总是选择更聪明和更容易进行感情交流的狗,所以这类狗一代一代地繁衍下来,到现在似乎已具有有限的'思想'。在十年前,许多科

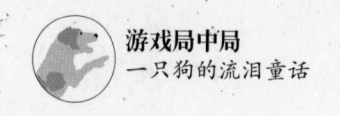

学家会对这个说法嗤之以鼻。但在首届犬科动物学论坛上公开的研究结果对他们的不屑一顾提出了挑战,新理论支持这样一个观点:狗通过和人相处,在认知上有了明显的提高。"

他又道:"科学家认为,现在越来越多的人把狗当作宠物养,人类的情感和精神状态也对狗的品性产生着影响。在平常生活中,我们发现狗经常能做出一些出乎我们意料的事情,它们在跟我们相处的同时,一些智力技能也得到了提高和改变,狗的大脑近一万年来一直在进化。"

地狱使者仔细地端详着手中的玻璃杯道:"2005年底,美国科学家已经成功地绘制出了狗的基因图谱。科学研究表明,狗和人类的基因中有96%是相同的。"

小兰"啊"的一声说:"照你这么说,在我们生活中就有可能出现一条特别聪明的狗,它除了不能说话,基本具备了人的思维。当然,这种几率会非常非常的小,就像人类中的神童一般。"

地狱使者淡淡地笑一下说道:"理论上是有这种可能的,或者这条特别聪明的狗还会写字,甚至会用手机发短信,会上网。"

小兰向往地道:"我要是碰到这样一条狗狗就好了。"

我心里说:"你已经碰到一条了,现在正在你脚底下趴着呢。"

地狱使者脸上的表情奇怪了起来,问道:"要真碰到这么一条狗,你不会感到害怕吗?"

小兰笑道:"狗会写字、会思考问题,多美的童话呀!"

地狱使者愣愣地说:"也许,也许这条狗带给你的不是童话,而是无穷无尽的噩梦!"

小兰轻笑道:"如果真有完全具备人类思维的狗,那么感到心惊的也只有那些生活中虐待狗狗或者吃狗肉的人。"

地狱使者喝了一口红酒,把玩着手上的玻璃杯道:"小兰,你要知

20 小兰之死

道，现实中吃狗肉的人很多，国家也没有法律规定不能吃狗肉。"地狱使者站起身，在屋子里来回走动，然后又说道："我们不能因为生活中谁吃了狗肉，就把谁定义为邪恶的人，相反，他们同样善良。"

小兰奇怪地望着他，道："说到这个问题，你似乎很激动，你该不会告诉我，你也好吃狗肉吧！"

地狱使者轻轻地闭上眼，然后又猛然睁开，精光四射，他声音也变得有点阴沉起来："我为什么就不能吃狗肉？"

我看见小兰的双手不自觉地在胸前交叉在一起，我知道，小兰做出这个动作是因为她身上起了一层寒意。

小兰小心地说："可是，你刚才说过，你小时候差点被人贩子抱走，幸亏你家的狗狗二黑……"

地狱使者冷笑道："二黑是对我有救命之恩，我一辈子都会怀念它。我也说过，我从此不再养狗，怕有了感情之后，狗狗离去后我会伤感，但这并不妨碍我喜欢吃狗肉啊，我不觉得这二者之间有什么矛盾。"

小兰沉默了，那是她不想再争执，矛盾又如何呢？人本来就是一个矛盾的复合体。

"我记得冰箱里还有点肉，你找个袋子装上，我们现在去郊外喂流浪狗吧！"他深深地叹了口气，嘟囔道，"谁叫我对狗有这么复杂的感情呢！"

他这句话说得极为小声，小兰没听清楚。

小兰突然问："你吃不吃流浪狗？"地狱使者脸一下就拉黑了，小兰吐下舌头笑道："那是我多此一问，你一个身价亿万的大富豪大老板怎么可能吃流浪狗，流浪狗身体上或者携带着各种病菌，你所吃的狗狗一定是饲养的了。"

地狱使者真生气了，他生气的样子很可怕，从眼睛里射出的光也格

游戏局中局
一只狗的流泪童话

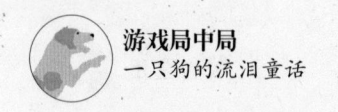

外的阴沉。

我心里猛然一个激灵，因为我嗅到了地狱使者从心底里弥漫出来的一股子杀气，这股子杀气应该是针对小兰的。当然，他要杀小兰不可能是仅仅因为小兰适才奚落了他，而是小兰的奚落让他本来就沉积的杀气被激发，杀气虽然是无形的，但我作为一只狗，在某些方面，却天生比人类先知先觉。

小兰已经把冰箱里的熟肉取出，又在厨房里加热了，这才装在袋子里，两人出门，我缓步跟在他们身后，我看到他俩又相互挽着手臂，谈笑风生起来。小兰还撒娇地在地狱使者脸上亲了一口。

地狱使者去车库取车了，我和小兰在小区的门口等着，我看着小兰长长的秀发被风一吹，轻舞飞扬起来，多美的一个女子，可她有可能就要香消玉殒了，我觉得心里很难过，但我救不了她。

车开出来了，小兰费力地抱起我，先将我放在车里，自己才坐进去。

不长的车程，十多分钟后，我们已经来到郊外，在大垃圾堆旁，有几只流浪狗正在为争夺一块骨头打架，地狱使者提着肉食下去，小兰和我跟在后面。

那几只流浪狗看见有人过来，警觉地跑着散开，我却一眼瞅到，扫把也在其中，真是冤家何处不相逢啊！

地狱使者将肉倒在地上，往后退了十来步，其中一只胆大的流浪狗见状，犹豫片刻，小心翼翼地向肉靠近。

当它刚要把肉含在嘴里时，扫把猛地扑上来和它争夺。我知道，这货是在我们面前演戏，它想在地狱使者面前，把自己伪装成一只普通的狗，很快，两只狗打成了一团。

地狱使者微笑着道："狗的本性就是如此，为了一口食物，会相互撕咬同类。"小兰也笑道："人不也如此吗？"

20 小兰之死

地狱使者搂着小兰的腰道:"你感慨真多!"

最终是扫把被打败了,我知道它只是在故意示弱。地狱使者忙从口袋里拿出一袋零食,丢给扫把道:"看你也挺可怜的,肉没抢到,还被咬得一身是伤。"

扫把从地上含起零食,对着地狱使者摇起了尾巴,这家伙从头至尾。眼光压根就没看我,它是对的,地狱使者对狗研究的太深了,在他面前,任何异样的表情都可能被他捕捉到。

但我知道,扫把此时心里一定在嘀咕:"这个小哈胆子也真是太大了,敢陪伴在地狱使者身旁,但俗话说得好,不入虎穴焉得虎子啊,小哈真是有勇有谋的。"

回去的时候,地狱使者在车上和小兰发生了争执,小兰问起他何时离婚的事,地狱使者就用手指揉着太阳穴,很头痛的样子。争吵之后,小兰情绪也很激动,将手按在胸口上,大口地喘着气,她的脸色看上去很苍白,有大颗的汗珠在额头上溢出。

地狱使者皱着眉头道:"你心脏的毛病最近发作越来越频繁了,等我忙完手头上的事,我带你去北京彻底治疗一下。"小兰哭着道:"死了才好呢!"

地狱使者叹口气,用手轻轻地捏了下小兰的脸。

将小兰送回小区,地狱使者接到一个电话,说要去参加一个饭局,叫小兰在床上休息,他还从冰箱里拿出一盒牛奶递在她手上体贴地说道:"好好休息,我尽量早点过来。"

小兰抿着嘴,露出了一个笑容,轻声嘱咐道:"少喝点酒!"地狱使者在她额头上轻吻了一下,出门了。

小兰将一根吸管插进牛奶盒,突然,我闻到了一丝淡淡的气味,此种气味夹杂在牛奶的香味里,若有若无。

游戏局中局
一只狗的流泪童话

我狠狠地抽动鼻子，不好，牛奶已经被地狱使者动过手脚，我分辨出这异味来源于夹竹桃的汁液。

我曾经沿着铁路奔跑，在铁轨的两侧，总是种植成片的夹竹桃树，一年四季绿油油的，到夏天的时候，还会开出红艳艳的花朵，所以我对夹竹桃叶所散发出的气味很熟悉。而在我的认知里，我知道夹竹桃叶片的汁液一旦进入人的身体，会加速心脏的跳动频率，如果量大，正常的人也会突发心脏病而亡，偏偏小兰的心脏本来就是有问题的，她若饮下混有这种液体的牛奶，必死无疑。

我大声狂吠，可是已经来不及了，小兰已经饮了一口。我的眼泪肆意地流了下来，小兰抚摸着我的头道："狗狗，你怎么了，你怎么突然就流泪了？"

小兰刚说了这句话，呼吸陡然变得急促起来，她的嘴唇瞬间成了青紫色。小兰说："狗狗，我的心脏好难受！"

她艰难地从包里翻出手机，拨了个电话："快来救我。"

电话那头传来了地狱使者急促的声音："小兰，你怎么了？小兰，你怎么了？"

手机从小兰的手中滑落，"噗"的一声落在地板上。

我跑下楼，看见一个男子正往小区外走，我一口咬住他的裤脚，将他往楼上拉，人们通常碰到这种情况，都是明白的，男子忙跟在我身后，直至走进了小兰的房间。

男子见状大吃一惊，打电话叫了一辆救护车，可惜的是，医生赶到的时候，小兰已经停止了呼吸。死去的小兰被他们抬上了车，人群散去，我呆立在偌大的房间，兀自出神。

小兰掉落在地板的手机屏幕突然亮了起来，铃声响起，我低头一看，是地狱使者的来电，我用爪子将手机捡起，放到耳边，按了下接听键。

20 小兰之死

地狱使者问:"小兰,是你吗?"我心里冷笑一声,在心里冷冷地说道:"你好,我们在游戏里见。"

GAME　　　　　　**㉑**　　　　　　小倩被难

　　我闷闷不乐地回到荒草丛里，躺一会儿之后，实在无聊，我拿出小倩的手机，看到了几十个未接电话，全是小倩打过来的，这妞疯了吗？还有几十条未读的短信，我一条一条打开阅读，全是小倩发过来的，小倩说，她实在走投无路了，工作没了，还欠了十几万元的债，天天都被追债，那些债主甚至在公共场合把尿泼在她的身上，他们是想逼死她啊！

　　小倩说，她真的累了，无力挣扎，只是在离开世界之前，想找个人说说话。

　　我看得心惊，小倩可不能死啊，她生活原本正常，是被我消遣之后才走入绝境的，而我原本也无恶意，仅仅是无聊之极逗她玩耍，不承想造成了如此的恶果，她真要出事，我的余生都会在自责中度过。

　　我赶紧给她发了一个短信：小倩，你听我说，我是一个千万富翁，我愿意送给你100万，帮助你渡过难关，你千万不要做傻事啊。

　　发完短信，我紧张地盯着手机屏幕，十分钟，二十分钟，半个小时

21 小倩被难

过去，短信仍没回过来，我的心逐渐冰冷了下去，难道小倩真的已经自杀了吗？

我用爪子狠狠地抽自己的脸，边抽边在心里骂道：小哈，你就是一个混蛋，天底下第一号的混蛋，小倩真要出事，你也得去抵命的。

突然，"叮当"一声响起，小倩回短信来了，这短信之声对我来说堪比天籁之音，我发誓从没听见过如此动听的声响。

我飞快地拾起手机。小倩在短信里说：我三天没有吃东西了，我没有割腕的力气，也没有割腕的勇气，左思右想，还是投水吧，对我来说，也是一种最干净的死法了。

她又紧跟着发了条信息过来：我正向邛湖走去呢。如果你现在赶过来，或者还可以欣赏到我在水中挣扎的样子。

我赶紧回复道：小倩，是我喂养的那只狗抢了你的包，而我却又对你几番恶作剧，才把你逼到绝路。现在，我的良心很不安，相信我，我会给你100万作为补偿的。

良久，小倩才回道：我现在都要死了，你还想再一次对我恶作剧吗？算了吧。我也不是大傻瓜。说实话，我曾一度恨死了你，但现在我不恨你了，我不再恨任何一个人，我命该如此。

我飞快地按着手机键，终于打好一长段忏悔的话，刚要发送时，手机却突然没有电了。

我发起了呆，足足十分钟后，我才回过神来，我小心地按了下开机键，所幸，还有一点点余电供着手机工作。这点电就足够了，我不敢看小倩回复过来的短信，怕操作会再次导致关机。

我用最简单的语言给小倩发了一个短信，内容如下：我叫我喂养的那只狗马上叼10万元钱到邛湖找你，之后我还会给你100万。

我不敢再多打一个字，赶紧按了发送键，谢天谢地，短信还是发出

· 209 ·

去了，而且手机还有一丁点儿电。我舒口气，顺势点开那条小倩发送过来，我还来不及看的短信。小倩说：她饿得实在走不动，招呼了一辆出租车，但那个师傅见她衣衫很脏，蓬头垢面，知道她是一个无家可归的流浪女子，竟然要她先给钱后上车，小倩说，对一个濒死的人，那个司机也在向她要钱。

司机，你真好，我心里大呼。我快速地刨动草丛，从里面翻出一扎扎的钱，我的1000万埋在深山里，已经来不及取了，这草丛里的10万元，是我用"武力"向胖子要来的过路费，现在派上了用场，胖子作恶多端，我这也是用他的钱做善事。

我快速把10万元钱装进塑料袋，然后用嘴叼起，不敢做任何耽误，快速向邛湖跑去。邛湖是一个天然的小湖泊，环绕于郊外的山脚下，我只要及时赶到那里，我就能找到小倩，阻止她做傻事。

这是我最酣畅淋漓的一次奔跑。生死时速啊，我只听到风声在耳边呼呼作响，用离弦的箭来形容我也不为过，我的速度快到什么地步呢，一辆辆在我前面行驶的车都被我抛在身后，我甚至听见路边一个男孩说："咦，刚才有个东西在我眼前一晃，转眼就不见了。"

我看见前方一辆宝马在疾驰，我暗下决心，一定要超过它。我甩开四腿，用尽所有力气狂奔起来。阳光下，我健美的身形一定吸引了很多路上的行人，我能感受到他们惊奇和赞美的目光。

是的，说出来真是一个很大的奇迹，我果真追上了疾驰的宝马车，只是当我停下来观察的时候，我才发现已经跑得太远，把邛湖又给远远地抛在身后，我痛苦地呜咽一声，扭转头又往回跑。

终于还是跑到了邛湖，我放眼望去，只见几百米开外，小倩正向湖中央走去，我赶紧跑过去，把塑料袋放在岸边，扑腾着下水，这北方仲春的湖水仍是非常冰冷至极，我冻得快要失去知觉，而转眼之间，水已经完全淹没了小倩，她抱着必死的心，竟然不做任何挣扎，我一个猛子扎进深水，用嘴衔着她的衣服将她拖出水面，又一点点拖回岸边。

小倩已经晕过去了，我用温热的舌头一直舔着她的脸。良久，小倩才清醒过来，吐出几口水后，愣愣地望着我。

我赶紧把装有10万块钱的塑料袋叼起放到她面前。小倩虽然冻得全身剧烈颤抖，她还是将钱倒出来数了一下，总共10扎，每扎1万。

小倩问我："真是你主人给我的？"我不自觉地点了下头。小倩忽然道："你听得懂我说话？"我醒悟过来，赶紧假装傻乎乎地伸出长舌头，一副茫然的表情。

小倩将钱收起，磕着牙巴骨道："我……太冷了，我……得去买衣服裤子，狗狗，你也……很冷吧，你赶紧回你主人那里，他会给……你烘干身子。"

小倩抱着钱，颤巍巍地向街上走去，我确定她不会再自杀后，又撒开腿往老巢跑。

奔跑使我不再觉得寒冷，身上的水珠也在奔跑的过程中尽数抖落，回到荒草丛之后，我扑通倒在地上，浑身的筋像被抽去一般，再也没有一丝力气。

三个小时之后，我才恢复了体力，又赶紧去城里买电池，用的还是以前的老办法。

等到晚上的时候，我又躺在被窝里，边吃烤鸭边给小倩发短信了。我编了一个短信，内容如下：小倩，我没骗你吧，真叫那只狗狗给你送去了10万元，这也仅仅是和你的见面钱而已，接下来，我还会送给你100万。

小倩很快回复过来：谢谢你家的狗，是它游到湖里，将我拖上了岸，经历了生和死之后，我已经变得坚强，不会再做傻事了，你给的这10

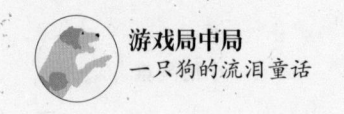

万已经很多了，你可以不用再给我的，有这点资金做起步，我可以先做点生意，最终凭自己的劳动还清所有的债务。

真是个好姑娘，我心里暗想，又编写了一个短信发过去：没事，我钱多得很，100万对我来说就是九牛一毛，那些债主现在不是对你步步紧逼吗？索性你还是收下100万，把该还的都还清，剩下的钱你就留着好好过日子。

过了很久，小倩才回复过来：我可以见你一面吗？

我故意用一种调侃的语调回复道：我可不敢见你，我怕你那跆拳道黑带四段的功夫。

我又回复道：还是等你安定下来，把你新家的地址发在手机上，我让我家的狗狗把钱给你送过来。对了，我家的狗狗叫小哈，它喜欢听你叫它小哈。

小倩回复道：你为什么不肯见我？我回复道：我是一个神秘的人，神秘的身份让我不会轻易见任何人。小倩回复道：那我可以听听你的声音吗？我回复道：不能。

那天晚上，我和小倩通过短信谈了好多话题，谈人生，谈理想，最后又谈起了狗的话题。小倩说：你喂养的那只狗太通人性了，比那些警犬都还要聪明百倍。

我嘴角一撇，那是我在表示不屑，我回复道：那些警犬就很牛吗？还不是一个个都笨得要死，我喂养的这条狗是世界上最聪明的一条狗，不止聪明，它还具备了很多优秀的品格，比如善良、正直、富有同情心，等等。

待短信发送出去，我才知道我吹牛都吹得不着边际了，因为小倩身上发生的一切，源于那只叫小哈的狗抢了一个包。

数天之后，根据小倩发在手机上的路线图，我在一条巷子的尽头找

21 小倩被难

到了小倩新租的房子，我开始抓门。

小倩出来开门了，我看到她肩上搭着一条白毛巾，不时用来擦额头上的汗，走进客厅，看到一个吊在屋中央的沙袋，原来她正在练习跆拳道。

我爪子控制不住的伸缩，好吧，跟一个彪悍的女孩子单独相处，我心里还是很紧张的。

小倩将我叼在嘴里的钱袋子取下，随手丢在桌子上，然后死死地盯着我看。

我趴在地上，呜呜地哼了几声，把两只爪子交错着搭在脸颊上，心里说：我才不要你看。

小倩不理我了，径直去厨房，开始烧水，我看到那满满的一锅水在火苗的舔舐下，开始冒热气。

我晃晃脑袋，恍惚之中听到小倩邪恶地对我说：小哈，快到锅里来。

我爬起来，扭转身子就要往外跑，却被小倩按住了，小倩笑眯眯地道："你怕什么，我又不煮你，我是想煮饺子给你吃呢！"

哦，原来是这样子的啊，看来真是我多疑了。

吃完饺子，小倩将我抱在她身上，温柔地抚摸着我的头道："小哈，嗯，你是叫小哈吧，你可真是一条奇怪的狗啊，你的主人也是一个奇怪的人。"

和小倩相处三天后的清晨，在小倩熟睡之际，我离开了。

GAME　　　　　　**㉒**　　　　　　**妮妮的故事**

　　与小倩不辞而别后，我的生活又恢复了平静，并陷入了极度的无聊之中。

　　那天，我在街上走着，我高傲地扬着脑袋，侧目的时候，看到车流穿梭的路中央有一大纸包，我心想：纸里包着钱？或者是火腿肠？嗯，对这两样我都不再稀罕了，钱多了也烦，会让我无所事事，心空虚起来，只能过上混吃等死的生活。

　　我走了很远的路，又慢腾腾地折回来，终究还是抑制不住好奇心。我决心靠近那个白花花的纸包，但那些车就像一条条甲壳虫，不，比甲壳虫跑得快多了，在公路上呼啸而过。

　　我万分小心地向目标靠近，仔细一看，竟然是一只小猫，白白的毛，身体在风中微微颤抖，再细瞅，它的一只腿被车压断了。

　　我是什么眼神呀，竟然把一只小猫看成一个纸包，看来我得去配副近视眼镜了。

　　猫猫你好，猫猫再见，我折转过身，又慢腾腾地离去。我穿过车流回到人行道上，人行道旁边又是一条盲人道，我这眼神也只适合走盲人道了。

当然，主要的是盲人道上空无一人，我不担心被那些行色匆匆的人撞到，撞到一只狗，他们也不会道歉是不？碰到脾气暴躁的还会在我身上踹上两脚。

盲人道设计得非常合理，宽敞笔直，铺满鸡蛋大的石头，走的同时也按摩着我的脚掌，非常受用，我忍不住把眼睛闭上，只有体验到黑暗的可怕，才知道光明的珍贵，我走啊走，虽闭着眼，却丝毫没有偏离轨道。

真是非常有趣的一个实验，我决定走上一个小时，然后睁开眼，保不准会看到一个非常新奇的世界！

耳旁响起一个童声："妈妈，你看那只狗，眼睛紧紧地闭着。"他妈妈道："它的眼睛一定是瞎了，真可怜！"

我心里偷笑。

我继续走。忽然，我"扑通"一声栽进了水里。

说出来谁会信呢？盲人道的尽头竟然是一个大湖。道路设计者，你是想消灭本市所有的盲人吗？

虽是仲春，天气还是冷得很，我在水里扑腾，幸好土狗是天生的游泳健将。我最终爬上了岸，但落水狗的形象仍然是十分难看的。

我在阳光下晒干皮毛，一路打着喷嚏往回走。我又回到起点，但我不知道往哪里去了，无聊、空虚、寂寞，各种情绪轮番折磨着我，我看着那些街道上的人流熙熙攘攘，每一个人都行色匆匆，他们是在往家里赶？可自从红妞死后，我就没家了。

我决定做一件有意义的事，我在盲人道的一侧蹲坐了下来，在我的想象里，说不准一会儿就有很多盲人走上道，然后伴随着"扑通扑通"

游戏局中局
一只狗的流泪童话

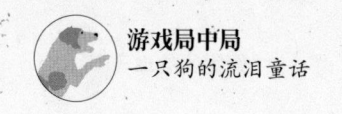

的声音，一个一个坠入大湖。这可是一件悲惨的事，我要做一只忠厚的导盲犬，阻止悲剧发生。

我等候了两个小时，也没见一个拄拐杖的盲人路过。

我慢慢地站起身，又开始毫无目标地奔走，当我再抬起头观察四周环境时，发现我竟然来到了那只小猫的身旁，原来我心里一直在记挂着它，我试图让自己表现得对生命漠然，试图让我的心肠硬起来，但还是没做到。

小猫看见一只大狗站在了它的面前，它眼神恐惧之极，它想逃离，但它已经没有力气挪动身体。

我用爪轻轻地抚摸着它的身体，猫猫别怕，我是来救你的。

悲剧就在此刻发生了，这只死猫以为我要准备吃它，耗尽力气抬起右爪，狠狠地在我眼睛上一挠，躲闪不及，一阵剧痛传遍我的全身，我的左眼鲜血直流，要是角度再正一点，估计我眼珠就得被它给划冒浆了。

我疼得跳了起来。我龇着牙，努力控制着我愤怒的情绪。

小猫虚弱地又举起爪子，嘴人张着，继续向我示威。我扑上去，一口将它拦腰咬住，往我的老窝跑去。

小猫在我嘴里徒劳地挣扎了几下便不动了，估计是给吓晕过去了。

我飞奔到老窝，将猫放下，被挠伤的左眼还在剧痛，估计眼角膜受伤了，我要是因此成了一只独眼狗那才叫活冤枉。我找了块黑布将左眼蒙上，布的两头有线，系在了我的狗头上，虽然没有镜子，但我知道，我此时的造型应该不错，虽然独眼的角色一般都是奸臣或者悍匪。

好吧，我之所以蒙着左眼，只是受伤后的眼睛畏光而已。

我将老窝里的一盒牛奶熟练打开，喝了一口，才回转过身，将那只仍在昏迷之中的小猫嘴巴扳开，将余下的奶往它肚里灌，小猫此时醒转过来了，它可能实在太饿了，顾不上挣扎，拼命地吸着奶。这只小猫应

妮妮的故事

该是刚出世一个月左右,我不知道它那个粗心的妈妈是怎么将它搞丢了的,它的妈妈也应该是一只流浪猫吧。

小猫喝足了奶,这回有力气了,又举起爪向我的脸狠狠地挠了过来,但我早有防备,一闪就躲开了。小猫突袭失败,它挣扎起身,蹦跳着离去了,它前腿的一只是折断了的,它是一只三脚猫,我看着它离去,没有阻拦,我知道它绝不能在这个残酷的世界生存下来,一只健全的成年流浪猫都有可能被饿死,何况一只残废的幼猫呢。

但我照顾不了它的一生,因为我或许都自身难保。

我缩进棉絮,胡乱思考一会儿,呼呼大睡起来。醒过来的时候,已经是下午,这才感到饥肠辘辘,我想用嘴叼着竹篮去买烤鸭了,当然,在出发前,我没忘了,得先把眼罩取下。

回来的路上,我看到一只母狗,金黄色的皮毛,一双黑漆漆的大眼睛,虽然瘦骨嶙峋,但模样极是乖巧,我熟视无睹,我感觉到自己不会再爱了。

那只母狗看到了竹篮里的烤鸭,猛然对我发起了袭击,看它饿得走路都成问题,不承想能爆发出这样的力道,我肥硕的屁股被它咬得冒出了鲜血。

现在狗的素质有待提高呀。当然,我仿佛忘记了我也曾经是一条拦路抢劫的狗。

我心里想:小样,看你都瘦成这般光景,一阵风都能把你吹倒,还敢劫道!真是给饿疯了。

我回转过身,狠狠还击,母狗身体真的太虚弱了,我轻而易举就将它打败,直到它趴在地上一动不动,我才收住口,转身叼着竹篮,继续赶路。

我走几步,回转过身子,看见母狗的眼睛里流出了眼泪。我呀,就

游戏局中局
一只狗的流泪童话

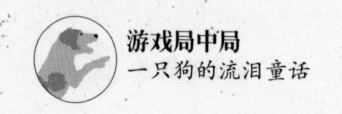

是见不得谁哭，谁叫我心软呢。得了，对一只猫我都可以加以援助，何况是自己的同类呢！

我倒退回来，母狗以为我还要攻击它，哀号了一声，眼睛里充满绝望。我蹲坐在它面前，将烤鸭推向它，它应该也是极为聪慧的，很快就明白了我真实的意图。

它的目光很快温柔起来，用嘴将烤鸭轻轻衔着，拖着被我咬伤的身体，一瘸一拐地向草丛走去。嗯，它同我一样，也是一只很优雅的狗，它一定是怕我看到它饥饿过度后，吃相丑陋吧。

我看见它走进了草丛。你不要我看，我偏要看啊，关键是我无聊呢，权当打发时间吧，我悄悄尾随过去。跟踪的过程中，我开始从心底力捧自己，我觉得自己作为一只狗，竟然把嘴里的肉施舍给同类，细想一下，这很了不起的，我这是一种什么样的品德啊！我把一时间能想到的所有关于赞美的词，都安在了自己的身上。

那只母狗竟然没意识到我在跟踪，一只饿过头的狗突然得到了天上落下的馅饼，应该具备的警觉性给降低到零了。

我匍匐在草丛里，用爪子分开茅草，屏住呼吸窥探，我看到母狗把烤鸭放到了草丛上，它的那个口水呀，顺着嘴角往外直流。我鼓起腮想：同样是狗，你为什么就活得如此狼狈呢？真是哀其不幸，怒其不争呀！不过话又说回来，像我一般聪明有智商的狗真是不多，我知道的也就扫把一条。

就是我，能取得今天的成就除了我的奋斗和坚持，也有很大的机遇在里面。想起我流浪的经历中，最狼狈的一次就是被十多条流浪狗围着撕咬了，要不是藏獒哥哥，我早成了它们的腹中餐。

母狗放下烤鸭，轻轻叫唤了几声，我看见从草丛深处钻出了五条小狗，它们都好漂亮，也好饥饿的样子，扑上来用乳牙撕咬着鸭肉，母狗

就在一旁蹲着，看着幼崽的眼光满是怜爱。如果它是人，它此时一定会张口说道："孩子，慢点吃，别噎着。"

我的眼眶湿润起来，我想起了我的母亲，它同样是一只流浪狗，我本有四个姐弟，而母亲干瘪的奶水满足不了我们，它又寻不到足够的食物，最后存活下来的也只有我而已。

一只流浪狗食不果腹，甚至连命都朝不保夕，为什么偏偏要去繁衍后代呢？嗯，这仅仅是动物的本能罢了，但我更理解一个母狗看着幼崽被饿死冻死时，那份伤痛之情。

肉很快被小狗们抢食完了，鸭骨头也是被烤酥脆了的，小狗们用细细的小乳牙，竟也能给慢慢磨碎吞食。十分钟之后，草地上什么都没有了，只有空气中还残留着烤鸭的香味。

小狗们吃好了，也有力气调皮，在母狗的身前身后跳上跳下的。母狗的脸上透露出满足的神态，它俯下身体，将幼崽们尽揽身下。母狗慢慢地将眼睛合上，我丝毫不敢动，怕将它们惊醒。

一个时辰之后，我全身都酥麻了，正想撤退，这时候我看见母狗闭着的眼睛缓缓地睁开了，继而它轻轻挪动身子，为的是不惊动它的幼崽。

我想它该是饿极了，准备再去寻找食物填肚，我心里说：我被你那份伟大的母爱彻底感动了，我可以去再买只烤鸭送给你的。

但见母狗将嘴抵在草地上，伸出舌头贪婪舔着草地，那些草上沾着烤鸭的油脂。我心里越发酸楚。

一个母亲就是这样的，宁愿自己挨饿受冻，也要把最好的食物完全留给自己的孩子。

母狗将油脂舔食干净后，踉跄着向河边走去，我悄悄尾随其后，只见它走到河边，脑袋垂在水里，河水很脏，上游处有一家大型的造纸厂，每天都把黄颜色的污水直接排到河里。

游戏局中局
一只狗的流泪童话

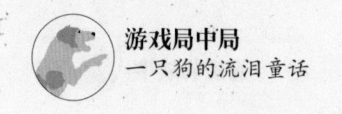

我自从有钱之后，喝的都是商店里出售的纯净水，我的知识告诉我，污水喝多了，狗会掉光身上的毛，这还不是最可怕的，可怕的是还有可能患上癌症。很多人类能得的病，狗也一样能患上，比如忧郁症，我曾经就是一个忧郁症患者。我觉得我患上忧郁症的时候，特像一个诗人，全身上下都透着一个诗人颓废而孤傲的气质。

我心里知道，这只狗是太饿了，它是想狠狠地灌水，让肚皮滚圆起来，这样身体就不那么难受。

母狗喝足了水，伏在岸上，满足地闭上眼睛，暖暖的阳光照在它身上。我似乎听见了母狗因为舒服而从喉间发出的呻吟声。

突然，母狗肚皮剧烈地抽动，嘴一张，又把肚皮内的水全吐出来，它的表情很难受，眼泪也掉了下来。我知道，它哭泣不是悲伤，而是生理上的巨大痛苦。

我突然很想知道，它在外面流浪的日子，究竟吃什么为生，一个母亲把能寻到的食物全部留给了孩子，它吃什么呢，不可能吃石头吧。

我看见母狗用嘴将一鸡蛋大的石头含在了嘴里，用力咀嚼。它真的吃石头了。

我的眼泪暴雨似的流过脸颊，不知道自己的情绪为什么突然失控。我承认，我内心最柔软之处像被谁狠狠地捅上了一刀，可以用山崩地裂、惊涛骇浪来形容我在瞬间所受到的震撼。

我用脚掌在脸颊上狠狠地抹了一把眼泪，心里说：等着我，我给你买最正宗的烤鸭，你想吃多少我给你买多少。

我转身向烤鸭店的方向狂奔过去，边跑边用爪子抹眼泪，不把汹涌而出的眼泪抹开去，我看不清前方的路，泪眼蒙蒙。奔跑之中，我还是撞到了一个行人，他作势要踢我，跟同伴说道："这个城市的流浪狗越来越多了。咦，今年怎么没见打狗队打狗哇。"

我边跑边听那两人的谈话，不慎又撞到一大汉身上，我被撞得眼冒金星，刚想跑却被壮汉一把揪住了脖颈，他力气太大，我痛得眼泪哗哗地流淌，我初步估计他应该常年从事打铁的工作。

虽然痛，但我不号叫，一般的狗尾巴被人踩着了，都会哀号，然后夹起尾巴逃跑开去，但我是一只成精的狗，所以就算尾巴被人用刀子剁掉了，我也不会号叫的。我干吗要号叫呢，受到伤害我也只会把眼泪往肚里咽的。我是一只沉默的狗。

但是，此刻我真的是太痛了，痛感不是来源于被壮汉揪住的脖颈，而是尾巴，我的尾巴此刻真被大汉踩在脚底下，看他那铁塔一般的大个子，至少有两百斤。

大汉此刻蹲下身子，满脸柔情地对我道："狗狗别怕，我不会伤害你的，我最爱护小动物了，你那么慌张，撞到我没事，别撞到车上才是呀。"

我满眼泪水，望着他的脸，心里道："大叔，你踩着我的尾巴了，请把脚挪动一下好吗？"

但大汉仍是浑然不觉，我心里纠结得厉害，我究竟该不该哀号几声提醒他。

我不会再轻易改变我的原则，所以我咬紧牙关，我就是不出声。

我只是在心里千百次地说："大叔，我知道你爱护小动物，我知道你有爱心，但你踩着我的尾巴了，狗尾巴上有很多痛感神经的！"

大汉仍在煽情："我真的是很有爱心，我从不做伤害小动物的事。"我知道他这番话也是说给旁边女友听的。

还是女人心细，他那个女友终于发现我的表情很痛苦，道："你快放开手，你把它揪痛了！"大汉连忙放开我，用手轻轻抚摸着我身上的毛，道："狗狗，对不起，我弄痛了你。"

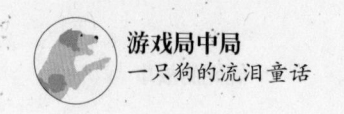

我呆呆地望着他，我沉默着，我的表情一定很忧伤，心里亦不再对他说：请把脚挪开，好吗？话说三遍淡如水，我已经在心里说了一千次了，再说就显得很啰唆了，是不是？

我努力回转着身子，用嘴去咬我那条可怜的尾巴，我这一动作终于提醒了他，大汉终于把脚挪开，道："咦，你尾巴被踩着了，你为什么不哀号，你不哀号我怎么知道我踩着你呢，你一哀号我就知道了呵……"

我站起身拖着受伤的尾巴，头也不回地离去了。

他那个女友在后面说："这只狗好有个性哦。"

我终于跑到了烤鸭店门口，我赶紧背过身子，用爪子在嘴里抠啊抠，抠出一折成小三角形的百元纸币，快速打开重新衔在嘴里，跑进店子。光顾的次数多了，我和烤鸭店的老板已经成了朋友，我虽然不能开口说话，但我们已经心有默契，他能读得懂我的一个小小的眼神，比如我只要用余光瞟一下装满鸭屁股的盆，他就会用油纸袋装一袋油汪汪的鸭屁股，他这么优待我也要对他进行奖励是不？所以到后来我从来不要他找零了。我知道，在老板的想象里，也只会认为是我的那个爱吃鸭屁股的主人很大方而已。

店老板见我进来，对我打着哈哈，殷勤至极，笑道："欢迎光临！"

我围着案桌巡视，选中了一只又肥又大的烤鸭，老板也不称了，即便值一百多元钱，他也只会取我嘴里的这一百，这是什么呀？这就是交情。

我叼着装有烤鸭的油纸袋，老板一直将我送到门口，对我挥下手道："替我向你的主人问个好。"

就在我一转身，刚跑不到五十米，一场天大的悲剧发生了。我掉到下水道里了，烤鸭也一下子不知道给甩到哪去了，那一块盖下水道的铁板一定是被小偷撬去当废铁卖了。

妮妮的故事

还好，下面是一层漆黑的软泥，我试图往外跳跃，但数十次的尝试均以失败告终，我精疲力尽地躺在污黑的稀泥里，心下知道，这下不死都不行了。

夜幕降临下来了，我透过井口看到红灯绿灯的光芒在交相闪烁，肚子也开始咕咕咕的叫唤了，我呜咽几声，原地转了三圈，重新躺好，我现在不能频繁走动，我得保持体力等待救援。

突然，一道黑影从天而降，我本能地纵步跳开，砰的一声，污泥溅得四壁都是，连我鼻孔也被飞来的一坨污泥堵住，我赶紧用爪子掏出，我定睛一看，原来从下水道口掉下了一个二十来岁的大男孩，他体格庞大，至少180斤，真是惊险啊，我刚才若被他压住，就变成肉饼了。

我惊魂未定地望着他，可因为下水道里漆黑一片，所以，他目前没发现我。

男孩呻吟着，随即我听到一个由手机里传出来的女孩子的声音，女孩问："你怎么了？"男孩在软泥上摸索一阵，找到手机，狠狠地说道："我刚才边走边和你通话，一个不留神，掉到下水道里了。"

听筒里传出了肆无忌惮的笑声，女孩在电话里边笑边喘气，说："掉到……下水道……了？哈哈，你怎么这么喜剧呀。"

这是什么人呀，这很好笑么，我嘟起嘴，心想：你们两个是仇人啊，所以在听到对方掉坑里才会如此幸灾乐祸。

女孩继续在电话里道："和你分手是分定了，要车你没车，要房你没房。人家虽然大我三十岁，但他是社会名流啊，我一步就踏入了名流的生活，谁还愿意跟你这个穷小子过穷日子。"

我蹲坐在角落，心里道："哎呀，姑娘，你的价值观真成了问题，莫欺少年穷啊，莫欺少年穷。"

我看见黑暗里的这个男孩眼泪成股的从眼眶中漫出，他真是爱这个

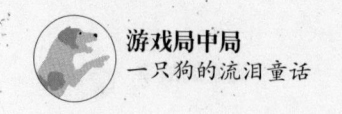

物质女孩的，明知道她势利，可还是深爱着，没办法，这就是爱情。

男孩一遍一遍地求她不要离开他，女孩就一遍一遍地用刻毒的语言伤害他。

男孩绝望地闭上眼，手机从手中滑落。

一夜无话，天亮了，男孩看见我坐在对面，可怜巴巴地望着他，他也可怜巴巴地望着我。我心里说："你妈妈已经做好了饭，等你回家去吃呢，赶紧打电话叫你妈妈来救你呀。"

男孩垂下了头，他已经从心里感觉到被这个世界彻底抛弃了。

电话铃声响起了，我看见来电显示是：妈妈。男孩只是轻轻地瞟了一眼，终究没将手机从地上拾起。

我们两个就这样在坑底坐着，太阳西下，又一个黑夜来临，看来他真是要把自己饿死啊。

半夜的时候，男孩昏睡了过去，我赶紧从地上拾起手机，给他妈妈发了一个信息，大意是：妈妈，我掉到××路的下水道里了，快来救我。

随即，我关闭了手机。

只过了半个小时，我的上方亮起了几道光束，一个男人惊叫道："下面有人。"随即听到一个女人的哭声："小勇，真是你呀，别怕，妈妈在这儿。"

叫小勇的这个男孩动了动嘴唇，终究没吐出一个字，他已经饿得没力气说话了，一个穿制服的警察在腰上拴了根绳子，几个人又在上面拽着绳头，将他小心地放了下来。

警察抱起虚弱的男孩，众人将他们拉了上去。眼见他们要离去，啊啊啊，我这不成了白忙活了吗？我再也不能沉默下去了。

我立刻汪汪汪地大叫起来，那伙人又返回来，那个警察说："差点忘记了，还有一只狗在下面呢，我得再下去把它救上来。"

警察重新下坑,将我搂在怀里,也不怕我浑身的污泥蹭在他身上。我感动极了,心里说:你是我见过的最美的警察。

我心里这样说,没有溜须拍马的意思啊,一个懂得善待生命的人,才能无愧于最美这个称号。

从下水道出来,我已经饿得晕头转向,目前最重要的是找个池塘,把身上的泥巴洗掉,这样才能体面地去买烤鸭,我心里说:"可怜的母狗,你不要再吃石头了,这会硌伤你的肠胃,等着我,我给你全世界最美的食物。"

我穿过广场,那儿有一个音乐喷泉,此时夜已深沉,城市和它怀里的精灵已经睡觉了,所以我放心大胆地跳进了喷泉,我看到我身上的黑泥在水里一层层化开、剥落。

我看见,几百米之外,一对情侣相互搂着从广场中央穿过。在更远的地方,一辆出租车停了下来,一个男子走下,大张着嘴巴打了几个哈欠。

我也觉得眼皮沉重了,我爬上池边,使劲地抖动着身子,大颗的水珠从我身上滚落,我找了块干净的草地,张着大大的嘴,打了个哈欠,真舒服,我把脑袋埋进腹部,闭上了眼。

晚安,城市。

我做了一个梦,梦见在雪地里奔跑,又梦见被人逮着,放在炭火上烘烤,冷热交替,冰与火的考验啊。

我睡得好沉,再醒过来的时候已经中午,我试图站起来,却万般吃力,我病了,一定是在喷泉里洗澡,感冒了。

我觉得全身发烫,肠胃也极不舒服,我嘴一张,吐出一摊秽物,腥臭无比。我知道,坏事了,我患上了足以要我狗命的重病。

我勉强站起身,摇摇晃晃地往前走,我看到身上的毛在一夜之间全

游戏局中局
一只狗的流泪童话

失去了光彩，路上的人都捂着鼻子躲让，人与狗相处的时间太长了，很多病都是人狗共患，所以他们躲我，怕我传染给他们，我知道再走下去，我必然被执法者一棍敲死，然后做无害化处理。可是现在，我已经不能奔跑，除了走，我还能做什么。

以我现在的病情，根本不可能走出偌大的城市，即便到郊外，得不到有效的医治，我仍然是死路一条，我想起平时常常以一只聪明的狗自居，可我再聪明，也猜不到未来。我要是猜到自己会病，我一定会事先买好各种药。

我一路艰难地挪动身体，还碰到几条被主人牵引着的狗。它们恃宠而骄，对我龇牙咧嘴，我看着它们，眼光温柔，狗之将死，其心也善。

我开始产生幻觉，我看见红妞站在天空，俯视着我，她嘴里叫着：小哈，小哈，每叫一声都有大颗泪珠从眼睛里滚出。

本来晴朗的天空却下起了一场太阳雨，我艰难地仰起头，张开嘴，雨水落在我的舌头上，咸咸的，我确信，这确是红妞的眼泪。而我再去搜寻红妞的身影时，只看到一道绚丽的彩虹。

城市里的人也被这道彩虹吸引了，纷纷驻足观看，这道彩虹宛如我的主人红妞一般漂亮，一般的短暂，我心里想：若世人知道我和红妞的故事，他们一定会流下善感的眼泪。

终于，我走不动了，我俯身躺在一棵大树下，庞大的树冠之下，有一张方桌，两个老头正在下象棋，此刻却如孩童一般争吵了起来，一个老头气呼呼地指着气若游丝的我骂道："我要赖你的棋，我就是地上躺着的那只病狗。"

我轻轻地咧了下嘴，那是我在微笑，心里想：真是躺着也中枪啊！

输棋又不肯认输，非要说对方耍赖的那个老头站起身踢了我一脚，骂道："哪里来的病狗，看着都影响心情。"随即他掏出电话，拨了一个号码，接通后大声道："是防疫站吗？大通门的那棵古树下有一只病狗呢，看着快咽气了，身上不知道多少病菌，你们来处理一下。"

他挂了电话，又踢了我一脚，嘴里咕哝了一句，背着双手离去了。剩下的这个老头摇摇脑袋，走到我身边，叹息了一声道："真是条可怜的狗。"

说罢他也倒背着双手离去了。

十分钟之后，戴着口罩，身穿白衣的防疫队员赶到了，他们用长长的铁钩钩住我肚皮，企图将我勾到车子的尾箱，接下来是拉到郊外，挖一大坑，撒上石灰掩埋。

本能的恐惧使我死命挣扎，一个中年男子道："还没死透呢，先补上一棍子。"同来的人员忙从车子里拿出一根铁棒，甩开膀子，我命悬一线。

我闭上了眼，红妞又出现在我的脑海里，她哭叫道："不要，你们不要伤害它。"

半晌，棍子仍没落下，我狐疑地睁开眼睛，看到一个二十来岁的女孩正抢着那已经抡到半空中的铁棒，女孩大声道："不要，你们不要伤害它。"

有人将女孩拉开道："这狗快死了，身上带着可怕的病菌，必须要深坑掩埋。"

女孩却执着地道："它还没死呢，不许伤害它。"她蹲下身子，用手摸了摸我的头道："这狗怪可怜的，你们饶它一命吧。"

那个戴口罩的中年男子鼻孔里哼了一声道："你别摸它，身上有很多病菌呢。"

年轻女孩似乎没听见他的话，依然抚摸着我的头。

两个防疫站的壮小伙凑过来，将她拉开道："你别阻碍我们工作，

这些病菌一旦传染开，后果不堪设想。"

眼见那个工作人员又将棍子抡起，女孩却扑在了我的身上。

突发的疾病使我已经再无力动弹，然而我的眼泪却从眼眶中肆意流淌，红妞也是这样扑在我的身上，替我挡了一枪。

中年男子一把将她拉起，女孩气急了，在他肩膀上咬了一口，中年男子吃痛，顺手就给女孩脸上一巴掌，嘴里骂道："你也是狗啊。"

这一巴掌下去，加上这一骂，围观的人全部指责那中年男子。

有人道："什么素质呀，连女人也打。"

中年男子脸上挂不住了，叫嚣道："今天我还就非得弄死这条狗不可！"他掏出电话，走出人群，像是搬救兵去了，女孩也不是好捏的软柿子，同样掏出手机，却不拨号码，只是用摄像头对着我，拍了几张照，接着在手机上一阵猛敲。后来才知道，她也在为我搬救兵，她只是将我的照片配上文字发在了微博上。这条微博我后来有幸看到，第一句是：请来救救这条可怜的狗。

所有人都没意料到的事发生了，这条微博在十多分钟被转发万次，全城轰动了，这座城市里的男男女女在看到微博的同时，从四面八方向我所在的位置赶过来，他们或是白领，或是农民工，或是宅在家里的宅男宅女，他们来的目的只有一个，救一条即将被处死的土狗。

仅仅半个小时过去，已经有数百个爱心人士赶到现场，车把路都堵住了，不知是谁报的警，警察也赶到了，而更多看到微博的爱心人士一拨接一拨地奔赴过来，路上行步匆匆的人也停下脚步，有人问：发生什么大事了？有人就回答：好像是为一只狗呢。问的人就瞪大了双眼：为一只破狗值得如此兴师动众？

我觉得我此时作为主角，应该站起身来亮亮相的，但此刻气若游丝。

现场乱糟糟的，警察开始维护秩序，那个中年真不识时务，他悄悄靠近我，手里提着一把刀，他是想乘乱对我下毒手了，他在生活中应该是个骄横的人，吃不得半点亏。就在半个小时前，他咬牙切齿地说，一定要弄死我，话既然已经放出，他就得言出必行。在他看来，弄死我之后，他才能挽回至关重要的面子，中年男子活到现在仍没活明白，不知众怒难犯。

一个壮汉发现了他的举动，冲上来就给他一拳，中年男子倒在了地上，捂着嘴巴叫道："打死人了。"可几乎没有一个人同情他，更有人道："活该。"

警察用高音喇叭喊道："请大家放心，我们一定妥善处理这只流浪狗。"但仍没有人愿意离去。

电视台也赶了过来，摄像师将镜头对准了我，女主持人胡乱地理理头发，简单整理了下衣装，道："各位观众，今天下午我市发生了一件突发事件，上千人同时放下了手中的工作，纷纷赶往同一个地点，人员还在源源不断地赶过来，大批警察正在维护秩序，防止发生踩踏事件，究竟是什么事引起了如此众多的人关注？让他们集聚在一起的目的又是什么？还是让我们来回顾一下事件的起因。"

女主持人顿顿才道："事件的起因是防疫站的工作人员接到群众电话，前来处理一只因为患病奄奄一息的狗，而这一场面却被一位具有爱心的女士发到了微博上，没有意料到微博在短时间内被大量转发，许多人都自发停下了手中的工作，在第一时间赶到现场，只为营救这只病狗。"

摄像机镜头对准了一个衣冠整齐的男子，主持人现场采访道："请问你从事什么职业？是从什么渠道获知有这样一条病狗即将被无害化处理？"

男子道："我是做软件开发的，是看到了爱心女士发了这么一条微

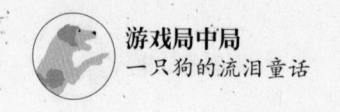

博，觉得狗狗很可怜，所以赶过来，希望能救它一命。"

主持人说了声谢谢，又把镜头对准了一个农民工。农民工用衣袖不断地擦着汗，农民工说道："我是一路跑过来的，跑了三公里没停下歇一口气，也是为了救这只狗，早知道有那么多好心人会来，我就不来了，这下要被扣钱了。"说完，他憨厚地笑了笑。

主持人收回话筒道："据英国《太阳报》报道，因为一只宠物狗忽然闯入机场，在跑道上乱蹿，英国曼彻斯特机场发生大混乱，十余架航班被延误，一架国际航班被迫改降在其他机场。"

主持人又道："我这里要强调的是，机场警察完全可以一枪将这只肇事的狗击毙，但他们没有这么做，而是关闭了一条跑道，完全靠人工追赶，逮了40分钟才将其按倒，并毫发未损地交还给主人。"

主持人眼睛里泛出泪花道："但是，今天发生的这起事件，让我知道，我们的民族也是一个有爱心，懂得珍爱生命的民族。我记得一个同事曾给我说过，养一只猫，养一只狗，让它们和自己的孩子一起长大。爱它们，教自己的孩子爱它们。让孩子们懂得爱和被爱，依赖和被依赖。这个社会的未来一定会不一样。这句话对我的触动很大，我希望今天的突发事件，能敲碎我们心中的冰层……"

我最终被女孩抱走了，虽然很多人都有意愿要收养我，为我治病，但我也只能跟着一个人，是不？

众人逐渐散去，女孩叫了辆出租车，带着我去了宠物医院。

宠物医生赶紧给我打吊针。女孩在旁边一个劲地问："能治好么？能治好么？"医生道："感冒引起的肺部发炎，要是再来迟点，肯定没得救了，现在应该没什么大的问题。"

我躺在了柔软的病床上，看到医生忙进忙出，我仔细打量着我的这个救命恩人，瓜子脸，五官很匀称，很青春很靓丽的一个女孩。

22 妮妮的故事

女孩用手握住我的爪，笑着介绍道："我叫杨妮，不是泥巴的泥啊，是杨妮的妮，你就叫我妮妮好了。"

这个女孩真可爱呀，把我当成了一个小孩看待，当然她绝对不可能想到，我真能听得懂她说的话。

妮妮看了下时间，道："糟了，快到上班的时间了，我明天再来看你，你可要尽快好起来。"

接着，妮妮给医生交代了用最好的药，随即挎上小包急匆匆走了。我注意到那个挎包上印着一只调皮可爱的卡通狗。

第二天早上，妮妮果然又来看我了，还给我炖了鸡。经过药物的治疗，我已经不那么难受了，也开始有了食欲，但医生说，我还得再治疗一天。

第三天，妮妮来接我出院了，她问医生道："医药费是多少？"宠物医生拿出结算单道："总共是1205元，收你1200吧。"

我看见女孩本来一直微笑着的表情突然凝固了，她呆了半响，才默默打开钱包，将所有的钱清点出来，也只有1150元。医生很大度地说："再让你50吧。"

妮妮付完钱后一言不发往外走，我跟在她身后，来到马路上，女孩仍是失魂落魄的，我心里说："不就是一千多元钱么？你救了我，我可以几倍还你。"

妮妮走了一段路，见我还跟着她，转身蹲下道："你现在病好了，还是去流浪吧，我现在连午饭都没着落呢，跟着我只会挨饿。"

我对她轻轻地叫两声，我意思是：我不会欠你的情，待我把钱还给你后我自然会离开。

妮妮不再理我，继续往前走。我心里有点不高兴了，不就是这么一点钱么？干吗老绷着个脸。

游戏局中局
一只狗的流泪童话

妮妮走到一小区门口，回转过身，见我还在跟着她，又蹲下身子，抱着我的头道："也好，我心里也苦得很，有一只狗作伴总要好点吧。"

她爬上了楼，打开出租房门，将我让了进去。

房间虽小，但很整洁，日用品摆放得井井有条，窗帘是粉红色的，靠窗的位置摆放着一张小方桌，方桌上放着一个小盘子，盘子里有很少的水，可一株小巴西木还是仅靠这点水顽强地生长着，枝繁叶茂。

妮妮将鞋脱了，仰面躺在床上休息，而我就蹲坐在地上，呆呆地望着她，我看到妮妮闭着的眼睛突然溢出了眼泪，她抽动了下鼻子，翻身去拿床头上的卫生纸。

哎呀，为这点钱，你还哭了，真是个爱哭的姑娘，我又不是不还你。

妮妮擦干了眼泪，起身下床，在墙角的纸箱里翻找，找到两盒方便面，苦笑着对我说："今天的午饭只有这个了。"

她去房东那里提了瓶开水过来，将方便面泡好后放了一盒在地上，道："狗狗，将就吃点吧，等我过几天拿到工资，我给你买狗粮。"

我用鼻子嗅了嗅纸盒，腾腾升起的热气让我忍不住打了个喷嚏，我气呼呼地想：我不吃方便面，我也不吃狗粮，我要吃鸭屁股，我要吃鸭屁股。

我跳上一只小圆凳子，蹲坐下来，汪汪大叫。妮妮看着我，忘记了吸口中的面，她瞪大眼睛道："这个小圆凳那么高，凳面又那么小，你屁股那么大，这也能坐上去呀。"

哼哼，这算什么！我跳下凳子，用两只后腿支撑着身体，站了起来，向前走了几步，还用前爪对着她挥了挥，画外音是：哈喽，美女。

妮妮眼睛瞪得更大了，好半天才回过神来，道："好吧，你要么就是一只警犬，要么就是被主人刻意训练过的。"

我要吃鸭屁股、鸭屁股，我将她摆放在床前的鞋子衔在嘴里，跳上

· 232 ·

了她的单人床。妮妮急了，忙道："狗狗别调皮，我一拿到工资准给你买好吃的。"

我大病初愈，跳动折腾一番后也没力气了，乖乖地趴在了地上。

妮妮吃完面，重重地叹了一口气道："狗狗，为你支付的那一千多块钱，本来我是要用来透析的，我患了严重的肾病，医生说要彻底治愈只有换肾，但要50万元手术费，我哪里去凑啊，我现在做着四份工作，每个月所挣的钱除了简单的生活费，只够透析的费用，不透析的话，我很快就会死去。"

她顿了顿，声音沙哑地又说道："医生前天对我说，我的病情恶化得很快，再不换肾的话，我最多还有一年时间，我不想死，我还没谈过一场完整的恋爱，可是，我已经太累了，苟活未必就是幸福。"

她用手轻轻地抚摸着我身上的毛，道："狗狗，我给你讲个故事吧，小的时候，我家里养了一条土狗，它叫欢欢，是一只骄傲的狗狗，家人非常宠它，所以有个坏毛病就是挑食。每天放学后我都陪它玩，它就睡在我床边的沙发上，每晚睡觉时我都会用脚碰碰它，这样我会很安心很幸福。

"在我读初中的时候，家里出现了变故，实在没有办法，就把它送到乡下的亲戚家，我很想它，因为离得实在太远，只去看它过一次，不敢认，瘦得皮包骨，当时只要有一点办法，我也要把它抱回去！可是那场变故让身为孩子的我没有办法，没过多久亲戚来电话说狗死了，吃了被毒死的老鼠，欢欢死了！那样骄傲的狗，挑食的狗，为什么会去吃被毒死的老鼠？直到后来，因为那场变故我体会到什么叫寄人篱下，我明白了，当饥饿来临时，不管是多么恶心的食物也是美好的！"

妮妮说得动了感情："我从来不去想，甚至强迫自己忘记欢欢，直到遇见你，才想起自己小时候养过一条狗，名字叫欢欢。"

我抬起头,看到妮妮双手捂脸,泪水从她的指缝落下,滴在我鼻子上,凉凉的,我用舌头舔了下,味道如撒了盐巴的水。哭了好久,妮妮才扬起头,用纸巾擦着眼泪道:"狗狗,在我离开人世之前,我一定要替你找个好人家的。"

我用一双忽闪忽闪的、璨如星辰的大眼睛望着她,心里道:"别说得那么悲凉好不好,你不知道我是一只千万富狗么,区区50万而已,对我来说那是小钱,我可以资助你的。"

妮妮向我倾诉一番之后,似乎心情稍微好转了点,又翻身上床,道:"狗狗晚安,我要睡觉了。"她轻轻地合上眼皮。

我透过窗帘,看到太阳正好西沉。我一纵步跳上床,用嘴将她的头发衔着往外轻轻地拉扯。

妮妮轻拍了一下我的身子,柔声道:"狗狗别闹,我身体很难受,你让我睡一会儿。"我这才注意到她的面容有点浮肿了。

不能睡啊,睡着了你就永远醒不过来了,你得赶快去透析。但是你现在又没钱,医院也不会收留你的。

我跳下床,站立起来,用嘴旋开了门锁,钻出了房门,妮妮是身体背着门躺下的,所以她没看见我的动作,看见了也无所谓的,她只不过认为我是一条退役的警犬。

我跑到了郊外,钻进大山沟,找到我埋钱的位置,刨开一个坑,取出50万,想了想,又添加了10万。索性多给点,连治病期间的生活费也给承担了。

我快速将坑还原好,又借着微弱的星光,刨出我同样埋在附近的纸笔写道:谢谢你救了一只流浪狗,并掏钱为它治好了病。我了解你的境况,特此奉上60万元,作为对你爱心付出的支持与赞助,我是一个千万富翁,希望好人有好报!(落款:一个不愿留名的普通人。)

我将写好的字条和钱放在一起，这才叼着装有60万现金的编织袋往城里跑，好在夜深沉了，我又只走昏暗无光的小道，所以没有人会留意到我，小区的大门已经关闭，我是翻墙而入。

我来到妮妮租住的那间小屋，门还是掩着的。自从我走后，她就没下过床。我把钱袋塞进床底。这才跳上床，用舌头舔她的脸，咳咳，美女，醒醒哦，醒醒哦。

我听见妮妮在睡梦中的呻吟声，她翻了下身子，用手推了下我，含糊道："狗狗别闹，我难受得很。"

我恶作剧地狂吠了一声，妮妮腾地一下从床上坐起，愣愣地盯着我，半响才道："这是几点了？"继而她看了下摆放在床头的闹钟，皱着眉头，低声道："还有三个小时才天亮呀！"

我呜呜两声，吐出红红的舌头。妮妮从枕头下摸出手机，犹豫了好久才拨通一个号码，电话那头传出一个慵懒的声音："谁呀？这大半夜的，还让不让人睡觉了？"

妮妮小声道："我是妮妮。"电话那头问："妮妮呀，有什么事吗？"妮妮犹豫半天才道："你能不能再借我1000元，我身体很难受，再不去透析，我感觉我快死了。"

电话那边道："我前天不是刚借给你1000吗？你没用这钱去透析？"妮妮小心地道："这钱我给一只流浪狗治病，全花光了。"电话那头的声音顿时提高了八度："老天，我知道你救了一只流浪狗，可我没想到你居然还用自己救命的钱给狗治病，你神经啊你？你自己都自身难保，你怎么尽做些不靠谱的事呢，这是一个正常人做的事吗？就说以前，你省下透析的钱去资助贫困学生，我都难以理解，这次我是真没钱了，你找其他人想办法吧！"

电话挂断了，妮妮茫然了好一阵，又拨了个电话，电话那头是一个

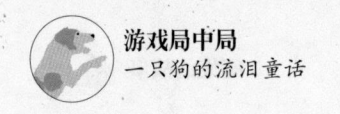

苍老的声音："孩子，你怎么了？"妮妮未语泪已先落，哽咽道："妈妈，我想你。"

电话那头又道："孩子，你是不是透析的钱不够了，妈妈明天就把家里的电视卖了，多少还能给你凑点钱，打在你卡上。"

妮妮哭道："妈妈，没事，我刚做了透析，我就是想你们。"妮妮哭得说不下去，只好掐断了电话。

真是可怜的一个女孩，看来她真走到了绝境。嘿嘿，妮妮，闭上眼睛喊一声芝麻开门，你面前就有一大堆钱了，我又在屋里上蹦下跳起来，妮妮看着我，嘴角露出了一丝笑容，轻声道："原来做狗比做人快乐得多啊！"

哎呀，你看到的是表面现象而已，这未必是事实，其实我也有过伤心的往事，红妞是我心里永远也磨不去的痛。好吧，红妞在天之灵也会乐意看到她的小哈救助陷入绝境的人的。

我一个翻身滚进床底，妮妮忙道："狗狗出来，床底下很脏的。"

好吧，我出来，我从床底匍匐而出，嘴里叼着一个编织袋。妮妮诧异地道："我的床底好像没这么一个袋子哦！"

你当然没这么一个袋子，这是我送给你的，感谢你对我的救命之恩。只是，妮妮你准备好了吗？妮妮，请先做下深呼吸，激动人心的时刻到了，我跳上床，把袋子丢在床上，袋子里的钱一下子撒了出来。

妮妮被吓蒙了，狠狠地掐了下大腿，又使劲地揉着双眼。

傻姑娘，你没做梦，这是真的，是对你善心的回报。

妮妮确定不是梦境之后，小心地挪动了下身子，用指尖轻轻地触摸了一下钱，却又像被火烫了一下，赶紧缩回去。我看得揪心，真是个穷姑娘，当年我搞到一千万的时候也没这么失态。

妮妮到底看见了夹杂在钱堆里的那张纸条，忙拿起反反复复地看。

末了，她对我道："这个富翁会是谁呢？"我汪汪叫两声。

妮妮狐疑地道："这个人是怎么知道我住处的？你看到他进来？"妮妮忙支起身子，艰难地移步到门口张望，道："他来为什么也不叫醒我啊，现在接受这么多钱，我心里总觉得不安。"

但妮妮很快就高兴了："看来我是遇到贵人了。"她抱住我的脑袋，一个劲儿地亲我，还说："你也是一只超聪明的狗，我发誓我从没见过像你这么聪明的狗狗。"

好了，妮妮，你该去医院了，再不透析可不是闹着玩的。

妮妮把钱清点好，用编织袋装了，放在了床底，想想觉得还是不安全，又塞在被盖底下，她再次掏出电话，接通后大声道："妈妈，我有钱了，好多的钱，我明天就住进医院，你到城里来陪我，把爸爸也接过来，让他在医院里顺便治下他的老毛病。"

妮妮说："妈妈，我为什么会突然有60万呢？说出来你不会相信，所有听到的人都不会相信，可这个奇迹就真的发生了，或者是老天在眷顾我。"

妮妮因为还在高度兴奋中，说的话有点语无伦次，她继续道："妈妈，就是因为我救了一只生病的狗，只为它支付了1150元的药费，我就得到了60万元的回报，这在小说里，也没这样的情节啊，妈妈，但请你相信，女儿现在意识是清醒的，那60万元钱就整整齐齐地码在袋子里。"

天很快亮了，妮妮的父母正从乡下往这个城市赶，妮妮因为这突来的、天大的好事，精神明显好多了，她把装有60万元的编织袋提起，对我道："狗狗，那么多钱放在家里不安全，等我去存了银行，我带你吃早点。"

我跟在她身后，来到银行门口，保安却不让我进去，妮妮只好对我说："委屈你在外面等一会儿，我办理好就出来。"

游戏局中局
一只狗的流泪童话

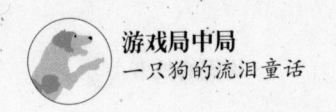

　　我在外面等了很久，妮妮还没出来，我犹豫着是不是该悄然离去，就像歌里所唱：我是不是该安静地走开，还是该勇敢留下来。左右权衡之后，我还是决定继续等待，毕竟妮妮还没请我吃早饭呢，而且我对妮妮也有了点小依赖，就再陪她一天吧，看着她走进医院。反正我也没什么要紧的事去做。我心里说：明天再去买烤鸭给那只可怜的母狗吃，反正它也流浪了那么多年，不在乎这一两天，要饿死早就给饿死了。

　　终于，妮妮出来了，对我招手，我拉着脸，心里道："我屁股都坐痛了，你才出来。"妮妮小跑过来，她认真地打量着我道："狗狗，你也太神奇了，我竟然能看出你现在的表情，你现在黑着一个脸呢，是不是让你久等了？对不起，对不起，主要是钱太多了，那个点钞机一直哗哗地响，数了好久。"

　　好吧，我原谅你了，我跟在她身后进了一家小吃店，妮妮给我点了一碗饺子，小吃店老板说："我们这的碗是给人吃饭的，怎么能用来喂狗呢？"妮妮微笑道："这碗用了之后你就丢了吧，碗钱我会一并算给你的。"

　　有钱能使鬼推磨嘛，小老板就道："我这碗质量好呀，5元钱一个。"

　　妮妮也不计较，饺子端上来之后，她将我抱在身上，用一只手端起饺子，递在我嘴边，昨夜运钱耗费了我很多体力，此时我真是饿了，也顾不得什么大吃起来。连汤也给喝了。

　　而妮妮因为身上的病，没什么胃口，只是喝了一点点稀饭。

　　然而到结账的时候，妮妮才回过神来，懵了，她把所有的钱都存进了银行卡，现在身上是分文没有。妮妮赔着笑脸道："附近有台柜员机，我现在去取钱。"小老板冷着个脸道："万一你跑了呢，你看墙上的字条。"我顺着小老板的目光看过去，只见写着：本小利薄，概不赊账。

　　妮妮从口袋里掏出手机道："你要不相信我，先把这个押在这里。"

老板接过手机，看一眼丢在桌子上，鄙夷地道："那么老的手机，键盘上的字母都看不见了，我敢说，丢在大街上都没人捡。"

小老板将妮妮从头看到脚，就没看到一样值钱的。小老板说："要不你把这只狗押在这里吧，你要不来取，我可就把它给宰了卖肉。"

小老板说着，从门角落里拿出一根铁链，就要往我脖子上套，妮妮忙将我护住，道："我不可能把狗狗给你抵押的，万一我一转身，你就把它杀了，我可成了天大的罪人。"

小老板摊开双手道："那怎么办？"妮妮道："你要是怕我逃跑，你跟着我去取钱吧！"小老板道："我店里的两个伙计今天都请假了，生意那么忙，我哪有工夫跟着你。最近的取款机也得穿过两条街，来回半个小时呢。"

我钻到桌子底下，趁没人注意，从嘴里抠出一个小三角形，快速地拆开衔在嘴里。妮妮，我真是上辈子欠你的，还说请我吃早饭，现在反倒是我请你了。

我钻出桌子，妮妮看到了我嘴里的钱，眼睛大睁着，她又一次被眼前的事实惊呆了，小老板也大张着嘴，道："这狗哪里来的钱？刚才还没见着，怎么跟耍魔术一样？"

小老板惊奇归惊奇，却是个见钱眼开的家伙，眼见他伸出手就要来取我嘴里的钱，我故意将嘴一松，钱落到了地上，他又弯腰去捡，有句话叫什么来着，狗眼看人低，这句话却是人用来骂人的。

妮妮和我一前一后回到出租屋，我蹲坐在地上，看着妮妮，妮妮也看着我，妮妮突然伸出手捏着我的嘴，我的嘴被迫张开，她用手指在我的嘴里探，道："狗狗，你是不是平日里就在嘴里藏着钱？"

听她这么一说，我便把嘴张得很大，把舌头也翘起，让她把死角也看透，我心里说："没骗你吧，我嘴里没藏钱呢！我从来不在嘴里藏钱

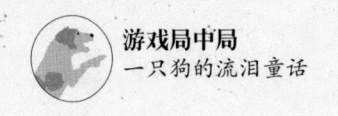

的，嘿嘿。"

　　妮妮低头想了一会儿道："我怎么有种奇怪的感觉，觉得你能听懂我说话。"继而又自嘲地笑道，"世上怎么可能有如此匪夷所思的事呢，你只是非常通人性罢了。"

　　但她还是对我起了很大的疑心，于是命令我道："坐下。"我却故意趴下，还对她做了一个萌萌的表情，她又命令道："趴下。"我却站起来，故意去咬自己的尾巴，原地打转。

　　妮妮笑了，道："你好调皮哦，我呀，真想收养你，只是怕没这个福分了，你能多陪我几天吗？"

　　门外响起敲门声，妮妮站起身去开，走进来一个大胡子，肩上扛着一个摄像机，后面还跟着几年青年男女，妮妮还没开口，一个拿着话筒的女青年就抢先介绍道："我们是省电视台的，前几日在市区里发生的微博救狗事件，现在社会反响极大，很多人都关心那只狗狗的命运，我们多方打听，得知你是事件的主角，为此前来采访，做一个后续报道。"

　　镜头随即对准了妮妮，妮妮涨红了脸，估计她从没上过电视，此刻紧张得一句话也说不出来。真丢脸啊，我在旁边上跳下蹿的，希望能引起他们的注意。

　　大胡子摄像师果然把镜头转向我，女主播默契地蹲下，将我搂在怀里。女主播道："各位观众，现在镜头之前活蹦乱跳的狗就是几天前微博救狗事件里的主角，令我们感到欣慰的是，它现在已经康复了。"女主持人随即问妮妮，这狗你现在给它取名了吗？妮妮不好意思地笑了笑说："还没有！"

　　……

　　采访足足进行了半个小时才结束，电视台的人走后，妮妮又从衣兜里掏出那张存了60万元的银行卡，卡还是昨天那张卡，却又不是昨天那张卡了。妮妮呆呆地望着卡，我知道，她至今也不能完全相信眼下所发生的一切。

我趁她发呆的时候，悄然退出了房门，来到繁华的大街，溜达了好一阵，才折身去了烤鸭店，老板给我挑了一只最肥大的烤鸭，又包裹好，系了一个绳扣挂在我嘴里。

我奔跑至郊外，在荒草丛中找到了那只母狗的窝，眼前的一幕使我的心紧缩起来，只见母狗趴在地上，眼睛闭着，母狗的面前是一摊血，而它的五个幼崽此刻正跪在母亲面前呜咽啼哭。

母狗已经死了吗？我微微闭上眼，待情绪稍微平稳下来后，才放下烤鸭，用前爪将母狗的眼睛翻开，它的眼睛灰白色的，已经没有了一丁点儿光亮。

怎么就死了呢，一只把食物全留给孩子，自己却吃石头充饥的狗，理应很坚强，怎么说死就死了呢。我用爪不甘心地摇它身体，母狗竟然把眼睛缓缓地睁开了，它看了它的孩子一眼，又看了地上的烤鸭一眼，最后把目光投向我，我能读懂它的目光，它是想向我托孤了。

别呀，还是你自己好起来，自己照顾自己的孩子，我现在就去搬救兵救你。

我折转身往回跑，20多分钟后，我又回到了妮妮的出租屋。好在妮妮还没外出。妮妮看到我去而复返，很高兴，道："狗狗哪里去了，我还以为你不要我了呢！"

我没工夫听她多说，用嘴叼着她的裤腿，将她往外拉。妮妮立刻懂了我的意思，道："狗狗，你是要将我带到某处吧，你在前面带路吧。"

我将妮妮带到了郊外，妮妮看见了母狗，她将手指放在它鼻子前，半晌才道："已经死了。"我呜咽了几声。妮妮也落下了眼泪，道："狗狗，我还是将它送去宠物医院吧，说不定还能救活呢，至于它的崽崽，我一

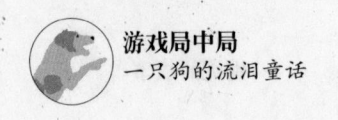

定给它们安排一个好去处。"

妮妮身体很虚弱，实在走不动了，打了个电话，叫了一辆出租车过来，在师傅的帮忙下，五只小狗还有母狗的尸体都被装进了车内。

到医院后，那个为我看过病的医生开始为母狗诊断。几分钟后，他摇摇头道："已经死了。"他用手探它的腹部，奇怪地道："里面好像有很多硬物，却又不像是肉瘤，我可以将它解剖吗？"妮妮迟疑地道："还是给它留一个完整的身体吧，既然已经死了，我准备带它去郊外掩埋。"

那个三十来岁的医生却说："我们也收治过几条流浪狗，发现腹部都有硬物，那些狗最终都没被救活，我当时也提出过解剖，可是送狗来的爱心人士都不同意我这么做。"

医生看着妮妮真诚地道："你明白我的意思吗？只有通过解剖，我才能知道狗的肚腹里究竟发生了什么病变，才能找出更好的治疗方法，挽救更多的流浪狗。"

妮妮埋头想了一会儿才道："好吧，我同意解剖，只是完事你尽量将创口缝合。"医生点头道："放心吧，这也是我们的职业要求，哪怕只是一只狗的尸体，我们也会给以最大的尊重。"

母狗被放在了平台上。医生将它的肚子划开，忽然，我看到医生摘下了眼镜，再看他，泪水已经在瞬间就布满了他的脸，旁边的两个助手表情很惊愕。

我知道医生看到的是什么，是一肚子的石头。原来，流浪狗饿极了真会吃石头的。

两个助手凑上前去看，助手也哭了，妮妮也凑上去看……

GAME ㉓ 游戏城堡

我趁他们正对着一只流浪狗的尸体唏嘘不已的时候，悄然离开医院，接下来该往哪儿去呢，我再次感到深深的迷茫。

数天之后，我在都市里闲逛。突然，一个身影挡住了我的去路，我抬头一看，是个女孩，面容很熟悉，却一时间想不起在哪里见过她，女孩蹲下，望着我道："狗狗，我们认识的，半年多以前，你骗了我的作业本，我写了一个假期的作业本啊，你不记得了吗？"

经过她一提醒，我从记忆里把她搜索了出来。

我赶紧后退两步，警觉地望着她，心里道："姑娘，你该不会这么记仇吧，半年都过去了，往事已经随风，难道你还要报仇不成。"

女孩咬了下嘴唇，道："狗狗，我不会伤害你的，你还记得我也养了一只狗吗？就是那天被你吓退缩了的小哈皮狗。"

嗯，印象里是有这么一只哈皮狗的。

"我的小哈突然不见了，它从来不四处乱跑的，它最爱做的事就是窝在家里睡觉。"女孩开始小声抽泣起来，断断续续地说，"一星期前，

游戏局中局
一只狗的流泪童话

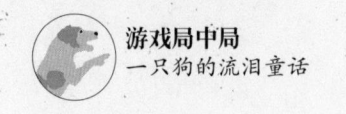

小哈从家里出来，我没管它，通常它只在河边玩耍一会儿就回去，可是它那天却再没回去，我和爸爸妈妈找了一个通宵都没找到。

"我都不知该如何给姐姐交代，姐姐在另一个城市读大学，她现在都还不知小哈走失的事，姐姐和小哈的感情最好了，她要知道它不在了，会伤心死的。"

女孩喋喋不休地说："小哈在我们家生活了十年了，你知道吗，这几天我妈妈做什么事都是没精打采的，有时候还会默默流眼泪。就连爸爸一个大男人，也是跟着流泪呢。

"狗狗，从你骗我作业本那天开始，我就知道你是非常有灵性的一条狗，如果你在流浪的途中，再碰到我家的小哈，你告诉它，我们很想它，如果它迷路了，你带它回来，如果它不愿意回来，你就照顾下它的生活，不要让它饿着。"

女孩哭得稀里哗啦的："我家的小哈很笨的，只知道睡觉，在野外它怎么活下去啊！"

我听着女孩的哭诉，心里的阴影逐步扩大，我知道，那只小哈并不是迷路，而是被捕捉了，此时应该就关在地狱使者制造的铁笼里，将被迫去参加那个绞肉游戏。

我心里对女孩说："如果够幸运的话，待我击败地狱使者，我会把小哈带回来交给你的。"

其实对于能否一举击败地狱使者，我心里也没底，如果失败，那么我和所有被捕捉去的狗都得死，智商越高的狗将死得越惨烈，到游戏的最后一关，注定只有我和扫把存活了。

女孩捂着面离去了，我心念一动，撒腿跑到城市的南郊，那儿有全市最大的一个垃圾场，全市一半流浪狗都会到那里刨垃圾。

可我到达南郊后，再没看到一条流浪狗的影子，有两个工人正在交

· 244 ·

谈，一个道："奇怪，往常那么多流浪狗，怎么今天一只都不见了，没听说市里有大规模的打狗行动啊！"

另一个工人说："我听人说，昨天晚上有一伙儿神秘的人，手持麻醉枪，四处猎狗。他们的工具老先进了，估计所有的狗都被他们抓去了。"

我想起了什么，撒腿又向流浪狗之家跑去，然而在流浪狗之家大门口，我再没看到一条狗，只有几十只猫在房前的空地上玩耍，猫猫看见我，呜呜地示威，我不敢进去，怕被群殴。

我看到众猫之中，有一只三腿的白猫，没错，它就是我在公路上救下的那只小猫咪，我喂了它半袋牛奶之后，它就离去了，原本以为它会很快死去，没想到它还是存活了下来。生命像一根小草，轻易地就能给折断，有时又像巴西木，顽强无比。

三腿白猫此时也看见了我，它向我走过来，其他猫咪齐声嘶叫，估计是在提醒它："那是一只狗，是我们猫猫的死对头，不要靠近它啊，危险，危险！"

可是三腿猫不顾众猫的提醒，依然一步一步地向我走来。它应当还记得我，知道我不会伤害它。当它走到我跟前时，我伸出前爪摸摸它的小脑袋，心里说："小家伙，看到其他的狗狗可别这样冒失地靠近哦，狗狗和猫猫真的是天生的死对头呢！"

几个青年男女走过来，他们是志愿者，照顾着流浪狗之家的猫狗，只是现在已经名不副实，流浪狗之家只剩一群猫了。

这几个男女将食物倒进碗碟，那群猫围了上来，一个男孩看着我道："只有这一只狗，真是好奇怪，其他的流浪狗都跑哪去了呢？"他摇着头道，"市里近期并没组织过打狗行动啊，即便是打狗，这里的狗他们也是不会动的。究竟是怎么回事呢？"

女孩叹息道："是呀，狗狗都跑哪去了呢？我最喜欢那条大黄狗了，

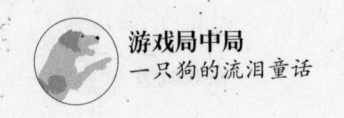

胖胖乎乎的，跟谁亲热就会站起身来舔谁的手，我所以坚持来流浪狗之家，一半原因是为了大黄的。"

男孩道："我总觉得有什么地方不对，一定是发生了什么事情。"

女孩轻笑一下道："是有点奇怪，会是什么事情呢？"男孩推推眼镜道："我也想不出来，不过，或许过不了多久就能知道发生什么事了。"我竖起耳朵，听着他们的谈话，男孩还真说对了，确实有事发生，这是一个只针对狗的大阴谋。接下来就是我参加那个游戏了，和扫把联手，跟地狱使者斗智斗勇。

我转身离开了流浪狗之家，我决定去买只烤鸭，好好地吃上一顿，然后在城里四处溜达，直到被猎捕。大黄、小哈，还有扫把，等着我，我马上就和你们见面了。

我如愿买了烤鸭，在离去的时候，我深情地望了下烤鸭店里摆放整齐的烤鸭，不知道以后还有没有机会吃到。老板却误认为我在看他，感动地道："我发现这只狗看我的目光越来越依恋了，我发誓，这是全世界最通人性的一条狗。"

在街上，我又被一个失魂落魄的年轻人拦住了，他看着我嘴里叼着的烤鸭，红着眼圈说："狗狗，你也会购物啊！"

他蹲下，摸着我的头，长叹着道："我养了五年的狗狗突然就失踪了，它叫花花，很聪明，也是每天都帮我去超市购物，从没出有过差错，可三天前，它出来后再没回家，我已经找了它三天。"

我脑海里顿时回忆起花花的模样，是一只母狗，叼着竹篮去超市替主人买烟酒，超市老板跟顾客闲聊，说花花的主人是一个不讲道理的宅男，花花就很不高兴的样子。

我还在花花回去的路上，抢了花花的篮子。难道花花也被地狱使者抓去参加游戏了？气氛真是越来越紧张了！

我找了个桥洞,吃了烤鸭,这才回到街面上,我在人行道里缓步前行,却是耳听八方,眼观四路,精神高度紧张着,我知道地狱使者委派下来的人就分布在城市的每个角落,他们随时都有可能盯上我。

要说我完全不怕,那是假的,但在惧怕的时候,心里还是有几许期待,也许我骨子里就有一种冒险精神吧。而我更不愿意全城的流浪狗惨遭杀戮,这些流浪狗之中,还有我的很多朋友,扫把、大黄自然不必说。我要说的是,全城的流浪狗一大半都认识我,知道我和藏獒哥哥关系非同一般,而我毕竟也曾经做过它们其中一部分的老大。

我后来不做老大只是因为我厌倦了做老大的生活。做它们的老大,天天都要给它们买烤鸭,腿都跑细了,这样的老大,普天之下,没有谁愿意当吧!

扫把独自参加游戏的话,太孤单了,我怕它掌控不了局面,所以不管从哪个角度讲,我都必须参加,在游戏里和它并肩作战,我别无选择。

走着走着,我敏锐的知觉告诉我,有几个人跟上我了,我嗅到了他们身上的煞气,我几乎可以肯定,这些人就是地狱使者花费两年时间凑齐的,全是生活中的虐狗变态者,他们不止参加捕获流浪狗的行动,还会在游戏里全程做地狱使者的保镖。我蹲下,假装咬尾巴,观察着他们,全都是彪形大汉,着装虽然没有统一,但在衣领往下的位置都别了一个小小的徽章,我视力非常好,看见徽章上的图案是一只狗的骷髅,这应该就是他们团伙人员统一佩戴的标志。

他们见我停下,也不动了,一部分假装弯下腰系鞋带,一部分假装在身侧的报亭看报纸,看样子他们不敢在大白天里又是闹市区对我公然下手。

他们要玩的那个游戏一旦被社会曝光,他们会遭到善良之人的唾弃,甚至还有可能被判刑,背上虐杀动物的罪名。

游戏局中局
一只狗的流泪童话

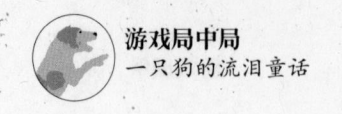

其实我要甩脱他们的跟踪非常容易，但我非但不这么做，还得独自去郊外，以便他们能毫无顾忌地动手。

我心里对自己说："小哈，你准备好了吗？"又在心里答道："小哈已经准备好了！"我深深地吸一口气，扭头向郊外走去，那些壮汉脸上一定笑开了花，抓住我，地狱使者一定会给他们奖励。

我在郊外的一个大垃圾堆旁停住了，假装刨食，周围看不到一个人，风吹过，地上的垃圾被卷上天，然后再缓缓落下。一棵从黑色泥土里顽强冒出的小碎花，被风一吹，淡蓝色的花瓣落了一地，空气里弥漫着肃杀的气息。

那些大汉逐渐围拢了过来，阳光比较刺眼，他们都戴上了墨镜，很是阴森肃杀。一个麻脸大汉将手伸进了怀里，这是掏枪的动作了，我闭上眼，只等麻醉针射进我的身体。

然而半天没有动静，他们为什么还不动手？我倍感诧异，又睁开眼，这一看，我心里大呼糟糕，只见藏獒哥哥正从20米开外处走过来，它嘴里依然叼着那个玻璃奶瓶。

我忘记了，藏獒哥哥本来就是在这一带走动的，前方一公里的那个小区，就是它主人的家。千万不能让藏獒哥哥看到我啊，它看到后必定会救我，岂不是也要被这伙人抓去做游戏？

我赶紧在垃圾堆里掏了一个洞，把大半个身子藏了进去。

藏獒哥哥还没看见我，它傲慢地从这群人面前走过，壮汉们被吓得动也不敢动，那个麻脸大汉轻声道："要不将这条藏獒也抓去做游戏，多抓一条狗500块呢，藏獒也是狗啊！"

站在他旁边的壮汉就道："你看它那体型，跟一条小牦牛似的，稍有闪失，我们之中就会有人受伤，搞不好还要出人命，别贪图这几百元钱了，不值得。"

藏獒哥哥听到他们对话，它应该听不懂他们在嘀咕什么，但藏獒哥哥还是不乐意了，将玻璃瓶小心地放在地上，咆哮了一声，似乎在说："蠢货，你们都不想活了吗？"

有人开始尿裤子了，黄色的尿液顺着裤裆滴滴答答地落下，藏獒哥哥这才满意地含起玻璃瓶准备离去。我长出一口气，身子有点酸麻，轻轻地挪动了一下，不承想我头顶上的垃圾是松动的，"哗啦"一下就掉下一大片。

藏獒哥哥听到动静，扭头一瞧，刚好看到我露出来脑袋，我看见藏獒哥哥眼神里射出一道惊喜的光芒，它呜呜几声，应该是在对我说："兄弟，我想死你了，这段日子你去哪儿了，我找你找得好辛苦啊。"

我只好钻出垃圾堆，藏獒哥哥亲热地将我的脑袋含在它嘴里又吐了出来，这伙壮汉目瞪口呆。我只好用眼神跟它交流："你快走吧，这儿很危险。"

藏獒哥哥收到我传递的信息，环顾着这些壮汉，眼神里却是不屑，它大叫几声，意思是："你们竟然敢为难我的兄弟，是不是都不想活了，我今天和我的兄弟团聚，心情很高兴，识相的就快点滚。"

我看到这些壮汉都把手插进了怀里，立刻警觉地狂吠起来，与此同时，他们掏出了麻醉枪。向藏獒哥哥发射过去，藏獒哥哥暴怒了，在身中数枪的同时，跳跃起身子一口就咬在麻脸大汉的脖子上，我听见咔嚓一声，那是骨头的断裂声。

麻脸大汉只呻吟了一声就一命归西，藏獒哥哥要转身攻击其他人时，身子却摇晃起来，麻醉药在它身体里生效了，而我看着藏獒哥哥的身体也变幻成两个，外界的景物在我眼里开始模糊，因为我也中枪了，我缓缓地把眼睛合上。

恍恍惚惚中，我感觉被几个人抬着丢在车子的尾箱，我听见有人说：

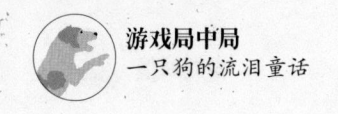

"张麻子献出了年轻的生命，大哥刚才在电话里说了，他会拿出50万的抚恤金。至于这个行凶的藏獒，要我们一并拉回去，让它受尽折磨而死，算替麻子报仇。"

接着我听见车子的发动声，不知车开了多久，路越发颠簸，应该是上山了，我和藏獒哥哥正被他们运往秘密基地。

渐渐地，我清醒了过来，但浑身没有一点力气，而藏獒哥哥身中数支麻醉针，此时还在酣睡，我看到它的四肢都被铁链死死地锁住，而我也是被绳索结结实实地捆着。

车还在行驶，坐在我旁边的壮汉见我清醒过来，狞笑着拿了根钢针就往我嘴里戳，见我痛得连声叫唤，他便开心地大笑。另一个大汉见状制止他道："别弄死它，留着它参加游戏呢，在游戏里，它只会死得更惨，真期待这场游戏，一想到这游戏我浑身就发颤。"

后座的几个大汉干脆打起了赌，赌的竟然是我能走到第几关，一个大汉说："我总觉得这条土狗眼睛灵动异常，说不定他就是大哥要寻找的那条狗。"

另外一个就说："若这狗聪明，就不会自动走到郊外，让我们抓捕了，它在第一关就得挂掉。"

我心里冷笑，那我们骑驴看唱本，走着瞧喽，没准第一关挂掉的是你们。

此时，我也是心里这么随便一说而已，没想到，这个壮汉果然就在第一关给挂掉了，世事难料啊，陪一只有超级智商的狗玩致命游戏，也是相当的危机四伏啊。

车子行到密林之处的大楼前，大门自动打开，车子开进去，门又自动关闭，真是高科技呀。看来地狱使者为玩这一场游戏，煞费苦心。

我被两个壮汉抬下了车，长长走廊里，那个行走的脚步声听起来异常的空洞。

最终我被抬进了一个大厅，里面灯火辉煌，装修极是豪华，如果不是两侧摆放着密密麻麻的铁笼，我都会认为自己是被邀请来参加一个奢华酒会的。

我仔细观察，两侧的铁笼不止上千个，每一个铁笼里都关着一条狗，我被抬进来后，数狗齐吠，震得我耳朵嗡嗡响。最终，我被关在了中间段的一个单独的铁笼里。

我再观察铁笼的构造，全部由密密麻麻拇指粗的钢筋焊接而成，钢筋与钢筋的间隙只有二公分左右，连狗爪都不能探出去，铁笼只有一道小门，被一把精致的铜锁锁着。

再观全局，整个大厅被划分成100来个小区域，在每个区域铁笼的上方都装有一个探头，如此密集的摄像头就是要保证能24小时无死角的监控。

正如扫把以前给我说过的，地狱使者还高薪聘请了多位专业的监控人员，我们稍有异动，他们就会立即向地狱使者报告。

所以目前我什么也不能做，我把自己伪装得像其他普通流浪狗一样，烦躁，在铁笼里不安地转圈，不时地吠叫。

此时，我听见了一声轻微的吠声，我身子一震，这是扫把对我发出的信号，太好了，难道它就关在我附近？我不经意地扭头，几番寻找之后，我看到了扫把，它竟然就关在我正前方，我和扫把目光只是短暂的一交接，随即很快移开。但这一交接就足够了，我们已经达成了共识。

正在这时，大厅的门被推开，地狱使者走了进来，身后跟着数名保安，这是我们被抓捕进来后，地狱使者的第一次亮相。只见他头发梳得整整齐齐，是偏分，眉毛中间的那个痦子大概是因为激动，体积似乎比以前大了很多，他脸上挂着笑，却也掩饰不住那满脸的煞气。

游戏局中局
一只狗的流泪童话

地狱使者走到大厅过道的中间，张开双臂道："先生们，女士们，晚上好，欢迎参加这场盛大的游戏，这场游戏我筹备很久，我期待着你们在游戏里的杰出表现。可不要让我失望哦！"

地狱使者又道："我为什么要组织这一场耗资巨大的游戏呢，你们当中的一只狗是明白的，哦，我几乎可以肯定，它现在正专心地听我讲话。好吧，我怀疑你们当中，能听懂人语的狗不止一条，所以还是再让我不厌其烦地叙述那个故事，虽然再一次的叙述会让我的心再一次的流血，但我乐意让你们当中部分具备思维的狗能死得明白。"

"事件发生在三年之前，我用汽油烧死了三只狗崽……"

我看见扫把的身体微微颤抖起来，我还知道我们现在的表情反应都被监控记录了，地狱使者在发表完演讲后，会调出来仔细查看分析，以扫把现在的表现，地狱使者根本不需要游戏就能把它给揪出来。

地狱使者仍然在极力渲染那三只小狗崽被烧死的场面，扫把快失态了，它马上就要用爪抱着铁笼的钢筋猛烈摇晃。我就知道，没有我的协助，扫把根本就不是地狱使者的对手。

我赶紧控制嗓门，吠叫了一声，我的吠叫跟随着众狗的吠叫声之后，但扫把还是听到并分辨了出来，它知道我传递给它的信息：这是地狱使者在激怒你，千万别上当。

扫把醒悟过来之后，不再焦躁地走动，安静躺下，并显现出一副漠然的表情。

地狱使者继续讲道："我没料到的是，一只成年的流浪狗，它竟然有着和人一模一样的思维，不，它甚至比现实中的普通人智商还要高，这只好打抱不平的狗对我采取了世上最恐怖的报复手段，它用一个伎俩，就让我在清醒状态下杀了自己的女儿。这过程太过血腥，我就不再叙述了。

"我不知这只狗出于什么样的心态,它后来竟然用QQ交谈的方式,告诉我整个真相。很长一段时间内,我都生活在恍惚之中,我产生各种各样的幻觉。但最后,我还是相信了世间确实有这么一条狗存在,唉,我们人类对狗的研究实在是太过于肤浅。

"随着交谈的加深,我发现我和这狗在对事件的看法,在对生活的意见上,有着惊人的相似,如果不是因为这场仇恨,我们几乎都要成为无话不谈的朋友了。这只狗嘲笑我永远无法将它从成千的流浪狗之中寻找出来,我就说,那么,亲爱的,我来组织一场针对全市流浪狗的游戏,你敢参加吗?

"这只狗真是不负我的期望,它同意参加这个游戏,并答应会混在流浪狗之间,故意让我捕捉进来。"

地狱使者突然在过道里快速走动,用手指着一个个铁笼道:"是你吗,是你吗?"而当他的手指指着扫把时突然停了下来,他微笑着道:"一定是你了,刚才我在发表演讲时,我见你的情绪有点激动哦。"

地狱使者脸上显出得意的神色道:"嗯,你是二十三号,我记住了。"但他又道,"如果真是你,以后可不要再露出马脚,如果轻而易举地就将你找出来,那也太没挑战性了。我花费了那么多的钱和精力才筹备出这个游戏,你可不要轻易言败,和我多玩几场。"

扫把拖出长舌头,不理地狱使者,一副木然的表情,这倒使地狱使者也吃不准了。

地狱使者开始详细地介绍每一个通关游戏。正如扫把以前给我描述的,第一关是给每个笼子放拌有剧毒的肉,那些听不懂人语的狗将在第一关全部死去。第一关游戏耗费时间三天。

第二关是在每个笼子里放拌有竹笋毛的肉,肉没有毒,但吃了肉的话会卡嗓子,伴随剧烈呕吐,能活命,不吃肉的话只能活活饿死。这关

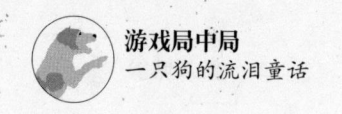

游戏持续时间是十天，只有意志坚强的狗才能存活下来。

第三关是通过做简单的数学题选择正确的通道，通道一旦选错，将被传送带送进绞肉机。

地狱使者又道："最后一关游戏就是我和母狗的对决了，那会是一场最公平的对决，筹码就是各自的生命。"

地狱使者讲累了，舔舔嘴唇道："现在要是有一杯红酒喝，该多好啊？"

一个保镖闻言，走到藏獒哥哥的跟前，忘了介绍，藏獒哥哥现在也被他们囚禁在铁笼里了，囚禁它的那个铁笼，格外牢固，藏獒哥哥根本不吃主人之外喂给它的食物，这帮残忍的家伙为了达到慢慢折磨藏獒哥哥的目的，他们给它注射营养针。

只见那个保镖将一把刀从钢筋间的空隙里伸进去，刺在藏獒哥哥的屁股上，血流了出来，保镖用玻璃杯接住，藏獒哥哥疼得全身发抖，阵阵低嗥，但它苦于不能转动身子。

血很快流满一杯，地狱使者端起来，用鼻子狠嗅，随即喝了大大一口，道："好香，我喜欢这个味道。"

GAME   ㉔   游戏第一关

游戏的第一关，定于明早 8 点正式开始，而我在地狱使者演讲的过程中已经感到了一丝不妥，到底哪儿会出问题呢。是的，我注意到了，有一个保安，我听见有人叫他彪哥。

彪哥从一进大厅，表现就很反常。其他人的眼光是游移不定的，一会儿看天花板，一会儿看地上，一会儿又扫视全场的流浪狗，独有彪哥一直在盯着我看，他甚至假装散步走到我跟前，他看我时，瞳孔一阵一阵地收缩。

为什么会这样呢？他究竟发现了我什么？或者是我们从前认识？我细细地回忆了一遍，否定了我和他有过交集这一点。可是，他为什么会突然对我有了兴趣？他究竟想对我做什么？

我想得头痛，要知道，在游戏中，一丁点的意外发生，足以改变整个进程。目前来看，谁都没有把握能全面操控输赢。

一夜就在忐忑不安中度过了，当大厅里的时钟指到 8 点整的时候，门又被推开了。地狱使者和他的随从们鱼贯而入，保安的角色暂时转变

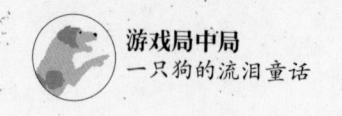

为侍者，每一个壮汉都系着白色的围裙，手托着一个大木盘子，木盘子上有很多切好的肉片。

地狱使者微笑道："女士们，先生们，游戏正式开始，我将在每一个笼子里放上三片肉，可是这肉拌有剧毒农药，我再重申一次，这肉不能吃，有剧毒。

"我知道，你们当中的很大一部分因为听不懂人语，将死于顷刻之间。剩下的都是比较聪明的了。祝你们好运气。"

充当侍者的那些保安开始在每个铁笼里放肉，我和扫把开始狂吠了，我们的吠声富含了很多信息。简单地说，就是把地狱使者刚才讲的话，通过狗的语言传达出去，所有的狗应该都知道我和扫把在警示：肉片有毒，绝不要碰。

那个叫彪哥的保安走到我跟前，他往我的笼子里放肉了，他看我时，瞳孔依然在不停地收缩。更奇怪的是，他在我笼子里放了七片肉，而其他笼子都只放三片。他究竟想对我干什么，想撑死我呀？那么多流浪狗，他为何只对我情有独钟？

我冷冷地看着那些肉片，嗅也不嗅一下。再看其他狗笼，那些不听我和扫把劝阻，吃了肉片的，已经口吐鲜血，而更多的狗则在收到我和扫把发出的警示后，又看到了此时此刻同类们的惨状，它们紧紧地把嘴巴闭上了。

地狱使者皱紧眉头道："挺意外的，我以为第一关，至少要淘汰二分之一的狗。现在嘛，竟然只有数十只狗中毒而亡，不急，三天之后我再来，看看还有多少没忍住吃肉的。"

地狱使者一行人离去了，门"砰"地一声合上，我和扫把眼光又轻轻地对接了一下，我收到了扫把从眼神里传递过来的信息：小哈，那个彪哥好像对你很有兴趣哦，他是不是爱上你了？

我心里说:"你是只母狗,彪哥要爱也只有可能爱你。"

至于彪哥爱谁的问题可以暂缓一步再讨论,现在最重要的是继续向其他狗传递信息,告诉它们,只要挺过第一关,我们就能打败地狱使者,将它们营救出去。

我开始把这些信息分解开,通过听似没有规律的吠叫声传递了出去,待我嗓子都叫哑之后,扫把接下了这个重任。可惜,还是有十多条狗最终没抵挡住肉片的香味,图一时痛快,命归黄泉。地狱使者说得对,在第一关死去的,都是极笨的狗。

第二天,陆陆续续又有几条狗吃了毒肉,第三天,幸存下来的狗都把嘴巴严严实实地闭上了。尽管它们已经饿得眼睛发蓝。我也饿极了,好在平日养尊处优的日子让我在肚皮里存了很多油水,所以我现在还没脱力。

我和扫把也不敢用眼神过多的交流,那些摄像头每时每刻在监控着我们,扫把现在已经被地狱使者列为重点观察。我是万不能被暴露的,只是我真的没暴露吗?为何彪哥在近千只流浪狗中,偏偏对我另眼相看?

第三天的凌晨5点,还有3个小时,8点的时候,地狱使者就要走进来,宣布第一关游戏结束,他或许还会向我们这些通关的狗狗表示祝贺。

墙上的挂钟,秒针呆板地走着,发出"嗒嗒"的声响,我几乎快要睡着了。突然,我听到扫把急促地叫了一声,传递过来的信息是:小哈,快醒醒,危险。

真是的,不吃肉不就安全了吗?难道地狱使者不按规矩出牌了,我眼皮很沉重,但我还是艰难地睁开,而我的瞌睡也在我睁开眼的瞬间被吓得飞去九霄云外了。

游戏局中局
一只狗的流泪童话

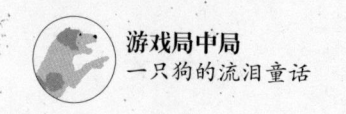

我看到彪哥正目光凶狠地向我走过来,他绝对是对我不怀好意了。

彪哥走到我跟前,蹲下平视着我道:"你很好奇我为什么对你那么感兴趣是吧?全城流浪狗之中,你是最后一只被我们捕获的,在抓你回来的路上,我和其他几个同事打赌,我说你会在第一关挂掉,我赌的是5万,有八个同事下了注,如果你不死,我将赔付40万,我倾家荡产也赔不起啊,但若你死了,我将有40万的入账,下半辈子就不用愁了。所以,在第一关游戏里,你必须死。"

我抬头望了一眼探头,我的意思是:"你弄死我,监控会记录下来,你违反了游戏规则,地狱使者会放过你吗?这可是他耗费了多年心血筹备完成的游戏,他绝对不会容忍任何人去破坏。"

彪哥叹息了一声道:"我可以肯定,你就是大哥要寻找的那只具备了人思维的狗了,你完全听懂了我刚才所说的话,你刚才看探头是给我提醒,说大哥不会饶恕我,是吧?"

彪哥冷笑道:"不错,现在就在隔壁的房间,还有很多监控人员正通宵不眠地盯着监控画面,但他们却看不到我。因为我做了一个手脚,忘了告诉你,我以前从事的是酒店安保的工作,所以我很容易地就可以让他们所看到的监控画面一直停留在两个小时前。待我杀了你之后,我再神不知鬼不觉地将监控恢复,就不会有人怀疑我了,40万也能如愿以偿地揣入腰包。"

彪哥忍不住哈哈大笑起来,门是关上的,房间很隔音,所以他才敢高声笑谈,肆无忌惮。

扫把在明白监控已经失灵之后,对我狂叫,它传递的信息是:小哈,如果连一个保镖你都摆不平,那么你真可以去死了。

大爷的,你来试试,我三天没吃东西了,力气都快消耗完了,彪哥可是身强力壮的,铁塔一般的个子,少说两百来斤吧!

游戏第一关

彪哥微笑道:"我不喜欢用武力强迫,既然你能听得懂我说的话,那么乖乖地把这七片肉吃下肚,看着你吃下去,我也可以安心地走了。"

我赶紧缩到铁笼的最里面,钢筋间的隙缝很小,他的手不可能探进来。

我对他做起了鬼脸,哈哈,我偏不吃,你能奈我何,气死你。

彪哥微笑道:"你真淘气!"随即伸手在怀里摸,半晌掏出一把小钥匙,道:"所有钥匙都是大哥保管,但我却偷偷配了一把开你这笼子的,为了40万,我真是下足了功夫。"

完蛋了,我千算万算也没算出在第一关就出现了这么大一个变数。谁也阻止不了我即将被谋杀的命运,锁"啪"的一声就弹开了,彪哥把一只大手伸了进来,总不能坐着等死吧,我用尽全身力气往外一蹿,竟然从笼门里逃了出来,彪哥没料到一只饿了三天的狗还能这么敏捷。

我在大厅的过道上飞奔,只用了几秒钟就跑到大厅的门前,但要打开密码锁我才能出去,彪哥狞笑着一步一步向我靠近了。我只好左闪闪,右闪闪,瞅准一个空档,又从他旁边溜走,向大厅的另一侧跑去。如此几番,我累得全身都散架了,而彪哥额头上也开始冒汗,他神情开始焦躁,墙上的钟显示,已经六点了,再过半个小时,他的兄弟们就会起床,为新一轮的游戏做准备,如果见不到他,就会报告大哥。大哥对不守规矩的人,手段一定很残忍。所以彪哥必须在最短的时间内将我逮住,然后扳开我的嘴,将毒肉一片一片地塞进我肚里。

彪哥开始玩命追赶我了,俗话说狗急跳墙,可我此时也无墙可跳啊,我心念一动,反而自己跑回了笼子。彪哥大喜,赶紧用身体堵住了笼门。

他一只手将我按住,另外一只手腾出来,捡起肉片,递到我嘴边,但我死活不张口。彪哥只好把头伸进笼子,以便于更好制服于我。

我心里长叹一声,彪哥,对不住了,是你逼我的,希望你一路走好。

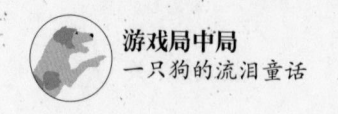

我在叹息的同时，突然伸出左爪，非常灵巧地捏住了彪哥的鼻子，彪哥猝不及防，出不了气，自然而然地把嘴巴张开，而我的右前爪已经从笼子里抓起毒肉，往他嘴里塞去，彪哥本来是要往外吐的，却在慌乱之中反而把肉吞了下去。

他明白过来之后，脸唰地一下全白了。他本来是要给一只狗塞毒肉，却反被那只狗把毒肉塞进了自己的肚子里！

彪哥赶紧将脑袋从铁笼里缩回，弯下腰死命抠嗓子，而我乘此机会把笼门关好，把锁按下锁好。他将死，必会疯狂，所以我得把我和他隔开。

抠了好一阵，彪哥只吐了点黄水出来，毒药还没发作，他赶紧向大门跑去，应该是想让地狱使者救他，可他忘记了，要送到山下的医院，至少三个小时，根据那些中毒的狗的症状来看，毒性何其猛烈。

更让彪哥感到绝望的是，他因为神志大乱，竟然忘记了大门密码锁的密码，任他抖索的手怎么按，门就是不开，隔壁房间的那些监控员此时看到的仍然是彪哥还未进来时的画面。

彪哥终于绝望了，他一步一步向我走来，看来他是想在死之前先弄死我，可是此时的我已经躲在笼子的角落，当他想找钥匙去开笼门的锁时，却摸遍全身也找不到了，我对他伸出前爪，然后将爪心舒展开，彪哥看见，我的掌心里，躺着一把金黄色的钥匙。

他长号一声，用双手抱住了头。

扫把伸起前爪，对我比了个动作，画外音是：小哈，干得漂亮，好样的。

然而，我的心里却异常难过，这是我第一次杀人，我想起前段时间，城市里的那么多好心人为了救我，从四面八方潮水般赶过来，他们对我好，我会感动，会知道感恩，可当他们要杀我时，我却无论如何也恨不

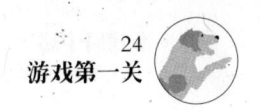

起来。

我从没想过我有一天会杀人！

我的情绪低落了下来，闷闷不乐地趴在笼子里，八点钟到了，地狱使者带着几个手下走进了大厅，他们看到了大厅里最为恐怖的一幕，过道上都是血，彪哥一动不动地仰面躺在冰冷的地面上。

地狱使者铁青着脸吼道："监控员干什么去了？"一个戴眼镜的中年人从外面跑了进来道："大哥，监控设施被人动了手脚，画面一直停留在两个多小时前。"

地狱使者仰起脸，用手连打了那个监控员脑袋数十下，边打边道："这么说，我永远无法得知彪子是怎么死的了？"

发泄完，地狱使者却笑了，自语道："彪子的死更有理由让我相信，那只具有思维的狗确实被我抓进来了，我只是不明白，它怎么弄死彪子的。要知道，它一直待在狗笼里啊，这可比密室杀人事件更不可思议了。有趣，有趣啊。"

地狱使者突然转过身，对着众狗道："我还是要祝贺你们顺利通过了第一关的考验。"

他顿了下又道："在我的预想里，第一关至少会挂掉五百条狗，现在却连一百条都不到，与我的判断大相径庭，为什么会这样呢，一定是那只有思维的狗用狗语警告了同类，那么在第二关游戏里，它势必也会这么做，因此，第二关注定淘汰不了几条狗！"

地狱使者来回踱着步子："第二关游戏耗时过长，而且没有多大的意义。"他提高音量道："亲爱的狗狗们，要不让我们绕过无聊的第二关，直接跳入第三关游戏吧，做算术题选择正确的通道，那才是我最中意、最期待的环节，而你们，也早就迫不及待了吧！"

我呆住了，再看扫把，面无表情。完蛋了，地狱使者居然真的不按

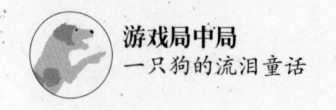

规矩出牌了。

死定了，死定了，我在铁笼里焦躁地转圈，我不能死啊，我还有1000万没来得及花呢。

我在心里拼命地诅咒扫把：都是你的错，诱惑我参加这么一个破游戏，现在可好，连命都搭上了。

地狱使者带着他忠诚的保安们准备离去了，既然计划有变，他们得去准备第三关游戏所需要的道具。

地狱使者已经走到门口，我豁出去了，突然大声吠叫，我把这么一个信息通过吠叫声传递给了其他狗，那就是：要想活命都得给我大声地叫，死命地叫。

我曾经做过流浪狗的老大，在流浪狗的江湖中，我成名已久，因为我骑过藏獒，试问天底下的狗谁敢骑藏獒？一战成名太俗套，哪有我一骑成名富有传奇色彩。

介于我有钱，介于我平日里经常无私地分鸭屁股给它们吃，所以我从不怀疑我现在满当当的号召力。至于扫把，它除了我，没有一个朋友。

果然，笼子里的狗收到我的信息全部吠叫了起来，声音之响亮，把挂在屋顶的水晶灯都震得左右摇摆，保安们表情痛苦，赶紧把耳朵捂住。

我们的吠声整齐而有节奏，翻译成人的语言就是：抗议，抗议，抗议，抗议。

地狱使者脸上的表情奇怪了起来，他摆了下手，狗吠声渐停。地狱使者折身走回过道的中间："我知道你们的意思了，你们是在抗议我取消第二关游戏，发起抗议的自然是那只有人类思维的狗了，难道它已经找到游戏里的破绽就在第二关？"

24 游戏第一关

他喃喃自语:"不可能的,不可能的,这个游戏每一个环节都很完美,我论证过多次,根本就没破绽可寻!"

他皱着眉头思考了十多分钟才道:"我正式宣布,恢复进程,明天进入第二关。"

GAME

GAME 　　　　　　　25　　　　　　　游戏第二关

第二天，地狱使者准时来到大厅宣布第二轮挑战开始。他说："祝你们好运，十天以后我们再见。"

保安开始往每个狗笼分发牛肉，分发在每个笼子里的牛肉重量大约在3斤左右，足够维持一只狗10天的生命，但前提是，要具备多大的忍耐力才能把这肉吃下。

当地狱使者和他的保安们退去后，我用爪翻转着肉片，还未吃，喉管已经在开始发痒，其他的狗早有吃下几片的，此刻已经开始呕吐，大厅里飘荡着难闻的气味。

我伸出舌头舔了舔嘴巴，呜咽两声趴着养神，我心里说，明天再吃吧，我虽然已经三天未进食，可我实在提不起这个勇气啊！

不知过了多久，我才从昏沉中醒过来，我知道，我现在已经到了生理极限，再不进食物的话可能就得饿死了，我轻轻地衔起一片肉，也不敢咀嚼，直接吞了下去。

十分钟后，我感觉到似乎有成群的小虫在叮咬我的肠胃，嘴一张，污浊的胃液合着肉片从我嘴里激射而出,待吐到没有力气再吐时,我含着眼泪把那片肉又吞了进去……

扫把的情形和我差不多,当我关心地向它望去时,它竟然轻微地向我扬起左爪,在配合那个即时装出来的表情,我似乎听见它在说:"小哈,我们一定要坚强。"

我实在控制不住情绪,也向它扬起左爪,我的意思是:"你这个二货,去死吧!你以为在拍偶像剧么?能别装吗?"

第二天,我开始吐血,我知道,我的胃已经被严重摧残了。从此后,胃痛的毛病会伴随我终生。

……

第五天,我已经不再呕吐,肠胃已经接纳这种带有异物的肉片了。

……

第九天,我把最后一片肉吃下肚,决定美美地睡上一觉,恭候地狱使者的大驾光临。

第十天的早晨七点四十五分,我睡醒了,用嘴巴开始梳理皮毛,再过十五分钟,地狱使者将走进大厅,宣布第三关游戏开始。第三关游戏是做数学题猜逃生通道,在我们被带离铁笼之前,我们全部都会被挑断脚筋,使其不具备攻击能力。

我曾经对扫把说过,地狱使者会在第二关游戏犯一个致命的错误,是的,地狱使者已经犯下了这个错误。

当时针指向八,分针、秒针同时指向十二的时候,门一下子被推开了,地狱使者跨步走了进来,他永远都是那么准时。

守时是一种品格,成功的人大多都具备这一品格,地狱使者非常守时,哪怕是针对一群狗。

我知道,地狱使者身上一定还有其他很多优秀的品格,比如做事小心谨慎，观察力强，等等。但地狱使者这一次注定一败涂地。他可以在其他事件里完胜他的同类，却斗不过两只腹黑至极的狗狗。

我和扫把对视了一眼，我读懂了它传递的信息：小哈，你准备好了吗？我狠狠地点了一下头：是的，我准备好了。

地狱使者捂着鼻子，踏进大厅，皱紧了眉头。过道上铺满狗肠胃里吐出的秽物，空气中弥漫着刺鼻的气味。他揉了揉太阳穴道："快把换气扇打开，我都被臭味熏晕了。"

他小心地绕开地上一摊摊的黄水，向大厅的纵深处走去，边走边查看那些活着的狗和死去的狗，他走到我面前了，我赶紧站起身，对他摇起尾巴。

地狱使者呆呆地看着我，他一定觉察到我有什么地方不太对劲，但浑浊的气息让他头脑没有平日里清晰，他就这样呆呆地望着我，希望能找到我身上的不妥之处。

我缓缓地抬起前腿，把脚掌舒展开，地狱使者突然大叫一声：不要。

他看到了我脚掌里握了一支针筒，他想逃，但已经来不及了，我掌心里的针筒直直地向他飞去，扫把的掌心里此刻也握着一支毒针，但它没发射，我已经一举成功，它无须再多此一举。

地狱使者倒地了，针筒里装有剧毒，早在参加游戏的前一天，我就用油布将毒针层层包裹，吞下肚子，只等第二关游戏进行时，吃下有毛的肉，然后借助翻江倒海的呕吐吐出毒针，这一切完全顺理成章地躲过了摄像头。

这就是我所说的，地狱使者会在第二关留下的破绽。

地狱使者在弥留之际，扫把突然怪声叫唤，这奇怪的吠声引起了地狱使者的注意，他艰难地偏过头，看着扫把，扫把把它掌心里的毒针也显露给他看。

25 游戏第二关

地狱使者这下知道了，如人一般智商的狗，世间还真不止一条，或者还很多。他用尽全身的力气问道："你们……当中……谁是……我要寻找的？"

扫把引颈悲鸣，为它的三个幼崽，也许还为今天的结局。

地狱使者留在人世间的最后一句话是："噩梦一般的遭遇……好在……一切都……已经……结束。"

在大厅里，那些保安如木头一般站着，其中一个保安突然双腿一屈，跪在地上，并将一大串钥匙放在地上道："我们知道错了，我们再也不虐待狗狗了，饶过我们吧。"

扫把将抬起的前腿放了下来，我想，它也不愿意再与人类为敌了，我知道，它累了。

保安们争前恐后逃出大厅，我随即用彪哥留下的那把小钥匙打开笼门，又把地上的那一大串钥匙捡起，根据钥匙上的编号再打开每一道笼门上的锁。

绝处逢生的狗狗们这才拖着虚弱的身体钻了出来，不用问，监控室里的那些人员也早就作鸟兽散，这个游戏已经死了三个人，上百只狗，谁也不会留下来承担责任。

众狗出了大门之后各奔东西，只留下十来条跟在我和扫把身后，我仔细一点数，大黄、花花、藏獒哥哥，还有那条跟我同名的小哈，都在啊，齐了。

我带着它们去了一个山谷，那儿人迹罕至，但离市区又不是太远。

我天天给它们买烤鸭，它们一天天地长胖，而我的腿越跑越细，半个月之后，我实在受不了，决定将它们遣散一部分，我首先要遣散的就是小哈这个家伙。

游戏局中局
一只狗的流泪童话

这家伙真的特能睡能吃，眼下，刚吃了烤鸭，它又闷声不响地去土坑里趴下了，那个土坑还被它填了一层厚厚的茅草，比我还能享受，我上前拍了下它的脑袋，它睁开眼看我一下，汪汪叫两声，意思是："干吗呢！别影响我休息。"

我强忍着胸中的怒火，用狗类的语言和它交谈："小哈，你这白吃白喝的，也有半个月了，是不是该考虑回你主人家了？"

小哈嘟起嘴巴，从喉咙里挤出点声音，它是在说："可是我已经爱上了这里的生活。"

我翻脸了，换上一副凶恶至极的表情，龇牙咧嘴，关于它很胆小这一点，我是知道的。很久以前，我抢它主人的作业本，它就被我示威的样子吓退缩过，不战而退。

小哈赶紧站起来，对我摇起了尾巴，它妥协了。

我决定先把小哈送回家，这也是那个女孩对我的托付。

清晨，万里无云，我在前面走，小哈在后面慢腾腾地跟着，直到进入城市森林，繁华之处，一辆接一辆的小车在车道上爬行，它们很费力的样子，总是从屁股后面喘出大口的灰色气体。

我们看到几个城管正跟一个卖菜的小贩比画着什么，远处还围着一群人，似乎在看什么热闹。可能因为我们刚从死亡线上归来，所以看到所有的画面都觉得活色生香，不可思议。

小哈紧跑几步赶上来，对我汪汪两声，它是在问："我们已经走了很久了，怎么还没到我主人家？"

那个女孩的担心果然是有道理的，她的小哈果然找不到回家的路。

又穿过两条街道，快到女孩家的门口了，我命令小哈原地蹲下，我得先去打探一番。

我来到女孩家的门市前，看见女孩正在埋头做作业，仍像去年我见到她时的那般场景，我汪汪大叫两声，女孩抬起头，茫然地望着我，她说："你又来逗我玩耍啊，去年你也来逗过我一次，我还叫我家的小哈赶你走，只是现在，我家的小哈不见了。"

女孩说着低下头，我看见，有一滴泪珠掉落在作业本上。

我控制着嗓音叫唤了三声，不远处的小哈得到信号撒开四蹄冲了过来，站在台阶上望望女孩，又望望我。它是在征询女孩的意见：主人，要不要我把这个蠢货赶走。

女孩一下子愣住了，突然大声地向里屋叫道："妈妈，小哈回来了，小哈回来了。"从门市的里间急匆匆地走出来一个妇女，女孩道："妈妈，是那只土狗将小哈带回来的，我一个月前求过它，求它在流浪时，碰到小哈就将它带回来，妈妈，我怀疑那只土狗听得懂人类的语言哦。"

女孩的妈妈就问："哪只土狗呀？"她四处地看，只看到我逐渐跑远的销魂背影！

我如法炮制地将花花、藏獒也都送回了它们主人家里，大黄是送不走了，这家伙非常记恨我上次在流浪狗之家偷偷溜走，这次说什么也不和我分开了。

大黄这个家伙，有的时候真不能对它客气，估摸着这段时间我对它好了点，它竟然矫情起来，非要和我约定，还美名为：我和小哈的十个约定，它第一个要约定的就是我不能再抛弃它，一辈子都要对它不离不弃。煽情的背后是什么？我不由得用世俗的心态加以揣测，真相便是它想顿顿吃我买的烤鸭。而我最想对它说的话却是：再见，大黄。

一个月过去，山谷里只剩下扫把、大黄，还有我。这一天，我进城采购食物，因为挂念着妮妮的病情，决定顺道去看看她。

我爬上二楼，用爪子拍了两下房门，门随即被打开了，妮妮开门后看到是我，惊喜地叫道："狗狗，你回来看我了呀。"

游戏局中局
一只狗的流泪童话

她把我抱进屋，放在床上道："你是挂念我吗？狗狗，告诉你，我的手术很成功，术后的排异反应也几乎没有，连医生都感到非常诧异，说这是他们做过的最成功的换肾手术……"

告别妮妮后，我决定去看望下小倩，毕竟她也是和我生活有过交集的女孩，我才走到小倩所居住的那个小区，正好看到她从楼梯里走出。

我看到她提着一个精致的皮包，打扮得花枝招展，估计是去约会，与小倩的相识是因为抢了她的包，现在还是以相同的方式来结束吧。

我匍匐在小倩前方的绿化带里，一棵半大的树是我的最好掩体，小倩哼着小曲过来了，我腾地跳起，一口咬住她的包，使劲一拉扯，然后往前一蹿，所有动作一气呵成。我心里都忍不住赞叹：身手还是那么敏捷，真是干得漂亮！

小倩被吓了一大跳，当她看清楚是我后，笑着道："小哈，是你啊，半年多没见你了，还是那么调皮，快将包包还给姐姐！"

还给你才怪呢，我心里说："这可能是我这一生和你的最后一次见面了，难道你就不该送点礼物给我么？"

一个壮年大个子走过来，对着小倩道："姑娘，这只狗抢你包包了？我去帮你抢回来。"

我见事情不妙，赶紧撤，小倩在我身后着急地喊道："小哈，包包我送给你了，你慢点跑，街上那么多车子。"

我叼着包回到山谷，扫把用嘴衔含着一支笔和一张纸在我面前蹲下，它写道："小哈，叫你去买烤鸭，可是现在烤鸭在哪里？"

大黄也凑上来，不满意地叫道："午饭呢，我的午饭呢！"

我对大黄呲了下牙齿，意思是："蠢货，自个去挖山鼠吃。"大黄灰溜溜地躲到窝里，伸出红红的长舌头。

我和扫把趴在草地上，开始了又一轮的头碰头交流。

小哈:"我抢了一个女孩子的包,烤鸭忘记买了,一顿不吃烤鸭,你能死么?"

扫把轻蔑地看我一眼道:"你现在好歹是个富翁,还做这等鸡鸣狗盗的事,有瘾吗?你的节操呢,能高尚点不?"

小哈:"滚!"

扫把也灰溜溜地回到窝里,和大黄并排躺下。

我开始翻小倩的包包,有一副眼镜和一本书。我找到个僻静的地方,戴上眼镜,把书放在草丛上翻看,书名《一只狗的生活意见》。

至于她的包里为什么会有这么一本书呢?我想,是小倩自从与我认识后,开始对狗有了莫大的兴趣,所以才买了这么一本视角独特的,关于狗狗的书放在包里,随时翻看吧,她应该也在怀疑,那只叫小哈的家伙可能已经具备了人类的思维。

不可否认,书写得很精彩,是一只名叫仔仔的狗以第一人称的方式,历数自己从出生到成为名流的经过,以及它对人性、命运、人生、爱情、快乐、政治、生存之道的独特看法。

仔仔有点狡黠,也有点卑微,也许是因为它实在害怕有一天重被人类扔回荒野——如果想获得,必须要付出。仔仔身体力行地付出它作为一只狗所能付出的一切,并且以它的语言告诉自恃比它聪明一千倍的人类,你也应该这样做。

我看后感触特深,我决定从今以后,也做一只仔仔一般的狗,我也要成为名流。

扫把走过来了,最近它总喜欢和我交谈,它应该是觉得和一只聪明的狗交谈,对它的智商也是一种再开发。

扫把:"小哈,你看的是什么书?"

小哈:"一只狗的生活意见,英国作家 Peter·Mayle 著。"

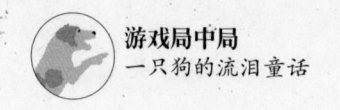

扫把："Peter·Mayle？"

小哈："这是洋文，音译过来是彼得·梅尔。"

扫把："看完了，有什么想法吗？"

小哈："我想做书中的仔仔，像它一样成为名流，我若不能成为仔仔一样的狗，宁可去死！"

扫把："那你现在就去死吧，因为你永远做不成仔仔。若你的经历也写成一本书，我发誓这绝对是世上最低俗的一本小说，对，你的经历就是一本低俗小说。"

小哈："如果我的经历真被如实地写成一本书，就是因为你不合时宜地出现在剧情里，所以才导致了通篇的故事无可救药地走向了低俗，关于这一点，你真没意识到吗？"

扫把："无语。"

言语上的交锋，扫把永远都会是我的手下败将。

……

又一个黄昏来临，我和大黄、扫把并列趴在草地上，在我们的四周，盛开着不知名的各色野花，晚风拂过，吹来一阵稻花香。远处的河坝里，一辆推土机还在轰鸣着工作，这个铁甲怪物似乎永不知疲倦。

时间就如前方的那汪河水，不紧不慢地向前流淌，而我们在历经艰难之后，终于找到了乐土。

这天，我百无聊赖，带上扫把和大黄去城里游荡，在广场的那个电子大屏幕上，正插播了一条快讯，说的是本市一个涉黑团伙全面覆灭，随即一个戴着手铐的胖子出现在画面中，他身后是几个威武的警察，画面里围观的群众都在鼓掌。我看到胖子哭了，真的，他真的哭了，他艰难地交叉抬起左右膀子，用衣袖擦拭着眼睛。

我在心里说："胖哥哥，好好改造，重新做人。"

游戏第二关

之后,我们又看到另一个采访报道,讲得是一个连自己生活都无法保障的老人偏偏收养了很多流浪猫狗,靠捡垃圾换点微薄的钱购买食物,维持着它们的生命。

我和扫把商讨之后,决定去一探虚实,如果报道属实,我可以给老人资助。

回到老巢,一夜无话,第二天清晨,我和扫把决定去拜访老人了。

在我们眼中,大黄笨得像头猪,所以扫把和我外出做正事时,从不带它,它要敢跟着我们,不用我出招,扫把一个眼神直接就能将它震住。大黄根本惹不起扫把,只有我才会对它有所迁就。

老人的家其实非常好找,从市区跟着 223 路公交车,一路跟到土桥村站那里,离车站不远处有栋灰色的楼房,她家住在四楼。

我和扫把一路小跑,最终顺利地找到了老人的家,推开楼门走进去。

楼道里有一股明显的腥臭味。这样的环境,邻里不会投诉吗?现在人和人之间关系都冷漠,真怕这些人容不了老人和她的猫狗孩子啊,我看着扫把,它的眼中也流露出同样的担忧。

门是掩着的,扫把用爪轻轻一推就打开了,地上躺着站着的都是狗。客厅有一张床,床上堆满了猫狗的用物,已没有睡人的地方。墙上也挂着猫狗用的垫子。客厅靠墙壁处还放着几个柜子改装成的猫"楼房"。

我们站在门口正考虑该不该进去的时候,几个年轻女孩上楼来了,估计她们也是看了报道,来探访老阿姨和她的猫狗的。

几个女孩并没特别留意站在门口的我和扫把,探着头喊道:"何阿姨在吗?"

很快从厨房里走出一个六十多岁的妇人,想来就是何阿姨了,只见她头发花白,背也微驼,估计是过度劳累造成的。

何阿姨大概也习惯了造访者,在这几个女孩的请求下,她给她们讲

起了这些流浪猫狗的故事。

何阿姨抱起一只腿脚不便，只能爬着前行的小白狗说："我给它取了个名字，叫小公主呢。说起小公主，身世最可怜的，我看到它时，它怀着孕，被一群人面畜生把肚子割开，取出小狗，还把它后腿打折了。"

何阿姨抹了下眼睛又道："虽然人类给小公主带来极大的伤害，但它对人类却没有什么戒心，我摸它抱它，它都很乖。"

何阿姨又道："每次我喂流浪猫回来，一进屋所有的狗狗都兴奋异常，扑上前迎接我的归来，小公主也拖着两条残腿，用两只前腿艰难地爬到我跟前，我看着觉很心酸。动物只是你生命的一部分，你却是它们生命中的全部，这句话一点不假啊。"

何阿姨小心地将小公主放下，又抱起一条黄狗道："你们看它像不像一只狐狸？我唤它叫媚娘呢！媚娘是一只非常黏人的狗狗，它当时在菜市场流浪，肚子已经很大，就要当妈妈了，但除了肚子就瘦得皮包骨，浑身脏兮兮的。它讨不到东西吃，还经常被别人踢来踢去的，我觉得可怜就带回家了，回家三天就生了四个小狗呢！"

何阿姨又抱起另外一条小狗，轻轻地抚摸着它的头道："这只小狗之前是一个老头养的，那老头养狗但不爱狗，天天把这只小狗拴在树上，拴狗的绳子很短只有一尺长，小狗都活动不了，而且这老头无论夏天多热也不给小狗喂水，不管刮风下雨，不管夏酷冬严寒都不让狗狗进屋，我觉得狗狗太可怜了，就给他说你要不喜欢它，也不用这样对它，就把它给我吧。"

何阿姨叹道："天下像老头这样对待动物的人多的是……"

何阿姨指着屋内的另一条狗继续介绍说："这本来也是一只残疾狗。当时被别人扔在马路旁，那时它走路画圈，不过现在被我校正过来了。"

她索性挨个介绍起来："这只狗狗刚来时，肠子都拖出肛门外，我送去医院花了 2000 多元才救活的小可怜。被人虐待得现在还怕人呢。

"这只大花狗是只傻狗,它盲了一只眼睛。总是被别的狗欺负。性格是很温顺的,每天就是躺着睡觉,也不争宠,只要是我有事耽误,一时回不了家时,它会到楼梯口蹲坐着,用一只眼一直望着小区的大门。"

阿姨说到最后有点泪眼汪汪起来,她说:"家里本来有很多狗的,不停地有人找到这里来领养,所以目前只有十多只。说起被领养的狗,她的眼泪下来了,她说今年已经被领养一百多只,很多都被安乐死了,要知这样,就都自己养好了。它们都是生命啊,也想活在这个世上,人们没有权力剥夺它们的生命。"

几个女孩望着缩在角落里的一只大黑狗,道:"它好像很怕我们。"阿姨轻声说:"这只大黑啊,一直对陌生人警惕着呢,那是它怕被领养。"

阿姨长长地叹口气道:"如果有人愿意帮我照顾这些狗狗猫猫,我愿捐献我的眼角膜。"

其中的一个女孩听了她最后这句话,动情地道:"阿姨,从你身上我看到一种普度众生的伟大,阿姨有一种现代人普遍缺乏的,悲悯、慈善的心怀。对于我们来说,阿姨是凡人。对于一些'聪明人'来说,阿姨是傻子,但对于那些需要救助的动物来说,阿姨就是活佛!"

女孩说得真好,我和扫把悄声地离去了。晚上的时候,我把 50 万放到了何阿姨家的门口,又抬起爪子敲门,听到有人应声出来后才躲到拐角处,在装钱的袋子里,我只简单地写了一句话:这只是一个有钱人对您善举的支持。

之后,我和扫把将何阿姨与地狱使者放在一起做了比较,并做了一场酣畅淋漓的争论。再结合我们各自的经历,才发现世间百态,冷与暖,善与恶,原来尽在其中,我们承认命运确实有它不可预测性,但希望依然存在,美好依然存在。就如扫把,一只曾经被仇恨扭曲了性格的狗,

游戏局中局
一只狗的流泪童话

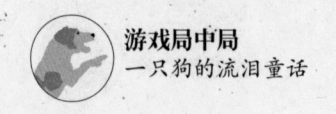

现在也懂得用善意的眼光去看人类，看待世界了，那么还有什么丑恶可以恒久呢？
　　……

GAME

GAME 　　　　　　　**26**　　　　　　　**不是结局的结局**

　　故事到这其实并没有完，一天，扫把去城市里溜达了一圈回来后，对我说："小哈，听说最近××市要举办狗肉节。我们要不要参加？"

　　我冷冷地看着扫把回道："我们去参加狗肉节？我发誓，这是我一生中听到的最冷笑话。"

　　扫把无奈地抖抖身上的皮毛，这是它一贯性的装酷动作："但什么也不做，就这样混吃等死？小哈，我更希望你能带着我去冒险！"

　　我打个哈欠道："嘿，要不我们现在来聊聊狗生，聊聊理想和骨头怎么样？"

　　我在故意打岔，因为我怕经受不了它的诱惑，再次踏上历险的征程。

　　但我还是在心里盘算，如果真有这么一天，我们再一次肩负使命，出发之前，我一定得给扫把换个名，谁要被扫把星缀着，出趟远门都不一定能活着回来，或者就叫它狗剩吧。我想，扫把一定会爱上这个新名字的。

　　嗯，它一定会爱上。

· 277 ·

游戏局中局
一只狗的流泪童话

  不可否认，参加完地狱使者的致命游戏后，我和扫把都爱上了冒险，我甚至固执地认为：我们的冒险和唐突举动或许可以改变人们的某些陋习。地狱使者也说过，狗从旧石器时代就开始了被人类"包养"的历史。那么，狗狗就有可能用它的实际行动告诉人们该怎么做，不该怎么做！嘿嘿，这算是小哈在这本书中送给大家的最后一个冷幽默吧！